LA TENTATION D'ISABEAU

DU MÊME AUTEUR

Auvergne et Bourbonnais gothiques, vol. I, Les débuts, éd. CRÉER, 1989
Les Dames de Clermont, vol. I, Presses de la Cité, 1994
Les Dames de Clermont, vol. II, Florine, Presses de la Cité, 1994
Dieu le veult, Presses de la Cité, 1995
Les Messieurs de Clermont, Presses de la Cité, 1997
L'Arbre des dames, Presses de la Cité, 1999
Le Secret du chat-huant, Presses de la Cité, 2001
Auvergne, Bourbonnais, Velay gothiques. Les édifices religieux, Picard, 2002
Brioude et la basilique Saint-Julien, éd. CRÉER, 2004
Le Mosaïste de Constantinople, Presses de la Cité, 2004
L'Orfèvre de Saint-Séverin, Presses de la Cité, 2006
La Chambre aux pipistrelles, Presses de la Cité, 2006
Lavaudieu, les trésors d'une abbaye, éd. CRÉER, 2009

Anne Courtillé

LA TENTATION D'ISABEAU

Roman

Collection
« France de toujours et d'aujourd'hui »
dirigée par
Jeannine Balland

calmann-lévy

ISBN 978-2-7021-4132-8

À ma petite-fille Lili.

« Pour chaque sépulture, ils creusaient une énorme tranchée, dans laquelle ils déposaient les cadavres à mesure qu'ils arrivaient, par centaines à la fois, les empilant par couches successives, comme des marchandises dans la cale d'un navire. »

BOCCACE, *Decameron*

Liste des personnages

Étienne Malet, l'abbé de La Chaise-Dieu
Hugues Morel, Pierre Salciat, Pierre de Cébazat, les architectes
Frère Barthélémy, le moine ouvrier
Frère Guilhem, le moine apothicaire
Pierre Gervais, le collecteur du pape Clément VI
Guillaume Duriane, le procurateur du pape
Simoni et Ruffolo, les médecins envoyés par le pape à La Chaise-Dieu

La famille de Montagnou

Mathilde, la mère
Gaspard, le père
Isabeau, la fille aînée
Héloïse, Amphélis, Arsende et Berthilde, les sœurs
Aubert et Avit, les frères
Roberte, la sœur cadette
Aumode, la ventrière de Mathilde

Les peintres du pape

Matteo Giovannetti, le Maître, et ses aides, Paolo et Benedetto

Les villageois

Rigobert et sa femme Florine, tenanciers de l'auberge de L'Escargot qui pète
Audine, leur servante
Maître Anselme, l'apothicaire

La famille de Haumont

Gilles le Vieux, le patriarche
Gilles, son fils, amant d'Isabeau
Antonia, la femme de Gilles

Les gueux

Justin le Défroqué, le chef de bande
Gilette, sa femme
Blaise, l'acolyte d'Avit

Mina et Mino, le couple de rats

1

La Chaise-Dieu, printemps 1348

– Au feu, au feu !

Des têtes se dressèrent les unes après les autres, dans la pénombre du dortoir, que combattaient mal deux lampes à huile installées à chaque extrémité, selon la règle de saint Benoît qui voulait que tout se fasse dans la lumière. La salle était vaste, rectangulaire, voûtée en un berceau surbaissé que ne venait interrompre aucun arc.

Lentement, au bord des paillasses alignées régulièrement à même le sol de tommettes rouges, des silhouettes surgirent et s'agitèrent en tous sens. L'une cherchait des sandales dont il fallait lier les lanières dans l'obscurité ; l'autre ajustait et serrait nerveusement un froc, à l'aide d'une cordelette de chanvre hâtivement nouée ; une troisième remontait frileusement une capuche sur une tête chauve.

– Au feu, au feu ! criait toujours la même voix de plus en plus forcée et éraillée.

– Encore, maugréa un moine dont la stature trapue occupa, un instant, la large ouverture qui donnait, il y avait encore peu, sur la vieille église.

La percée avait été modifiée pour permettre l'accès à un escalier provisoire durant les travaux.

– Encore, répéta son voisin, qui grimaçait après s'être écrasé un gros orteil contre le mur.

– La troisième fois en si peu de temps, hurla un autre en dévalant les marches pourtant rendues humides par le brouillard. Nous sommes damnés !

– Maudit chantier !

– Maudit pape !

– Gare au sacrilège ! Vite…

Les cloches sonnaient à toute volée. Le frère Arthème, d'un coup de main vif et habile, s'en donnait à cœur joie.

– Au feu, au feu, s'époumonaient des villageois accourus en toute hâte.

Cet affolement provoqua la satisfaction de l'abbé Étienne Malet, qui appréciait la fidélité et l'attachement des habitants du bourg à l'abbaye. Cela remontait au temps de la fondation, trois siècles plus tôt, quand saint Robert avait installé sa modeste communauté sur l'antique sanctuaire, dédié aux saints vénérés à Clermont, Agricol et Vital. Des adeptes avaient aussitôt afflué, gonflant les effectifs des religieux, tandis qu'un village se développait autour, drainant artisans, paysans ou commerçants. Un succès qui, malgré les vicissitudes ponctuelles du monastère, ne s'était pas vraiment démenti jusqu'à ce siècle, où l'heure du déclin avait sonné.

À la tête des moines, troupe d'ombres martelant le sol de leurs semelles de cuir ou de bois, l'abbé poussa la porte temporaire faite de planches mal jointoyées.

– Mon Dieu, qu'avons-nous fait au ciel ? se lamenta-t-il aussitôt, en découvrant le brasier.

– Vite des seaux, courez à la fontaine ! ordonnèrent ensemble les deux moines qui l'encadraient.

Abasourdi et las, l'abbé contempla un instant, incrédule, le spectacle désolant.

– Faites la chaîne, dit une voix près de lui, ce sera vite éteint, ce n'est que l'échafaudage.

– Encore l'échafaudage, murmura Étienne, accablé.

C'en était trop.

– Peste soit le maudit qui met le feu pour la troisième fois cette année, dit un homme du village.

Campé, les poings sur les hanches, il hochait la tête.

– Comme vous y allez, répliqua l'abbé d'un ton sec. N'accusez pas sans savoir.

Il distinguait mal les traits du villageois. C'était Rigobert, un Casadéen de souche qui tenait l'auberge, tout près du chevet de la nouvelle église. Celui-ci avait eu de fortes inquiétudes. Il avait cru, un instant, devoir déménager quand le chantier avait été lancé. Il avait fait partie des détracteurs du projet, avec qui il avait fallu discuter et transiger. Pourtant, son nom n'était-il pas une déformation de Robert, le saint que tout le monde ici révérait ?

– Il n'y a pas de hasard, affirma pourtant l'homme buté.

– Jamais deux sans trois, remarqua alors un jeune moine, dont la tonsure marquait drôlement l'épaisse chevelure noire.

– Superstitions, dit l'abbé en s'approchant du brasier qui avait déjà faibli.

– Ce sera bientôt fini, observa un homme, qui repartait avec un seau vide.

– Oui, mais que de temps perdu !

Étienne Malet reconnut la voix du maître d'œuvre, Hugues Morel. Il était revenu sur le chantier quelques jours plus tôt, et avait réinstallé sa famille dans la maison que le pape Clément avait achetée pour lui.

« Un vrai profiteur, celui-là... », songeait Étienne. Mais on disait que tous les gens de son métier se comportaient ainsi. Malgré ses réticences, l'abbé avait dû satisfaire ses multiples exigences. L'homme n'avait-il pas été embauché par le pape ? Ainsi le maître d'œuvre arborait-il justement la dernière cotte fourrée et le surcot de belle brunette, une étoffe de laine assez coûteuse, qu'Étienne lui avait fait livrer, et la ceinture de cuir souple qu'il était tenu de lui offrir, toujours par contrat, chaque année à la sainte fête de l'Annonciation, le vingt-cinq du mois de mars, inaugurant l'année et la reprise des travaux après l'assoupissement de l'hiver. Une ceinture suffisamment large et solide pour qu'il y plante son équerre, sa règle et son compas, les trois instruments dont il ne se séparait jamais. Sans compter les quatre sous par jour, les quatre setiers de seigle, les deux muids de vin, le bœuf ou le bois de chauffage ! Et ses deux compères, qui se disaient ses confrères, moins exigeants, mais dont on ne savait jamais qui était vraiment le chef ! L'abbé les chercha du regard, mais ils n'avaient pas dû se lever, eux…

– Le pape Clément trouve que nous n'allons pas assez vite…, dit alors Hugues Morel.

– Le pape Clément…, soupira l'abbé Étienne.

À cet instant de détresse, il n'était pas loin de partager l'avis de ceux qui dénonçaient ce projet inouï d'un pape possédé par la folie des grandeurs. Étienne Malet inspira, secoué d'un vilain frisson. Pouvait-il seulement avoir l'audace de penser que le pape était un agité ? Son état de clerc n'avait-il pas enseigné au souverain pontife la modestie ? Entré à dix ans au monastère, il aurait pu être façonné à la modération. Eh bien non ! Son ambition, doublée certes d'un vrai talent et d'un prodigieux entregent, l'avait conduit au sommet, en passant par des étapes flatteuses aux archevêchés de Sens et de Rouen. Toujours plus, aurait pu être sa devise !

Et quand, à peine installé sur le trône de saint Pierre, sous le nom de Clément, sixième du nom, il avait proclamé : « Mes prédécesseurs n'ont pas su être papes », toute la chrétienté avait aussitôt compris qu'à défaut de Rome, il ferait d'Avignon le centre du monde. Ce qui ne l'avait pas empêché de montrer une grande sollicitude pour son ancien monastère. Plusieurs bulles en faveur de l'abbaye, qu'« il avait toujours aimée », avaient renforcé les pouvoirs de l'abbé.

Nul n'aurait songé à le contester. Surtout pas les abbés qui en étaient les premiers bénéficiaires. Ils jouissaient depuis des mêmes pouvoirs que l'évêque sur les paroisses voisines, et du privilège de ne pouvoir être excommuniés. Ils avaient le droit de bénir et de consacrer des autels et des cimetières dans leur juridiction. Ainsi échappaient-ils à l'autorité de l'évêque, ce qui éliminait une source non négligeable de conflits et d'ennuis et augmentaient les revenus lorsque la situation de l'abbaye n'était plus aussi florissante qu'elle ne l'avait été.

– Vite, faites passer les seaux, cria près de lui frère Barthélémy, un jeune moine dont la stature impressionnait ses collègues.

– Attention ! prévint un homme, en esquivant une poutrelle qui chutait de l'échafaudage en feu.

Elle tomba aux pieds de l'abbé qui s'exclama :

– Ce n'était pas mon heure !

– Gare à votre froc, il brûle, répondit le jeune frère en jetant un seau d'eau qui éclaboussa tout autour. Vous en serez quitte pour un beau trou !

– Merci Barthélémy, lança l'abbé.

Mais le moine s'était déjà éloigné. Tout près, l'architecte chassait les étincelles qui s'attaquaient à la manche de sa cotte. Étienne aurait aimé plaisanter, mais ce n'était pas le moment. Les flammes de l'échafaudage embrasé tutoyaient les voûtes.

– On ne sera jamais prêt, murmura l'abbé, dont le front se plissa curieusement.

Le temps passait si vite et le pape était si pressant depuis, qu'en l'an du Seigneur 1344, il avait décidé que l'église serait reconstruite entièrement du chœur à la façade. L'abbé d'alors, Renaud de Montclar, n'avait jamais tout à fait digéré la nouvelle, arrivée un matin par le truchement d'un émissaire qui avait bravé la neige. Ah, personne ne pourrait lui en imputer la responsabilité. Jamais, avait-il prétendu, il n'avait fait la moindre allusion dans ses entretiens avec Clément VI à l'état de l'abbatiale, certes déplorable ! Comme pour l'attendrir, le messager avait parlé de la santé précaire du pape dont « le lit était assiégé de médecins ».

Démolir l'abbatiale « trop vétuste, trop modeste » et reconstruire un édifice « digne du monastère d'un pape ». Oh certes, le pape entendait respecter l'emplacement de « la sainte tombe du fondateur Robert », mais, ce que certains considéraient comme un sacrilège, il avait prévu d'annoncer officiellement qu'il y élirait sépulture. À lui, le centre du chœur des moines, les reliques du saint étant déposées sous le maître-autel.

Confondu d'abord par tant de hardiesse et de précipitation, le pauvre abbé n'avait plus eu qu'à obtempérer. Tout était déjà décidé par le pontife. Il avait tenté de lutter, mais à quoi bon ? Comment résister ? L'affaire était ficelée. Un maître d'œuvre était déjà recruté et les coffres du pape ouverts pour un budget que l'abbé aurait été bien incapable d'évaluer. Des milliers de florins d'or…

L'émissaire à peine parti, l'abbé avait convoqué un chapitre pour informer ses moines. Une sacrée réunion qui avait bien failli tourner au pugilat. Deux camps à peu près égaux s'étaient aussitôt formés : les prodémolition et les anti. Ceux qui étaient persuadés que le pape Clément commettait la pire des fautes et de plus par orgueil ; ceux qui allaient de l'avant et soutenaient le projet avec ardeur.

Quinze jours plus tard, le maître d'œuvre était arrivé, avec des plans revus et corrigés par le pape, qui entendait ne rien laisser au hasard. Renaud de Montclar n'avait pas eu le choix : il avait obéi et pris, à contrecœur – mais que faire ? –, la tête des démolisseurs. Étienne Malet avait entendu raconter cent fois combien la souffrance de certains avait été grande quand ils avaient assisté aux premiers ébranlements des murs de la vieille abbatiale. Ceux-ci avaient résisté davantage que ne l'avait envisagé l'architecte.

– Je crois que tout est éteint, dit une voix près de l'abbé.

– Ce ne sera pas trop grave, mais si je tenais le coupable, je le ferais jeter dans votre prison, déclara le maître d'œuvre de ce ton autoritaire, qui le servait si bien sur le chantier lorsqu'il fallait mener une main-d'œuvre hétéroclite et prompte à se rebeller.

L'abbé était moins docile et impressionnable.

– Ne vous mêlez pas de ma justice, je vous prie, rétorqua-t-il d'une voix lasse. Un soudain mal de tête lui broyait les tempes.

Hugues Morel le regarda. Il avait déjà vieilli, durant cette première année d'exercice. Ses cheveux drus et blonds s'étaient clairsemés et avaient blanchi. Le pouvoir usait et le chantier lui pesait comme à ses prédécesseurs. Morel se souvint du premier abbé qu'il avait rencontré, Renaud de Montclar, alerte et vif, espérant toujours que le projet, qu'il disait maudit, tomberait à l'eau. Il lui avait fait visiter la vieille église, dont les fondations remontaient au temps de saint Robert. Un chœur sans fin pour les moines, terminé en un profond hémicycle entre deux collatéraux, eux aussi achevés en abside. Des voûtes fissurées où nichaient les pigeons, des fenêtres barrées de planches, des murs au dévers impressionnant… Bref un état tel que le pape Clément le lui avait décrit, avec une excitation bien différente de celle dont faisait preuve l'abbé, multipliant les arguments pour défendre l'édifice.

– Je ne donne pas trois ans à la coupole pour qu'elle s'effondre et, avec elle, le clocher dont on voit le biais à l'œil nu, avait jeté froidement Hugues Morel, en désignant une des trompes vacillantes dans l'angle nord-est.

– Je l'ai toujours connue ainsi, avait répliqué Renaud de Montclar, dont le nez s'était pincé, un tic que l'architecte avait appris à identifier par la suite.

– Et le cul-de-four, vous l'avez regardé ? Voyez la lézarde qui défigure ce pauvre Christ ?

L'abbé Renaud avait chaussé ses lunettes sur son nez aquilin et avait soupiré. Il y avait beau temps que le bâtiment n'avait pas été entretenu. Les affaires du monastère n'étaient plus guère florissantes, depuis que les ordres mendiants rivalisaient avec les bénédictins, et accaparaient les donations des plus riches. Il avait grimacé et admis que le « pauvre Christ », aux couleurs pâlies, faisait grise mine avec cette balafre qui lui barrait le visage.

– Et la façade, savez-vous depuis quand existent les désordres du pignon ?

– Je les ai toujours connus. Je jure sur les saintes Écritures que cette façade n'a pas bougé depuis mon entrée au monastère, il y a plus de trente ans !

Presque admiratif, Morel avait dévisagé, encore une fois, l'abbé prêt à tout, même au parjure. Et au demeurant, il n'avait pas tout à fait tort de défendre son église qui ne manquait pas d'allure. Les maîtres, qui l'avaient édifiée, étaient habiles et le portail de qualité, avec ce grand Christ sévère et ces séraphins aux ailes démesurées. Mais comment résister au pape Clément ? Comment résister à l'appât du gain ?

L'architecte soupira. Que de chemin parcouru depuis ce jour, où l'abbé vaincu avait conclu d'un ton amer :

– Comment osez-vous parler de cette basilique qui abrite le corps saint de l'abbé Robert ?

C'était tout de même un écrin, plus digne du saint, qu'il construisait et aucun moine n'était parvenu à faire capoter ce projet exaltant et à la hauteur de « la gloriole de notre pape », comme accusaient encore certains, à cause du mausolée somptueux qui était déjà prévu, sans que le pape ait annoncé officiellement sa volonté d'y être inhumé.

Hugues Morel lissa sa barbe fine, poivre et sel. Face à ces murs, qui se dressaient bien plus haut que ceux de la vieille église, munis d'ouvertures bien plus grandes, les moines résignés ne pouvaient plus aujourd'hui que chercher à reconnaître les pierres qui avaient été réutilisées et tisseraient au cours des siècles un lien sacré indéfectible avec le temps de l'illustre fondateur.

– Allons nous recoucher, dit l'architecte en frissonnant, après un dernier regard aux bois calcinés.

Les nuits du début d'avril étaient encore très froides. Un vieil habitant du village, dont on ne savait plus l'âge tant il était avancé, lui avait récemment raconté que, dans son enfance, il faisait bien plus chaud et que ce serait bientôt l'Apocalypse ! Cela l'avait fait sourire, mais n'y avait-il pas une part de vrai dans cette observation ? Cela compliquait, en tout cas, singulièrement la tâche des maçons dont le mortier séchait mal. Il avait fallu arrêter les tailleurs de pierre qui avaient pris trop d'avance et les livraisons de sable s'entassaient.

– Plus de peur que de mal ! murmura l'abbé presque soulagé.

Peur… Voilà un mot avec lequel il convenait de vivre, depuis que le temps s'était emballé autour de l'abbaye. Peur que ce chantier ne soit pas achevé… Qu'adviendrait-il si le pape mourait ? Peur des multiples incidents possibles avec cette foule d'ouvriers à maîtriser… Peur de ces brigands qui infestaient les alentours. Enfin peur de la pestilence, qui planait, lointaine, mais peut-être, déjà, toute proche.

– Nous n'allons pas dormir, nous ! ajouta l'abbé. Il est presque l'heure de matines.

Il tournait déjà le dos à l'architecte et entraînait derrière lui les moines en troupe, qui le suivaient docilement jusqu'à la chapelle. Il n'y avait pas un jour où l'abbé ne bénissait ses prédécesseurs qui avaient fait bâtir la chapelle Sainte-Marie, quelques années avant le début des travaux. Sa proximité, à une cinquantaine de toises[1] du chevet de la nouvelle église, avait facilité l'installation des moines.

– Pour vous montrer que je suis un homme de bonne volonté, je vous accompagne, cria l'architecte. Évidemment, si vous m'acceptez.

Ce geste ne lui coûtait pas cher. Il savait bien qu'il ne se rendormirait pas et qu'il tournerait sans fin, dans sa tête, ses épures et ses plans.

– Nous ferons action de grâce au Seigneur, pour le remercier d'avoir épargné le chantier, répliqua l'abbé, en faisant un bref signe de tête à Hugues Morel pour lui signifier son agrément.

L'homme n'était pas déplaisant ; il savait flatter l'abbé et les moines, quand il leur démontrait qu'ils allaient entrer, avec le pape, dans l'histoire, pour cette œuvre majeure, qui marquerait le siècle et le pays d'une empreinte indélébile. Les abbés n'étaient pas tout à fait insensibles à cette perspective ; la célébrité ne les laissait pas indifférents, quoiqu'ils aient tous gardé, même ceux qui avaient soutenu le projet,

1. Une toise correspond à environ 2 mètres.

au fond du cœur, la blessure inouïe provoquée par les premiers pics s'attaquant aux murailles de l'antique église.

Hugues Morel aurait-il reconnu que, lui aussi, avait frémi, en imaginant qu'un jour, peut-être, un autre, à son tour, ruinerait son œuvre ? Aurait-il admis publiquement qu'il avait aimé les chapiteaux découverts au cours de sa première visite ? Il avait justement pris soin d'en conserver quelques-uns.

Il s'installa à côté de celui des sirènes que l'abbé avait fait déplacer à l'entrée pour y poser le bénitier, peut-être une façon de rappeler qu'il était bien vain d'écouter le chant de ces êtres hybrides, dont le sculpteur avait magistralement ciselé les bustes aux formes délicates et désirables. L'abbé avait dû tancer de nombreux moines, qui semblaient y attarder leurs regards plus qu'il n'eût été convenable pour un religieux, et un vieux frère lai avait répondu, en guise d'excuse :

– C'est que, quand elles étaient perchées au-dessus de nos têtes, on ne les voyait pas bien.

Hugues Morel imagina les mains habiles, qui avaient manié le ciseau avec tant de douceur, assurément un artiste de grand talent, qu'un moine avait sans doute conseillé. L'architecte s'en défendait, mais ces hommes coupés du monde le fascinaient, et il ne pouvait croire qu'aucun d'entre eux n'ait jamais connu les voluptés de la vie, avant de prendre l'habit.

Les moines avaient maintenant entamé leurs prières qu'ils psalmodiaient en douceur, visages tendus vers la voûte et l'au-delà. La paix était revenue sur La Chaise-Dieu et le perturbateur de la nuit avait été oublié ou presque.

Le maître d'œuvre se surprit à prier. Il était sous le charme du site où il élevait, avec le soutien d'un pape exceptionnel, une église pour la postérité. L'air qu'on y respirait le sauverait-il du mal qui terrorisait tout le monde ? Ce mal qu'on attrapait non seulement en vivant ensemble, mais aussi, simplement, en se regardant, disait la rumeur. La colère divine, invoquée par certains, oublierait-elle ce lieu éloigné de tout ? L'homme, dont personne n'aurait osé contester l'autorité, avait la faiblesse de l'espérer. Il ne manquerait plus que ce mal pour contrecarrer l'avancée du chantier. Une telle perspective le faisait frémir. Une bouffée de honte le submergea, car il se souciait davantage des travaux que de sa famille !

L'image de son épouse aimée et de ses enfants surgit devant ses yeux. Il eut soudain une furieuse envie de les retrouver, mais joignit les mains et s'abîma dans une ardente dévotion, à la fois contrite et suppliante.

Derrière lui se faufila alors une silhouette qu'il reconnut. C'était Barthélémy, ce moine qui prêtait volontiers la main aux ouvriers. Un grand costaud, aux mains impressionnantes capables de soulever des charges inouïes. Il se jeta à genoux, tout près du chapiteau aux sirènes. Comment l'architecte aurait-il pu deviner que dans cette si humble position, il cherchait à chasser de mauvaises pensées ? La pierre, à qui le moine murmurait « ma princesse », garderait, en tout cas, le secret de ses turpitudes.

2

Les cris déchirèrent le silence qui pesait depuis plusieurs heures sur le château, comme si chacun, renonçant à vaquer à la moindre occupation, ou plutôt menant ses affaires en étouffant les bruits, attendait patiemment l'issue du combat qui se livrait à l'étage. Même les chiens, d'habitude si turbulents quand leurs maîtres ne les avaient pas fait courir dans la forêt, et les animaux de la basse-cour avaient joué le jeu ; curieusement, le coq choisit ce moment pour faire retentir un cocorico sonore, que ses poules saluèrent, à leur tour, de caquètements joyeux. La vie reprenait.

– C'est fait, murmura Héloïse, en détournant les yeux de son rouet où la laine écrue attendrait.

– C'est fait, répéta en écho Amphélis, en s'emparant de sa viole.

Elle en tira quelques notes, qui s'envolèrent vers la voûte. Toutes deux se faisaient face, installées à leur place favorite sur les coussièges de chaque côté de la fenêtre, d'où elles pouvaient surveiller les allées et venues de la maisonnée et même, au-delà, le paysage alentour.

– C'est une fille, lança une matrone, apparue au sommet des marches de bois, à l'instant où le père poussait la porte du donjon.

– Une pisseuse ? interrogea-t-il, en regardant la femme. Elle était campée, les poings sur les hanches, et houspillait déjà la servante qui montait l'escalier avec une grande bassine d'eau chaude.

– Quel sale type ! Je t'en ficherai des pisseuses. Si c'était toi qui les faisais, tu ne dirais pas ces horreurs.

– C'est quand même une pisseuse ! rétorqua une autre voix masculine à proximité de la cheminée.

– Et toi, tu ne pisses pas peut-être ? C'est pas parce que tu as fait la guerre qu'il faut faire chier le monde, lança Aumode.

Haussant les épaules avec ostentation, la matrone abandonna cette discussion oiseuse et retourna auprès de la mère, dont elle connaissait la nature fragile. Enfin, affaiblie par ces naissances à répétition que lui imposait un mari peu délicat.

Aubert, le fils aîné, soupira. Affalé dans un petit faudesteuil de bois clair, il n'avait pas quitté sa position confortable, les jambes allongées à proximité du feu qui ronronnait dans la cheminée monumentale.

– Encore une fille à marier, dit le père, en se servant une rasade de vin avec le pichet de terre posé sur la crédence de bois sombre.

– Ou à envoyer au couvent, corrigea, avec insolence, Héloïse, qui faisait maintenant tourner vivement le rouet dans un bruit de grincement lancinant.

Gaspard ne releva pas l'allusion de sa fille puînée. Il n'était pas fier d'avoir fait rentrer, presque de force, ses deux aînées chez les dames de Comps, au motif qu'elles aimaient les patenôtres. Il s'était ainsi débarrassé de deux bouches à nourrir, avec une dot bien modeste sans hypothéquer l'avenir de la famille.

– Papa, papa, tu ne vas pas voir notre nouvelle petite sœur ?

Comme un ouragan, Arsende et Berthilde avaient surgi de la basse-cour où la nouvelle s'était déjà propagée.

Gaspard regarda ses plus jeunes filles, sales et échevelées, comme elles pouvaient l'être après une journée à courir les bois ou à nourrir les cochons. La petite pisseuse, qui venait de naître, leur ressemblerait peut-être. Le père avait un faible pour elles, jouant les protecteurs d'un trésor délicat. Elles étaient les rescapées d'une longue série de morts. Tous ces petits qu'il avait enterrés, lui, le fier à bras, il en sentait encore le poids dans ses mains comme il se rappelait la rondeur du manche de la pelle dans le cal de ses paumes. À quel destin était promise la nouvelle enfant ?

– Grand bien vous fasse ! dit alors Aubert, en quittant soudain son siège et en se saisissant de l'arc accroché à un grand clou rouillé planté dans un mur délabré.

Ils l'entendirent dévaler le petit pont de bois qui donnait accès à la salle au-dessus du cellier occupant le rez-de-chaussée du vieux donjon. « Quelle mouche le pique ? », se dit Gaspard, avant de se diriger enfin vers l'escalier, les deux fillettes accrochées à sa cotte de laine grossière. Elle avait raison la matrone, depuis qu'il était allé à la guerre, il n'était guère obéissant. Obsédé par cet arc de Gallois qu'il avait ramassé à Crécy, il n'en finissait pas de fabriquer des flèches.

Héloïse repoussa le rouet, et emboîta le pas de son père, suivie d'Amphélis.

– Comment allons-nous l'appeler cette pisseuse ? demanda Gaspard, quand il leva le rideau qui fermait la salle où sa femme venait d'accoucher.

Aumode, la matrone, le fustigea du regard. L'autre femme, qui avait aussi assisté Mathilde, leva les yeux au ciel et lui présenta l'enfant sur un linge blanc.

– Remerciez plutôt le bon Dieu…

– Encore une noiraude, marmonna Gaspard, comme si c'était une catastrophe.

– Peu importe… Je vous propose Roberte, dit une voix faible perdue au milieu des draps et courtines, en l'honneur de notre vénéré voisin.

– Si je m'attendais à cela ! tonitrua aussitôt Gaspard, en se détournant du bébé qu'entouraient maintenant ses quatre sœurs jouant déjà au jeu des ressemblances, chacune espérant retrouver son double.

– Par saint Robert, que me chantez-vous là ? ajouta leur père.

– Nous demanderions à l'abbé d'être son parrain, ce serait une garantie d'un bon départ dans la vie ! plaida la mère.

– Tudieu, tudieu… Moi qui suis à couteaux tirés avec ces maudits moines qui me saignent.

Mathilde n'avait que faire des remontrances de son mari. Elle savait bien que leurs affaires n'étaient pas florissantes et que Gaspard avait dû vendre à bon marché cette carrière à la communauté religieuse afin de payer le départ de ses fils pour l'armée du roi. Il s'en mordait les doigts à chaque fois qu'il passait à proximité des falaises creusées par la Senouire, cette belle rivière qui traversait ses terres. Ces moines de malheur y avaient trouvé leur compte pour approvisionner leur chantier.

Lui, tout à ses regrets, allait souvent rôder dans les environs et observait avec animosité l'activité des carriers, des tailleurs et des transporteurs. Mais comment, sans un sou vaillant, aurait-il pu exploiter ce beau granit qui faisait la fierté de l'architecte ? L'abbé n'avait pas hésité à rouvrir la carrière et à y installer une forge, les outils s'émoussant vite sur cette roche dure à se damner. Il fallait les voir ces ouvriers, progressant verticalement et horizontalement sur ces parois dont il se sentait toujours propriétaire. L'abbé lui avait laissé la liberté de s'y fournir en pierre, la belle affaire, lui qui n'avait pas les moyens d'entretenir le château de ses ancêtres.

Gaspard soupira. Quel gâchis ! Et Mathilde, si peu consciente de ses difficultés, qui voulait appeler sa petite Roberte... Après tout, il n'avait qu'à se retenir, s'il ne la voulait pas ! Mais il fallait bien vivre.

– Qu'en pensez-vous ? interrogea la mère, en regardant ses filles penchées sur le petit paquet emmailloté de blanc.

– Roberte, oui, pourquoi pas ? répondit Amphélis, toujours conciliante. On aurait pu demander leur avis à Madeleine et à Marguerite.

Il s'agissait des deux sœurs aînées novices chez les dames de Comps qui venaient parfois leur rendre visite.

– Et à la mère prieure et à toutes les sœurs, quelle affaire ! maugréa Gaspard, décidément grognon.

Mathilde était habituée, depuis longtemps, à ce ton bourru. Elle l'examina un instant. Ses cheveux noirs, où apparaissaient quelques fils d'argent, se clairsemaient, le menton s'était épaissi et deux sillons creusaient les joues autour du nez qu'il avait droit et mince. Où était le fringant chevalier qui l'avait séduite ? Elle chercha son regard et demanda :

– Où sont Aubert et Avit ?

Chacun connaissait l'amour qu'elle nourrissait pour ses fils. La mort du troisième à Crécy, deux ans plus tôt, avait été un drame dont elle ne se remettait pas. Et dans le fond de son cœur, elle regrettait, comme son mari, d'avoir mis au monde une pisseuse. Elle rêvait d'un petit gars, qu'elle aurait évidemment appelé Robert.

– Avit, nous ne l'avons pas vu depuis plusieurs jours, répondit doucement Héloïse, devançant les sarcasmes paternels.

– Où court-il le gueux ? ajouta même Amphélis, coupant aussi l'herbe sous le pied de son père, qui se contenta de hausser les épaules, et dit :

– Quant à Aubert, il est parti avec son arc, qu'il a tendu de chanvre, parce que, prétend-il, mouillée, la corde gagne en dureté, comme s'il pouvait, avec cette seule arme, laver l'affront fait à notre roi par ce maudit Anglois.

Anglois, ils en avaient plein la bouche de ce mot honni, depuis leur retour de cette expédition manquée, dans le sillage des seigneurs voisins, Jean de Mercœur et Bompart de Montmorin. Maudit Anglois, deux mots pour exhaler toute leur hargne.

Toute la famille avait frémi au récit de la grêle de flèches que les Gallois avaient fait pleuvoir sur la ribaudaille, comme les appelaient avec mépris les chevaliers. Mais la ribaudaille, c'est-à-dire les hommes à pied, dont faisaient partie les trois garçons de la famille, s'en était plutôt mieux tirée que les chevaliers, empêtrés dans leurs lourdes armures. Les coutilliers[1] gallois les désarçonnaient à plaisir, avant de couper les jarrets des chevaux. C'était pitié qu'Yvoine ait eu le torse transpercé par une flèche et que la plaie se fût enflammée. Ses frères l'avaient inhumé dans une terre lointaine, où Mathilde n'irait jamais se recueillir.

– Et Isabeau ?

Le silence suivit la question de la mère, qui avait l'air de découvrir soudain l'absence de l'un de ses enfants. Isabeau ! Que ne l'avait-elle réclamée plus tôt ?

Personne ne s'empressa de répondre à son inquiétude.

– Comme Avit, pas vue depuis plusieurs jours. Elle préfère La Chaise-Dieu où arrivent les abbés et les prieurs pour

1. Soldats armés d'un fer large à double tranchant utilisé notamment pour achever les blessés.

le chapitre du 24 avril, expliqua Amphélis, en levant les yeux au ciel.

– Ou ailleurs, observa Mathilde, qui grimaça en tirant à elle la courtepointe de fourrure.

Elle était si lasse. Heureuse d'être délivrée, mais si lasse. Et ces histoires avec les enfants, qui n'en finissaient pas d'empoisonner son existence !

Depuis qu'Isabeau était entrée en rébellion, son père, qui ne prononçait plus jamais son nom, affectait de ne plus s'en soucier. Le résultat était que la jeune fille menait sa vie en toute indépendance, allant et venant à sa guise, avec une fringale de liberté, comme si l'obligation d'entrer au couvent décrétée par son père avait éveillé en elle, à jamais, un esprit de fronde.

Admiratives, ses sœurs enviaient cette émancipation, mais n'en auraient pas, pour autant, osé le moindre écart. Isabeau était perdue pour leur père. Elles, elles s'imaginaient encore avoir une destinée conforme à celle d'une jeune fille née dans un château, et rêvaient avec naïveté au prince charmant, qui viendrait les enlever à la monotonie des jours ; des jours passés à regarder par la fenêtre, à filer la laine, à jouer avec les petites, à quereller leurs frères, ou à s'occuper de la basse-cour.

– Le chapitre ! répéta le père. Quelle affaire pour ces moines qui exigent la présence de représentants de tous les monastères, une fois l'an ! Tout un remue-ménage, pour dire à chacun d'obéir et de participer aux frais de l'abbaye… Et pour exhiber la morgue de l'abbé, et ses chevaux. Plus de dix pour lui, alors que moi, je n'ai que deux pauvres rosses.

– Mon ami, laissez ces moines en paix ! Et moi aussi…

– Qu'ils soient damnés avec leur chantier somptueux, qui fait injure à notre pauvreté !

Les cheveux blond roux de Mathilde, épars sur l'oreiller de toile écrue, lui faisaient une large auréole dorée. Elle laissa errer son regard sur la chambre de belle taille où elle venait d'accoucher pour la douzième fois. Le premier, elle avait seize ans… Gaspard en avait fait une affaire. Il avait ordonné que des draps blancs fussent tendus sur les murs, comme il l'avait vu faire chez les Mercœur, leurs puissants voisins. Elle soupira, il y avait beau temps qu'il n'avait plus ces exigences. Les courtines du lit étaient d'un bleu pisseux, et l'enduit des murs présentait de belles taches d'humidité, dont les contours suggéraient d'étranges figures. Une feuille de parchemin où Isabeau avait dessiné la Vierge, portant l'Enfant Jésus avec tendresse, y trônait. Une image qu'elle avait regardée pendant cette longue épreuve. Elle aurait aimé avoir près d'elle cette fille aînée, rebelle aux doigts de fée, qui avait toujours gribouillé sur les murs avec des bouts de bois charbonneux.

Elle était fatiguée mais apaisée. La ventrière et la servante avaient été à la hauteur et jamais elle n'avait craint de mourir, comme certaines fois. Peut-être cette ceinture de la Vierge recommandée par un colporteur lui avait-elle porté chance ? Elle pouvait toujours le croire. Elle tâta près d'elle le sachet d'accouchement, ce petit morceau de parchemin plié, censé la protéger contre une mort brutale, qu'elle avait soigneusement caché à Aumode qui se serait moquée d'elle. Toutes ces précautions attestaient qu'elle tenait à la vie, même si la vie n'avait pas toujours été tendre avec elle !

La couche était large, et Mathilde préférait penser aux enfants qui, si souvent, étaient venus y dormir avec elle, plutôt qu'aux assauts de Gaspard, peu délicat et toujours prompt à prendre son plaisir. Aurait-elle la force d'y résister ? Après chaque accouchement, elle méditait des résolutions qu'elle ne tenait pas. Les commentaires, peu amènes sur les hommes, d'Aumode, la ventrière, l'y incitaient, mais elle oubliait vite. N'avait-elle pas été assez éprise de son Gaspard pour s'opposer à son père qui trouvait le garçon trop querelleur et appartenant à un autre monde, celui des châteaux ? S'il avait pu savoir ce que deviendrait son existence dans ces murs délabrés ! Oui, elle avait été amoureuse, mais aujourd'hui ?

Réaliste, Aumode lui avait laissé entendre qu'elle ne serait bientôt plus féconde et elle en était soulagée. Pourtant, cette petite Roberte, elle l'accueillait avec bonheur et l'espoir qu'elle ne lui serait pas enlevée, comme les trois bébés précédents. Une plaie vive qu'elle portait au plus profond d'elle-même avec ce secret qui la tenaillait. Avouerait-elle, un jour, ses turpitudes ? Avouerait-elle, un jour, qu'elle avait eu recours à des maléfices et des herbes pour se débarrasser, en vain, d'un enfant compromettant ? Une folie, suivie d'une autre folie. Un moment d'égarement, une ombre qui la poursuivrait jusqu'à son dernier souffle. Comment avait-elle pu être le jouet de la vengeance et se soumettre avec une si vile passion ?

Elle frissonna. L'enfant gémit près d'elle, dans le berceau fait de quatre petits panneaux de bois clair, où elle avait été déposée ; relié au lit des parents par un étrange mécanisme qu'avait bricolé, avec deux patins au pied et à la tête, un aïeul astucieux de Gaspard, il pouvait être balancé facilement. Avant que Mathilde n'ait esquissé le moindre geste, Arsende et Berthilde s'étaient précipitées, mais la matrone s'interposa :

– Laissez l'enfant, pitié, ne la prenez pas dès le premier cri. Admirez plutôt la petite noiraude comme vous !

Toute la fratrie était, en effet brune, avec des yeux noirs comme le père, à l'exception des garçons dont les tignasses avaient la couleur des cheveux de leur mère. Dans leurs regards se mêlaient noisette et vert. « Les couleurs de la forêt », disait Gaspard, au temps où il était amoureux et poète.

Apaisée, elle aussi, Aumode tenait dans la main un godet de vin. Elle sirota quelques gorgées. Gaspard la regarda avec insistance.

– Voulez-vous un petit coup ? interrogea la femme, qui avait relevé dans sa ceinture le devantier taché de sang. Il est très bon, ajouta-t-elle, avec un clin d'œil.

Comme la plupart des ventrières, elle exigeait toujours du vin en quantité pour se donner du cœur à l'ouvrage pendant les accouchements. Elle était aussi réputée pour la qualité de ses soins que pour ses besoins en boisson. Elle avait beaucoup ri le jour où un prédicateur, venu elle ne savait d'où, avait fait la leçon aux femmes de l'assemblée qui, parfois lors des gardes d'accouchée, se laissaient aller à des excès !

Prompte, elle s'était déjà saisie d'un autre godet et le remplissait avec le pot de terre vernissée. La robe du vin était belle, et Gaspard le but d'un trait.

– Pour la petite, vous n'oublierez pas le miel ! recommanda Aumode, toujours soucieuse de l'enfant qu'elle venait de mettre au monde. N'oubliez pas de lui en frotter le palais pour lui ouvrir l'appétit par la douceur.

Mathilde sourit, heureuse de tant de sollicitude, elle qui n'y était guère habituée.

Arsende et Berthilde s'étaient postées devant la fenêtre, alors que leurs sœurs avaient approché du lit deux tabourets de bois. Dans la cheminée, un bon feu crépitait joyeusement et sur la pierre avait été abandonnée la bassine où Aumode et la servante avaient lavé l'enfant. Le coffre, d'où la servante avait extrait les langes, était resté ouvert, et on y apercevait quelques menues piles de linges, qu'avaient dû porter tous les enfants de Gaspard et de Mathilde. Celle-ci avait passé de longues heures avec ses filles aînées à les rapiécer, car ils étaient fort usés, et les toiles étaient mitées de trous. Plus d'une avaient servi déjà à sa belle-mère, une petite femme courbée et bossue, dont elle conservait un affectueux souvenir. Elle aussi avait souffert d'un mari rude qui s'était querellé avec tout son entourage et avait laissé s'installer la lente décrépitude des lieux. Fuyant dans l'imaginaire, elle dessinait des animaux étranges et avait guidé la main de la petite Isabeau.

Amphélis se saisit de sa viole et gratta quelques notes machinalement. Comme la ventrière, elle se sentait soulagée. Elle n'aimait pas ces jours où sa mère accouchait, offrant à toute la maisonnée ce mystère de la vie, qui l'inquiétait autant que la mort. Oh, Amphélis n'était pas née de la dernière pluie, la nature lui avait appris les choses de la vie, mais elle redoutait cette angoisse qui l'étreignait chaque fois. Et dire qu'elle regardait les hommes avec une extrême méfiance était un euphémisme. Elle n'était pas près de se laisser approcher, même si elle n'enviait pas le sort de ses sœurs promises à la chasteté de la vie religieuse. Il faut dire qu'Isabeau, la rebelle, s'était chargée de faire son éducation et celle d'Héloïse, et que ses expériences les faisaient frémir. Mais aussi rêver !

3

– Qui va là ?

– Matteo, le peintre du pape Clément, qui arrive d'Avignon avec deux de ses aides.

– Matteo ? Un peintre ? répondit une voix, un peu étouffée par l'armet avec lequel l'homme s'était coiffé pour donner une crédibilité à son personnage de guetteur.

« Voilà un accueil bien guerrier pour des moines », se dit Matteo dont la monture piaffait d'impatience. Il était las ; la fatigue lui tombait maintenant sur les épaules après ces lieues de chevauchée dans une contrée qui lui avait paru peu amène, avec ces arbres qui montaient jusqu'au ciel et obscurcissaient les sentiers. Il poursuivit néanmoins avec une amabilité contrainte :

– Oui, j'arrive d'Avignon. Nous avons cheminé pendant de longues journées dans la boue, parfois même dans la neige quand nous avons franchi ce col où soufflait un vent qui nous glace encore. Allant de monastère en monastère, où l'hospitalité fut souvent chaleureuse, nous atteignons enfin au but. Nos chevaux sont aussi fourbus que nous et espèrent une bonne litière à l'écurie, comme nous, une paillasse, même dure et malodorante.

Une autre sentinelle avait franchi la porte, une torche à la main qui fit briller le métal de la herse restée en suspens.

– Avez-vous dagues, épées, braquemarts ou autres bâtons ? interrogea-t-il, méfiant, en levant la lueur à hauteur du visage du cavalier.

– Rien de tout cela, sinon des brosses et des pinceaux pour notre métier.

– Tu serais arrivé quelques minutes plus tard, tu aurais dû aller la chercher dans les bois ta paillasse, fit l'autre tout juste convaincu. As-tu un laissez-passer ?

Matteo mit la main dans la boîte de messager, qui ne quittait jamais sa ceinture lorsqu'il voyageait. Un cadeau du pape Clément en beaux émaux de Limoges. Il en sortit un petit rouleau de parchemin, marqué d'un sceau de cire rouge que le guetteur reconnut immédiatement.

– Bienvenue Matteo, dit aussitôt l'homme, tout à coup radouci et conciliant.

Comme aux étapes précédentes, le précieux sésame avait joué son rôle. Dans chaque monastère, le peintre et ses compagnons avaient, en effet, été reçus avec affabilité. Soulagé, Matteo, dont la curiosité était légendaire, ne put s'empêcher de demander :

– Merci… Mais pourquoi es-tu si soupçonneux ?

– C'est que la nuit dernière, il y a eu un incendie…

– Un incendie ?

– Oui le troisième depuis la fin de l'hiver, le troisième en quelques semaines, après des incidents tout aussi fâcheux… Certains disent même que ce n'est pas le hasard, d'autres que le maître d'œuvre a le mauvais œil. Alors, on y regarde à deux fois avant de laisser entrer des hôtes qu'on ne connaît pas. L'abbé nous a recommandé la prudence, ce matin encore.

L'homme s'arrêta soudain, en se mordant les lèvres. Quelle idée de raconter cette affaire à un inconnu, même envoyé par le pape Clément ! Surtout que ce Matteo n'avait pas sa langue dans sa boîte de messager ! L'œil allumé par une excitation nouvelle, il le questionnait déjà :

– Incendie, incidents… que veux-tu dire ? La nouvelle abbatiale a l'air pourtant bien avancé.

Dans la pénombre qui recouvrait le village, Matteo désignait du menton les hauts murs dominant hardiment les constructions voisines.

– Certes, certes… mais le chantier aurait pu aller plus vite si…

– Si ?

– Si Dieu l'avait voulu ! répondit, dans un grand éclat de rire, l'homme tout heureux de cette pirouette qui lui permettait de quitter le terrain dangereux où, bavard, il s'était hâtivement aventuré.

– Bon, je verrai cela avec l'abbé, conclut Matteo, comprenant qu'il ne tirerait plus rien de son interlocuteur. Dis-moi plutôt où nous pouvons dormir ce soir, et faire reposer nos chevaux, afin de reprendre digne mine avant de nous présenter chez ton abbé.

– L'hôtellerie de l'abbaye, qui accueille surtout les pèlerins, mais aussi les voyageurs, est fermée à cette heure. L'auberge de l'Escargot qui pète me semble le meilleur endroit. Il y fera chaud et la pitance n'est pas trop mauvaise, à ce qu'en disent les visiteurs.

– On fait affaire… Où va-t-on ?

– Vous contournez le chantier, dit l'homme en montrant les hautes murailles de la nouvelle église. Aux fondations de la tour, qu'on appelle déjà Clémentine en l'honneur de ton Maître, vous tomberez sur l'Escargot qui pète.

Derrière Matteo, les deux apprentis, qui s'étaient déjà esclaffés quand l'homme avait annoncé le nom de l'auberge, ne purent retenir un deuxième ricanement que réprima le peintre d'un regard sans aménité. Très indulgent dans la vie quotidienne, le Maître ne barguignait pas lorsque ses élèves manquaient à la discipline en présence d'un tiers, et encore moins quand il s'agissait de leur travail.

Les chevaux s'impatientaient, tapant un sabot, puis l'autre sur un sol où la terre amollie par le réchauffement de la fin de l'hiver paraissait faire siennes toutes les empreintes laissées par les hommes ou les animaux.

– Merci, bonne nuit ! lança Matteo, en tirant légèrement sur les rênes d'une main ferme pour signifier la direction à suivre.

– Il est bien tard, messires !

Une souillon, armée d'un balai, se planta devant eux alors qu'ils poussaient la porte étroite, après avoir tapé deux coups du marteau de fer serti dans le bois de chêne épais renforcé de lourdes pentures sombres.

– C'est le guetteur qui nous envoie, répondit Matteo, avec ce ton cassant que Paolo et Benedetto lui connaissaient bien, quand quelque chose lui résistait. Où est le tavernier ?

– Voilà, voilà… messires, que puis-je pour vous ?

Un homme avait surgi d'une pièce attenante, portant en équilibre sur la poitrine de grosses bûches qu'il déposa en douceur devant l'âtre.

– Audine, vite un peu de piquette et des godets. Au lieu de rester bouche bée, préviens Florine qu'on a du monde…

Rassurés, les trois visiteurs défaisaient déjà les liens qui retenaient leurs manteaux dont l'étoffe, crottée par la boue, avait piètre allure.

– Messires… de beaux messires, ma foi, ventrebleu, dit derrière eux une femme, dont la chevelure abondante et frisée arrondissait curieusement le visage.

Toujours à l'affût, Matteo, qui avait peu utilisé son carnet de croquis au cours du voyage, eut aussitôt une furieuse envie de faire son portrait.

Sans retenue, la femme dévisageait un des apprentis. « C'est l'effet Paolo », songea Matteo amusé. Dans l'âtre, les flammes attaquaient vivement le bois supporté par deux landiers marqués d'une belle fleur de lys.

– C'est vrai qu'il est beau, comme l'ange venu saluer la Marie !

Matteo éclata de rire.

– Tu parles d'un ange !

Gêné par le regard insistant de la patronne à laquelle s'était jointe la souillon, Paolo avait saisi le carafon de vin et rempli trois godets. Il en tendit un à Maître Matteo, qui hocha la tête en souriant.

– Mon pauvre Paolo, mais qu'est-ce que ta mère a fait au ciel pour te donner cette petite gueule de chérubin ? Heureusement qu'elle t'a doté de doigts aussi adroits que ton visage est charmant...

Derrière, Benedetto se balançait d'un pied sur l'autre. Lui avait plutôt des traits grossiers et bénissait ce physique qui lui épargnait bien des ennuis.

Matteo but une gorgée et se retourna vers la cheminée. Il était fatigué, mais heureux. Que de chemin parcouru en six ans depuis son atelier d'Orvieto ! C'était là qu'un émissaire du pape l'avait trouvé, un beau matin d'automne, et lui avait fait miroiter un brillant avenir qu'il n'aurait jamais pu espérer, même dans ses rêves les plus fous. En quelques heures, il avait tout abandonné, n'emportant que ses parchemins de croquis, ses pinceaux et ce petit traité sur les couleurs que lui avait légué son père, quelques années plus tôt dans sa ville natale de Viterbe. Il avait aussi emmené ces deux gamins, qui étaient aujourd'hui de jeunes hommes.

Comment laisser Paolo qui, depuis qu'il marchait, avait passé toutes ses journées dans l'atelier de la via Scalza, au pied de l'église San Ludovico, à babiller, à questionner, à collectionner les rognures de parchemins, à peinturlurer tout ce qui lui tombait sous la main ? Jalouse, sa mère n'avait eu de cesse de venir le récupérer, en maugréant contre ce magicien des couleurs, qui détournait son fils de la piété filiale. Elle avait bien tenté de l'intéresser au métier de charpentier de son père, mais en vain. Si ce n'étaient les tombées de bois qu'il peignait avec volupté.

Paolo était un peu le fils qu'il n'aurait jamais. Et Benedetto aussi dans un autre genre. Tout le contraire de Paolo, timide, maladroit, se prenant toujours les pieds dans les échafaudages ou les pots de peinture. Une vraie catastrophe ambulante !

– Voilà de quoi vous restaurer… L'archange ne doit pas se contenter de pain noir et de châtaignes…

La grosse Florine avait posé, sur la table de bois blanc, trois écuelles où elle versa, avec une grande louche en bois, une cretonnée de pois secs odorante, au petit relent de racine de persil.

– Cela sent bon, dit Paolo, en enjambant vivement le banc.

– L'archange a la voix douce en plus…, murmura Florine. Et toi, agite-toi avec ton balai, te prends pas pour la Vierge Marie !

Apostrophée, la souillon balança mollement le long manche, auquel étaient attachés quelques pauvres rameaux, sur la terre battue d'un geste que Matteo traduisit, immédiatement dans sa tête, en un croquis pris sur le vif.

Paolo soupira. La soupe était râpeuse et il détestait ce goût de pois aqueux.

– L'archange n'aime pas le potage, ricana Benedetto.

Paolo lui répondit par une grimace, qui enlaidit à peine son visage aux traits délicats de madone. D'ailleurs, Matteo s'en était déjà inspiré pour portraiturer, ici ou là, une sainte, ou même le saint Jean de la chapelle dédiée à l'apôtre dans le palais d'Avignon.

– Et alors ce chantier ? interrogea soudain Matteo, en dévisageant le tavernier, venu s'asseoir sur le banc voisin pour délacer et décrotter ses galoches engluées de boue jusqu'à la cheville.

– Quoi ce chantier ? demanda Rigobert, en fixant à son tour Matteo de ses yeux globuleux.

Trop fin pour ne pas déceler une vague méfiance, Matteo repartit d'un ton presque badin, en levant l'écuelle jusqu'à ses lèvres qui disparaissaient sous une barbe de plusieurs jours :

– C'est une bonne affaire pour toi, cela fait du passage...

– Oui, pour ça oui... On n'avait jamais vu autant de voyageurs, sans compter nos trois gars qui ont du travail. Inespéré dans ce trou, loin de tout. Ce n'est pas les moines qui auraient pu les faire vivre... Il y a aussi des saisonniers qui viennent louer leurs bras, même s'ils logent dans des masures hâtivement bâties en terre et en chaume. Ce ne sont pas des anges. On n'a jamais connu autant de méfaits alentour. Vous venez pour le chantier ?

– Cela se pourrait..., fit évasivement Matteo.

– Il faut savoir..., dit soudain Rigobert, qui sentait bien qu'il devait devenir un peu plus bavard pour obtenir une réponse.

– Tais-toi donc !

Florine fronça les sourcils, en déposant une part de tourte au fromage de chèvre sur la table, où le pot de vin avait marqué de traces rougeâtres le bois blanc qui en avait vu d'autres. Elle avait trouvé des restes dans son garde-manger.

Les visiteurs avaient beaux habits et belles manières, il convenait de bien les traiter !

Faisant signe à sa femme de ne pas se mêler de ses affaires, Rigobert avait tiré le banc près de Matteo.

– Il faut savoir que ce chantier, il a pas réjoui tout le monde. Il y en avait beaucoup qui voulaient pas démolir la vieille église, la sainte église…

Rigobert se signa et hocha la tête d'un air entendu, que singea Florine, comme si imitation valait obéissance.

– Et même l'abbé, poursuivait l'homme, dont le visage bourru affichait maintenant la satisfaction de ceux qui flairent une bonne affaire, l'abbé, je dis, s'est fait tirer l'oreille par le pape. Mais il n'y a pas grand-monde qui lui résiste, à votre pape !

Matteo sourit. L'aubergiste avait raison. Comment ne pas répondre à toutes les exigences de ce maudit Clément ! La preuve, lui, Matteo Giovannetti, qui revendiquait le titre envié et enviable de « peintre du pape », venait de se taper des lieues et des lieues à cheval dans le vent, la pluie, la neige, pour lui faire plaisir. Dieu sait qu'il avait résisté, mais, têtu, le pape lui avait répété que les paysages étaient beaux, que tous les villages avaient des chemins renforcés de cailloux ou de planches, et qu'à l'arrivée, ils verraient l'un des plus grands chantiers de la chrétienté ! Les périls n'avaient pas manqué. Les mauvaises gens et les bêtes sauvages avaient été plus dangereuses que les précipices ou les ornières. Ils étaient arrivés et tout était glauque. Matteo avait à peine eu le temps de humer « l'air vif » qui devait stimuler sa créativité, comme le lui avait laissé entendre ce maître intraitable. Et peut-être les sauver du péril, dont on parlait encore à mots couverts dans la ville pontificale. Ce n'était plus une rumeur depuis qu'un maudit bateau avait apporté la maladie à Marseille et qu'elle avait touché Avignon, en répandant la terreur…

– Charité morte, espérance perdue, disait le pape, las de ce mal qui répandait son venin partout.

Un frisson le parcourut. Des voyageurs contaient les horreurs vues au-delà des Alpes, de Rome à Florence, en passant par Assise ou Orvieto. Des récits à faire se dresser les cheveux sur la tête ! Ils décrivaient d'énormes tranchées où l'on déposait les cadavres par centaines à la fois, les empilant par couches successives, comme des marchandises dans la cale d'un navire…

Matteo avait de l'imagination… mais là, il rechignait à croire ces histoires. Même si le pape avait pris très au sérieux le mal, en composant une messe pour écarter le fléau, en protégeant les juifs des excès de chrétiens affolés par l'épidémie dont ils les rendaient responsables, et en lançant encore un chantier ! la construction d'un hôpital et, hélas, d'un cimetière.

Abandonnant ces pensées délétères, il observa un instant la grosse bûche qui allait se couper en deux ; en un instant, ce fut fait, la terre battue fut éclaboussée d'étincelles qui vinrent mourir à leurs pieds. Matteo revint à son sujet, d'un air détaché :

– Le guetteur nous a parlé d'incendies et d'incidents…

– Ouais, la nuit dernière, les moines couraient partout, il y avait des flammes comme en enfer…

– Comme en enfer ?

– Un échafaudage qui s'était embrasé, ont dit nos gars qui ont aidé à éteindre. On a l'habitude maintenant… Il se passe toujours quelque chose. Pour sûr, on pose des pierres pour élever des murs, des claveaux pour dessiner un arc, on taille des poutres pour la charpente. Mais on ne compte plus les morts, les estropiés, les charrettes de pierre perdues, les chariots de bois enflammés.

Paolo n'avait pas plus apprécié la tourte que la soupe ; il se tenait le menton dans les mains, ses beaux yeux de perle turquoise papillotaient. L'œil plus vif, Benedetto aurait bien repris et de la soupe et de la tourte, mais sa timidité empêchait toute initiative.

– Des chariots enflammés..., répéta Matteo, de plus en plus songeur.

Décidément dans quelle galère l'avait expédié le pape Clément ?

– Et pas que par l'opération du Saint-Esprit ! Un chantier d'enfer, je vous dis...

– Tais-toi donc ! souffla Florine, en apportant des pommes toutes ridées dans une large écuelle au bord bleuté.

L'enfer, qu'est-ce qu'il en savait ? Elle se souvenait de celui qui ornait le narthex de la vieille église avec ces diables armés de fourche qui vous glaçaient le sang.

4

Matteo ferma la porte doucement et respira profondément, la main encore crispée sur la grosse clé qui permettait d'ouvrir ou de fermer ce havre de paix. Le paradis ! Tout à coup, le bruit des travaux avait cessé… Rarement il avait connu autant d'effervescence et de tintamarre, comme si tout devait aller vite, très vite. Pourtant, il avait vu beaucoup de chantiers, et le palais du pape en Avignon était un modèle du genre.

– Matteo, venez…

Un jeune moine, dont la tonsure formait une étrange lucarne dans l'épaisse chevelure noire au sommet de la tête, avait surgi d'une salle qui ouvrait sur le cloître par deux larges arcades ; l'un des supports à droite offrait un équilibre incertain et le chapiteau d'origine avait été remplacé par une pierre vulgaire. Matteo songea que le pape Clément avait raison de dire que rien n'allait plus dans son ancien monastère. Il ne connaissait de la vieille basilique que les quelques pans encore visibles et promis à une prochaine destruction, mais les bâtiments du couvent lui paraissaient si délabrés, qu'il comprenait maintenant la vive excitation de son Maître à l'idée de remédier à cet état indigne. Certes, la démolition de l'ancienne abbatiale avait provoqué quelques désordres dans le cloître, dont l'une des galeries avait déjà été détruite.

– Venez, répéta le moine.

Son visage trahissait une extrême maigreur ; ses pommettes étaient si osseuses qu'elles semblaient pouvoir percer la peau diaphane autour du nez tellement en trompette que l'eau aurait pu y tomber.

Le peintre l'observa d'un œil scrutateur. Parmi les séries de portraits qu'il imaginait tous les jours, revenait un personnage qui lui ressemblait. Cela le fit sourire ; l'art n'était-il que le reflet de la réalité ? La question le taraudait depuis toujours, et il se la poserait jusqu'à son souffle ultime.

Il jeta un dernier regard sur le cloître où s'engouffraient les courants d'air, venus on ne savait d'où ; le ciel laiteux fermait, tel un couvercle, le petit carré d'arcades surmonté d'une galerie supérieure, où bois et briques se donnaient la réplique, en un mélange hétéroclite.

La porte, poussée par le moine, grinça affreusement sur ses gonds. Dans la salle, il faisait presque chaud ; une grande cheminée en occupait le plus large côté, et des flammes rouges et jaunes attaquèrent avec voracité la grosse bûche que le moine Jean y déposa. Matteo se frotta les mains avec bonheur et tapa ses pieds engourdis sur les dalles de pierre.

Il avait très froid depuis son arrivée à La Chaise-Dieu où, la nuit précédente, une fine couche de neige avait recouvert sans pitié le chantier de l'abbatiale. Non pas qu'il ait fait si chaud en Avignon, quitté quelques jours plus tôt ; il détestait le vent, qui s'engouffrait dans la vallée du fleuve, au pied de la ville, et pénétrait les vêtements et la tête, rendant presque fou. En remontant vers le septentrion, la température avait chuté ; un froid sec avec de belles journées ensoleillées, ou humide quand la neige était venue perturber leur avancée pour franchir ce col calamiteux près de Bourg-Argental, une dépendance de La Chaise-Dieu, où ils avaient passé quelques jours pour soigner Paolo qui souffrait d'une mauvaise fièvre. Ce souvenir fit frissonner Matteo, car il avait cru, un instant, que le jeune homme avait emporté, avec lui, le mal qui semait la terreur.

Voilà donc la librairie dont le pape Clément lui avait parlé, l'œil brillant. C'était là qu'il avait découvert le savoir de ceux qui l'avaient précédé ; entré à dix ans au monastère, inculte, il y avait tout appris, dévorant Aristote, Platon ou saint Augustin, ainsi que des traités de géométrie ou d'arithmétique. Nul doute que les théories de Robert Grosseteste, dont Matteo aperçut un exemplaire illustré, avaient dû impressionner l'enfant et que l'œuvre architecturale, qu'il inspirait aujourd'hui, pouvait être comprise à la lumière du texte.

– Voilà ce que je voulais vous montrer, dit le moine, en désignant sur un pupitre un gros livre. C'est la vie de saint Robert…

Le moine Jean avait placé, près du pupitre, un candélabre qui répandait une douce lumière, le reste de la salle étant plongé dans une semi-pénombre, à l'exception du carré où un autre moine, des lunettes sur le bout du nez, s'appliquait à copier un manuscrit. Matteo lui lança un bonjour discret, mais l'autre ne leva pas le nez du feuillet, où les lignes tracées à la règle guidaient les lettres qu'il calligraphiait avec soin. Le parchemin qu'il noircissait était tout neuf et bien lisse, comme on savait les fabriquer en ce siècle de progrès, alors que le livre de la vie de Robert, rédigé près de trois siècles plus tôt par un certain Marbode, présentait des folios jaunis, épais et friables, dont beaucoup avaient été écornés au fil des consultations.

– Le pape Clément veut que je raconte tout par le menu, dit Matteo, en prenant place sur le haut banc que Jean avait approché du pupitre.

– Vous n'avez pas de chance, le copiste était un gribouilleur… ses pattes de mouche ne sont pas très lisibles, mais, vous verrez, on s'y habitue ! Ce n'est pas comme frère Pierre, ajouta Jean en désignant son voisin, qui esquissa un petit sourire et détourna enfin les yeux de sa tâche minutieuse.

– Et si vous pouviez nous apprendre à faire des images pour illustrer ces pages, ce serait honorer Dieu, murmura-t-il, en laissant éclater soudain une joie communicative.

– Voilà pourtant un bien beau dessin, dit alors Matteo, en saisissant une feuille de parchemin posée sur un coffre. Qui l'a fait ?

Les deux moines se regardèrent. Matteo perçut comme une gêne.

– Une diablesse du village…, chuchota le frère Pierre.

– J'aimerais la connaître, répliqua le peintre, l'œil malicieux.

– Hum, vous la trouverez parfois dans une maison à deux pas de l'abbaye, mais voilà vêpres qui sonnent, le travail attendra !

Frère Pierre avait déjà posé ses lunettes près de l'encrier, un petit godet de verre où la plume patienterait jusqu'à la fin des prières, et bondissait vers la porte.

– Oui peut-être, mais le pape, lui, n'attend pas, fit alors Matteo. Et je ne suis là que pour quelques jours, sinon le pape va me faire chercher par des gens d'armes !

– Le pape Clément est un homme pressé… Il prendra bien le temps de mourir comme nous. Ici, nous avons l'éternité !

– Je ne parviendrai pas à tout lire… Il n'y a pas quelqu'un qui pourrait me raconter la vie de ce saint que le pape Clément veut honorer ?

Vifs et rapides, Frères Pierre et Jean, sans un bruit, avaient déjà claqué la porte.

Matteo soupira. Le pape Clément n'avait pas réalisé ce qu'il exigeait de lui. Lorsqu'il pensait à la tâche qu'il devait encore abattre au palais d'Avignon, il avait l'impression de perdre son temps, dans ces montagnes, en cherchant la matière de ces futurs « tableaux », comme disait le pape, « en l'honneur de ce Robert », le saint fondateur de ce lieu aussi beau que sauvage.

Il regarda à nouveau l'image de la diablesse. Le trait était léger, la couleur délicate, les attitudes bien saisies…

– J'irai la voir, se promit-il, en observant les flammes qui crépitaient dans le foyer noirci par des siècles de feux, et qui offraient une gamme de nuances qu'il aurait voulu fixer sur sa palette.

– Ne les croyez pas, ce n'est pas une diablesse qui a fait ce dessin, lui assura une voix caverneuse près de lui.

Matteo se retourna vivement, ce qui le fit grimacer. Il avait une sorte de torticolis depuis son arrivée. Un grand gaillard se tenait devant lui ; le froc, qu'il avait curieusement relevé et pris dans une ceinture de chanvre, lui donnait une stature impressionnante.

– Vous la connaissez ? Mais vous n'êtes pas à vêpres ?

– Quand je travaille sur le chantier, le père abbé m'en dispense, répondit le moine. Je suis frère Barthélémy. J'étais venu chercher du parchemin pour messire ou plutôt Monseigneur l'architecte.

Un gros rire accompagna cette correction, appuyée par un ton pointu qui contrastait avec la carrure du moine.

– Alors tu connais celle qui dessine ainsi ? C'est une vieille, une jeune ?

– Oh une jeune… mais je dois vite aller rejoindre le Maître.

Lui aussi claqua la porte derrière lui, avant que Matteo n'ait pu le retenir.

La curiosité excitée par les réticences des uns et les réflexions du moine au physique incongru, il eut du mal à s'intéresser au manuscrit dont les chandelles vacillantes, plantées dans un candélabre de fer forgé, faisaient danser les lettres. Dès les premières lignes, l'existence du saint ermite, qui allait fonder cet endroit certes fascinant, lui parut assez terne à côté de la vraie vie. Et même si le cours des jours devait être monotone dans un monastère, comparé aux événements qui pouvaient se dérouler autour du pape, il présumait qu'avec le chantier, la vie ici ne manquait pas d'intérêt. Et ce Barthélémy, qui était bien différent des autres moines, comment connaissait-il cette « diablesse » ? Tout émoustillé, Matteo reprit sa lecture.

Il avait déjà avancé lorsque Pierre revint des vêpres. Il savait à peu près tout sur cet ermite, qui avait attiré des disciples dans ce lieu sauvage et avait créé un petit monastère autour duquel s'en étaient agrégés beaucoup d'autres, sans oublier ces laïcs qui lui avaient fait aussitôt confiance et avaient offert d'importantes donations. Après sa mort, les miracles et le pèlerinage qui s'était développé avaient apporté la prospérité au bourg lentement créé autour de l'abbaye.

– Je sais tout, annonça triomphalement Matteo, que le regard, aussi interrogateur que surpris, du moine ramena à davantage de modestie.

Frère Pierre hochait la tête.

– Ou presque…, ajouta Matteo précipitamment.

Son interlocuteur était un pur, comme il n'avait guère eu l'occasion d'en croiser à la cour du pape ! Et sans doute, contrairement à d'autres, n'avait-il pas oublié l'enseignement de saint Robert. Marbode ne rappelait-il pas que, selon le saint, « grandeurs et richesses dont le monde fait tant état ne sont que fumée et vent » ? Une phrase à méditer, à proximité de ce chantier arrosé par les florins d'un homme amoureux du faste et de la gloire.

Un sourire aux lèvres, Matteo se dirigea vers la cheminée où il ramassa un fragment de charbon de bois. Le moine avait déjà rejoint son pupitre et la plume d'oie, à peine trempée dans l'encrier, commença à crisser sur le feuillet. Matteo ouvrit la liasse de parchemins qu'il glissait toujours dans son aumônière et se mit à dessiner d'une main sûre et rapide. Ses yeux vifs allaient, sans cesse, du modèle au dessin.

– Que faites-vous ? interrogea le moine, intrigué par le silence et l'immobilité du peintre.

– Votre portrait ! répondit Matteo, en éclatant de rire.

– Dieu me préserve !

– Que vient faire Dieu dans cette affaire ? Regardez plutôt !

En quelques traits, le visage rond du moine avait été esquissé et sur le nez osseux les lunettes étaient posées.

– C'est moi ?

Évidemment, il n'y avait pas de miroir dans le monastère et le moine était ébahi de découvrir une physionomie peu familière.

– Si vous permettez, je vais en faire le visage de notre saint, déclara vivement Matteo.

– Ah, fit le moine, de plus en plus interloqué. Oui, mais sans lunettes… Notre saint fondateur ne pouvait en avoir, il était parfait, et aussi avec une auréole, moi, je dois me contenter de la tonsure.

Matteo acquiesça, ferma le carnet de croquis et dit qu'il allait chercher cette « diablesse ». Agacé, son interlocuteur leva les yeux au ciel, tout en trempant d'un geste machinal sa plume dans l'encrier, et revint à son parchemin, une bonne manière de cultiver la sérénité.

Dehors, l'air était vif ; le bleu du ciel, très pur, rappela à Matteo certains fonds qu'il donnait à ses peintures pour les rendre intemporelles, y sacrifiant parfois ces architectures dont il était devenu un virtuose. Cheminant quelques instants dans le cloître, il perçut derrière lui un pas lourd. C'était Barthélémy qui portait sur ses épaules une hotte en bois et osier, remplie de pierres brutes.

– C'est loin la maison de la diablesse ?

Le moine le dépassa sans répondre.

– Tu peux me la faire voir ?

À grandes enjambées, Barthélémy avait déjà franchi la clôture – Matteo observa qu'il pénétrait dans la loge des tailleurs de pierre et semblait n'avoir cure de ses questions. Intrigué, le peintre se fraya un chemin parmi les ouvriers qui s'affairaient.

– Je voudrais vous montrer les chapelles où vous pourriez travailler, dit une voix derrière lui.

Matteo reconnut Hugues Morel, l'architecte qu'il avait croisé en Avignon, et à qui il avait déjà exposé les désirs du pape.

– Clément VI voudrait que ces panneaux soient visibles de partout, recommanda aussitôt le peintre, qui cherchait des yeux Paolo et Benedetto.

Il les avait encouragés à faire des ébauches en s'inspirant des activités du chantier, l'un excellant dans la représentation des édifices, l'autre dans celle des personnages. Il découvrit Benedetto installé sur un gros bloc de pierre, une feuille de parchemin ficelée sur une planchette de bois.

– Viens ! Où est Paolo ? cria-t-il, en se hâtant derrière Hugues Morel, qui louvoyait adroitement entre les échafaudages régulièrement disposés jusqu'à hauteur de la voûte, ultime étape pour couvrir le bâtiment.

– Que pensez-vous des deux chapelles de chaque côté de celle-ci ? demanda l'architecte, parvenu presque à l'extrémité est de l'église.

Si la chapelle axiale n'avait pas de mur, car Morel y avait hardiment créé des fenêtres qui en occupaient chaque pan, ses voisines offraient des surfaces suffisantes pour que le peintre puisse y exprimer son art. Le pape devrait être satisfait, et son tombeau pourrait bénéficier, tout comme les stalles des moines, d'une vue vers ces panneaux qui surgissaient déjà dans son esprit.

– Cela vous convient ? interrogea Hugues Morel, dont les regrets d'avoir dû construire, par prudence, ces murs imposants seraient compensés par l'apport inespéré d'un grand programme peint.

Il avait vu au palais d'Avignon les images de saint Jean et de saint Martial. Que rêver de mieux ?

– Oui, mais il faut que tout soit nettoyé, répliquait déjà Matteo. La poussière fait mauvais ménage avec nos couleurs.

– Je donne les ordres aussitôt !

Joignant le geste à la parole, Hugues Morel fit signe à deux manœuvres qui apportaient des seaux d'eau aux maçons.

– Vous allez balayer ces chapelles et laver le sol, commanda-t-il d'un ton sec aux hommes qui s'y attelèrent aussitôt.

– Où est Paolo ? ronchonnait dans leur dos Matteo.

Il avait besoin de lui pour prendre les dimensions des murs. Nourri par sa lecture toute fraîche de la vie du saint, il agençait dans sa tête le récit qu'il développerait en huit tableaux.

– Enfin, tu sais bien où il est ?

Benedetto fit un geste de dénégation. Paolo s'était volatilisé.

Matteo haussa les épaules. Il avait la tête ailleurs. Chaque tableau représenterait le saint, depuis son arrivée à La Chaise-Dieu sur une terre vierge où Matteo se réjouissait de recréer une nature foisonnante, comme il aimait, jusqu'à sa mort et aux miracles qu'il mettrait en scène dans un décor architectural dont il avait le secret. Il s'inspirerait de cette église dont les verticales l'impressionnaient.

– Elle est belle, mon église, murmura Hugues Morel, qui avait saisi son regard.

– Oui, répondit Matteo, mais bien grande pour ce petit village.

Le peintre en avait fait le tour, dès le lendemain de son arrivée. Le constat de la disproportion de cet édifice était flagrant. Certes, autour du monastère, depuis près de trois siècles, s'était formé un bourg où les paysans côtoyaient artisans et commerçants, et même des hommes de loi. Sans oublier les pèlerins et les voyageurs qui fréquentaient assidûment l'hôtellerie de l'abbaye et, l'abbé s'en était suffisamment vanté, les quatre mille assistés passant par l'aumônerie chaque année !

– Bien grande et peut-être pas tout à fait adaptée aux besoins du monastère, ajouta Matteo qui précisait ainsi sa pensée.

L'architecte se récria aussitôt. Certes, il n'y avait plus trois cents moines comme autrefois, mais l'abbaye devait être honorée par un tel édifice qui accueillerait dignement les représentants de ses trois cent quarante prieurés lors du chapitre annuel à la Saint-Robert. Enfin, c'était la volonté du pape !

Matteo répliqua par un sourire énigmatique, il savait ce qu'était la volonté du pape ! L'autre s'était déjà éloigné, tout imbu de son importance. Ne dirigeait-il pas le plus grand chantier du royaume de France où on ne bâtissait plus guère de cathédrales ? Depuis que le roi d'Angleterre venait contester au roi de France sa légitimité, les armes parlaient davantage que les pierres, les archers plus que les maçons.

– J'aurais besoin de quelques brassiers !

Un moine arrêtait l'architecte dans sa marche pressée.

– Frère Guilhem, que se passe-t-il ?

– Vous savez que la nature endormie pendant l'hiver reprend ses droits. Vous m'aviez promis…

– Oui, oui !

Hugues Morel était las des promesses qu'il fallait tenir. C'était le prix à payer pour que les travaux se déroulent sans trop de heurts. Frère Guilhem avait été l'un des principaux opposants au projet, au motif que celui-ci l'obligeait à déplacer le jardin cultivé depuis des siècles par les moines, et dont il avait la charge depuis une dizaine d'années. Pour l'amadouer, le maître d'œuvre avait fait bâtir un enclos entouré de murs et mis à sa disposition des hommes qui venaient louer à la journée leurs bras sur le chantier et qu'on appelait des brassiers.

– Je vous en envoie deux avant sexte !

Le sourire béat du moine, qui joignit ses mains, rendues calleuses par les manches de pioche et les pelles, dans un geste un peu théâtral, fut le meilleur remerciement. Hugues Morel regarda déambuler, entre les engins du chantier, sa mince silhouette jusqu'à la porte qu'il avait fait réaliser avec de jolis claveaux moulurés pour fermer l'enclos. Tout avait un prix.

5

– Non, pas pendant que les moines défilent en procession !

– Et pourquoi ? Ils ne nous voient pas.

– Cela me gêne quand même !

– Toi, il y a quelque chose qui te gêne ?

– Cela t'étonne ? Tu es sûr que personne ne t'a vu rentrer !

– Avec tout ce monde dans le bourg, personne ne fait attention à personne… Là, viens plus près de moi, j'ai trop envie !

La soupente était basse et étroite. Gilles n'y tenait pas debout. Pourtant, il n'avait pas besoin d'un prétexte pour s'abattre, à peine arrivé, sur cette couche qui aurait pu en dire long sur leurs ébats, et y entraîner Isabeau, arrachée à ses parchemins.

– Ma petite copiste, laisse ton travail, l'encre attendra et tes pattes de mouche aussi…

Isabeau se laissait faire. Les jeux, que lui avait appris Gilles, étaient à chaque fois un éblouissement. Comment résister, alors qu'elle piaffait d'impatience, à peine avait-il franchi la porte ? Mais là, arriver en plein jour et le jour du chapitre des moines, il exagérait. Et pourtant, quand il entreprit de la déshabiller, elle était déjà à lui. Elle murmura seulement :

– Tu as bien ton fil ?

Elle faisait allusion à l'herbe enveloppée dans un morceau d'étoffe, suspendu à un long fil, qu'il devait porter à son cou pour qu'elle n'ait pas d'enfant. C'était lui qui l'avait rassurée, dès le début de leurs relations, avec ce talisman, qu'il tenait d'un vieil oncle un peu fou – et il devait faire l'affaire, puisqu'ils n'avaient pas, depuis plusieurs mois, conçu d'enfant. À moins qu'elle ne fût une de ces femmes stériles, dont lui avait parlé, un jour, la femme de l'apothicaire, en évoquant des recettes miraculeuses et des fontaines fertilisantes pour remédier à cette déficience. Qui lui avait aussi dit que son mari ne pouvait vendre de médecine qui fasse avorter. Une précaution lancée à Isabeau. La vie solitaire de la jeune fille, hors de sa famille, déconcertait cette commerçante qui craignait le pire. Et le pire pour elle, c'était l'homme, auteur de tous les maux ! Était-ce pour la mettre en garde que cette femme lui avait raconté l'histoire d'Agnès Molette qui, se sentant pesante et enflée, était venue voir l'apothicaire, croyant qu'elle était malade ? Ou celle d'Antoinette qui avait accouché dans les latrines de l'hôtellerie, sans savoir ce qui lui arrivait ?

Dans son for intérieur, Isabeau espérait cette stérilité naturelle, car en aucun cas, elle n'aurait voulu vivre les souffrances de sa mère, qu'elle avait vue si souvent accoucher dans des tortures insupportables, à la limite de la mort ; mais elle n'entendait pas non plus se priver des plaisirs que lui avait fait découvrir Gilles, son premier amant. Certes, elle savait qu'elle vivait dangereusement. Qu'adviendrait-elle si, par malheur, elle donnait naissance à un enfant ? Elle connaissait l'opprobre jeté sur une fille enceinte sans mari. Et la vie de liberté, qu'elle s'était choisie, ne pouvait être embarrassée par un bébé.

Elle savait aussi que les clercs réprouvaient les femmes qui empêchaient la conception et les filles qui n'arrivaient pas vierges au mariage. Elle n'en avait cure, pas plus que de coucher avec un homme marié… Et même, faire cela, pendant que des dizaines de moines défilaient en procession sous sa fenêtre, lui apparaissait maintenant comme un défi conforme à la vie qu'elle entendait mener. Son père la traitait de rebelle, eh bien oui, elle était rebelle, et le serait jusqu'à son dernier souffle, en se prêtant sans regret au désir de son amant. Saint Jérôme pouvait bien écrire que l'on doit prendre femme ou mari pour avoir des enfants, et non pour assouvir sa passion. Mais savait-il de quoi il parlait ?

Dehors, les cloches carillonnaient de plus belle. Les cloches du grand clocher, dit de la voûte des morts, qui avait été encore épargné de la destruction. Les abbés l'avaient exigé car la grand'cloche, comme ils disaient, rythmait la vie du monastère, comme celle du petit clocher de bois, élevé provisoirement, rythmait la vie du chantier et des alentours. Isabeau connaissait par cœur ces bruits familiers, auxquels s'ajoutait, ce jour-là, le chœur des moines, entonnant un cantique derrière l'abbé qui devait fièrement porter sa crosse.

« Il est encore bel homme », se dit-elle effrontément. Avait-il, lui aussi, roulé sur une couche avec une femme dans les bras, avant d'entrer dans ce couvent fermé à toutes les tentations ? Et ce moine qu'elle croisait parfois, ce grand costaud, qui portait sur son dos des hottes de pierres et la déshabillait du regard ; il lui glaçait les sangs…

– À quoi penses-tu ? se plaignit Gilles, qui la trouvait distraite.

Il l'entendit murmurer :

– Et en plus, le jour de la Saint-Robert, un sacrilège, tu m'emmènes en enfer !

Les époux devaient s'abstenir certains jours de fête. Mais les amants ?

– Ou au paradis ? chuchota Gilles, qui arrivait au bout de son plaisir et l'entraînait dans une extase dont elle pensait ne jamais pouvoir se lasser.

Et après tout, n'avaient-ils pas reçu la bénédiction du ciel, puisque c'était au cours d'une messe de Pentecôte que le garçon avait repéré la jeune femme ? Manque de chance, c'était la fille du pire ennemi de son père ; leurs deux familles avaient eu, au moment du premier voyage outre-mer[1], des rivalités et des différends qui s'étaient terminés dans des bains de sang et une haine totale. Gilles le Vieux de Haumont avait hurlé à la trahison, refusant une « union de déshonneur » avec la descendante d'un misérable, d'un pleutre, d'un félon et d'un sans-le-sou… Il n'avait pas eu assez de mots pour qualifier l'homme indigne d'être le beau-père de son fils, et la voûte de la grande salle de leur château avait résonné de hurlements, dont les araignées dans leurs toiles devaient encore se souvenir. Sans doute, savaient-elles, comme Gilles, que son père n'était pas homme à transiger !

Quant à ses ancêtres, invoqués avec fougue jusqu'à la énième génération, Gilles doutait toujours qu'ils se fussent retournés dans leurs tombeaux, comme l'avait prédit son père ! Quelques semaines plus tard, Antonia était arrivée, accompagnée de ses frères, et Gilles avait été invité à l'épouser sur-le-champ. Piégé, il avait dû obéir et avait passé l'anneau au doigt de celle devenue sa femme devant Dieu, en ne pensant qu'à Isabeau.

Dépité, le tout jeune marié avait appris, quelque temps après, que la jeune fille avait quitté le château des Montagnou, refusant d'entrer au couvent selon la volonté de son

1. Croisade.

triste sire de père. Il avait aussitôt remué ciel et terre pour la rencontrer, et jamais il n'oublierait la clairière qui avait abrité leur premier baiser. À mi-chemin entre les deux châteaux ennemis, tel un pied de nez aux deux familles ! Avec pour témoins quelques corneilles, nichées dans les branches des sorbiers aux boules de corail.

« La faute à l'Esprit-Saint », lançait-il quand, à court d'arguments, il voulait balayer les réticences d'Isabeau, dont il avait bouleversé la vie. Et oublier la femme qu'il avait épousée, contraint et forcé par son autocrate de père, soucieux d'une alliance prometteuse en termes de rang et de fortune, et pour qui il n'avait que haine. L'homme, dur et imbu de son rang, ne pouvait cependant lui imposer une fidélité sans faille au « laideron » qu'il avait mis dans son lit et qui se désespérait déjà de ne pas avoir d'enfant. « Laideron ? est-il de bonne foi ? », s'interrogeait parfois Isabeau.

– Et si on partait tous les deux ? demanda-t-elle soudain.

D'un geste gracieux, elle avait tiré à elle le drap de toile froissé par leurs ébats.

– Partir ? Mais où ? répondit Gilles, en écarquillant les yeux.

Il ne s'était jamais posé la question et imaginait déjà sa vie, aujourd'hui bien arrangée, bousculée.

– Je ne sais pas... Il paraît qu'en Avignon, la ville du pape, il y a beaucoup de distractions.

– En Avignon ? Mais qui t'a raconté cela ?

– Un peintre qui en vient...

– Un peintre d'Avignon, ici, dans ce trou ? Et tu l'as rencontré où ?

Isabeau devina aussitôt une pointe de jalousie chez Gilles, qui lui avait saisi les poignets et la maintenait prisonnière sur la couche en bataille.

– Il est venu me voir. Un de mes dessins, exposé dans la librairie des moines, avait attiré son attention.

– Et alors ?

– Je pourrais peut-être travailler avec lui dans l'abbatiale.

Vaguement rassuré, quoique agacé, Gilles exprima son admiration par un léger sifflement, avec cette technique très particulière de la langue entre les dents que lui avait apprise son grand-père et qu'il utilisait avec bonheur dans la forêt pour appeler ses chiens.

– Isabeau chez les moines ! Quelle affaire !

– Tu te moques de moi…

Isabeau revêtait vivement son petit linge.

– Et il est comment ce peintre ? Jeune, vieux ? interrogea Gilles, qui ne voyait pas forcément le projet d'un bon œil.

– Ni jeune, ni vieux, répliqua Isabeau, en sautant du lit, légère, ses tétons bruns pointant avec impertinence, pour attraper sa chemise de toile écrue. Et il vient d'Outremont, là où les peintres ont tant de talent.

Elle ne parlait que de ce Matteo, qui ne semblait vivre que pour son art. Elle prenait bien garde de ne pas faire allusion à Paolo, son aide qui lui avait rendu visite un matin et dont elle avait, depuis, dessiné le visage avec une ardeur presque amoureuse. Comment avouer à Gilles qu'elle guettait les allées et venues autour du chantier, avec l'espoir d'apercevoir le beau garçon aux yeux de velours si particuliers ?

– Il ne t'a pas dit ton peintre qu'en Avignon, il n'y avait pas que des distractions, mais aussi ce mal qui emporte les gens en quelques jours, avec de la fièvre, des crachements de sang et des espèces de gros boutons sous les aisselles ?

Le charme était rompu. Gilles avait enfilé ses braies et ajusté sa cotte de laine avec une ceinture de cuir usagé où il ficha sa dague.

– Qui t'a raconté ces horreurs ?
– Un cousin qui en revient.
– Fais attention à ce qu'on ne te voit pas, dit Isabeau, qui ajustait déjà le devantier la protégeant des taches d'encre et de couleurs.
– Tu me renvoies ? Connais-tu les dangers qui m'attendent ?
Isabeau avait déjà la tête ailleurs. Gilles fit les réponses quand même.
– Croiser un regard curieux, qui devinerait d'où je viens, rencontrer une fille peut-être encore plus belle que toi, ou ces brigands qui courent la forêt et t'assaillent pour te soutirer ton aumônière… Moi, la mienne est vide, mais celle des prieurs…
– Tu es de taille à te défendre ! rétorqua Isabeau. Sois prudent, mets ton capuchon.
Par l'ouverture qui donnait un peu d'air au galetas sous charpente, assez misérable, à usage de chambre et mesurant une toise de long et à peine plus en largeur, elle tenta en vain de le voir s'éloigner en montant sur la paillasse posée à même le plancher. Un mouchoir oint de glu gisait à côté ; il servait à attraper les puces qui pullulaient dans le logis.

– C'est moins gai qu'Avignon ! dit Paolo.
Une vérité frappée au coin du bon sens ! L'austérité noire des frocs des bénédictins, même sous le soleil de La Chaise-Dieu, ne pouvait rivaliser avec la pourpre des cardinaux. Et là que du noir, et encore du noir ! En quelques jours, des moines venus des quatre coins de la terre avaient convergé « dans ce trou », comme disait Paolo, qui ne s'était pas encore habitué au lieu que d'aucuns trouvaient magique par sa situation et sa sainteté, mais dont il abominait déjà l'isolement. Avignon, le centre du monde chrétien, drainait un monde

fou venu de tous les horizons. La vie y était gaie, insouciante, apportant chaque jour son lot de surprises.

– Faut voir, répliqua le sage Benedetto, qui, lui, n'avait pas été fâché de quitter la ville où la maladie faisait des ravages.

Il fallait l'inconscience de Paolo pour continuer à trouver les filles belles et même faciles.

Paolo soupira. Une ombre passa dans son regard turquoise. Reverrait-il Laure, un jour ? Son père l'aurait-il emmenée sous d'autres cieux plus cléments ?

– Regarde-les, mais d'où ils sortent ? Cela n'en finira donc jamais ?

– Oui, ils sont nombreux. Cette année, trois cents monastères sont représentés, affirma Rigobert, qui, comme beaucoup d'habitants du village, jouait les badauds, tout en affectant de bien connaître les affaires de l'abbaye.

Près d'eux, une laitière déposa le pot rempli du précieux liquide tout fraîchement trait, qu'elle avait transporté sur sa tête et qui lui avait brisé le cou ; un homme arrêta son âne lourdement chargé afin de regarder le spectacle d'un œil gourmand.

Cette rare distraction qui revenait, chaque année, à date fixe, Amphélis et Héloïse ne l'auraient manquée sous aucun prétexte. Elles avaient profité de l'absence de leur père, parti à la chasse au renard, pour courir au village, et ne perdaient pas une miette du défilé rituel, répondant à peine à la ventrière venue les rejoindre pour leur demander des nouvelles de la petite Roberte.

– Oui, oui, elle braille toute la nuit et empêche la maison de dormir !

– C'est bien, c'est qu'elle est bien vivante, repartit Aumode, avec un grand sourire, avant de reporter son regard sombre sur la procession qui n'en finissait pas.

Le chapitre annuel était un événement qui ne laissait personne indifférent, tant les communautés religieuse et laïque avaient tissé des liens indéfectibles. Tous vivaient au rythme des cloches appelant les moines à la prière ; de plus, l'abbé, seigneur du village, exerçait la justice. Le lieu, éloigné de tout comme le déplorait Paolo, accueillait, tout de même, à la belle saison, beaucoup de visiteurs, venus en pèlerinage sur le tombeau du fondateur. Une source d'activités non négligeables pour ces familles qui habitaient, souvent depuis plus de deux siècles, à La Chaise-Dieu. Des familles qui effectuaient de menus travaux pour les moines et avaient bénéficié de la situation florissante du monastère. Et comme cela n'était plus aussi vrai, le grand chantier du pape représentait une véritable aubaine, même si certains avaient pris le parti de le critiquer, au nom de la tradition.

Rigobert, leur hôtelier, avait expliqué tout cela à Matteo. Paolo n'avait guère prêté attention à ces histoires qui ne le concernaient pas. Tout au plus, avait-il tendu l'oreille lorsque Matteo avait fait allusion, la veille, à une possible collaboration avec cette jeune femme qui occupait un atelier d'écrivain sur la place. L'aubergiste, lui, avait fait une moue dubitative. Isabeau était une énigme pour beaucoup.

– Oui, la fille de ce Gaspard de Montagnou, redouté par les villageois. Hargneux, violent, toujours prêt à en découdre avec l'un ou l'autre, vivant en marge du village comme de l'abbaye ! Et sans le sou pour tenir son rang, un château branlant…, avait dit Rigobert, en ricanant, avec cette pointe de mépris exhalant une profonde rancœur contre le châtelain.

Un prêté pour un rendu, car Gaspard, tout déchu qu'il était, restait hautain et dédaigneux.

Un observateur aurait surpris l'intérêt subit de Paolo pour ses paroles. Le garçon avait caché à son maître qu'il avait rencontré la jeune femme par hasard. Lui aurait-il avoué qu'il avait trouvé, à cette brune, une certaine ressemblance avec Laure ?

Se détournant de la monotone procession, il chercha des yeux la petite maison, dont les murs de terre de couleur grisâtre étaient dissimulés par une vigne vierge aux feuilles naissantes. La porte s'ouvrait justement et un homme en sortait précipitamment. Paolo le suivit du regard ; l'homme, qui marchait d'un pas rapide, semblait dissimuler son visage sous un capuchon. En quelques instants, il avait disparu.

– Alors, cette procession ? demanda Matteo, venu se joindre à eux. J'ai justement besoin de modèles pour un grand rassemblement autour de saint Robert. Ce sera notre troisième image, j'ai bien travaillé, je suis prêt. Vous avez dessiné les cadres ? Nous peindrons *a secco*, j'ai peur qu'*a fresco* nous ayons des problèmes de séchage. Il fait froid, très froid dans ces chapelles ! Donc demain, nous attaquerons l'enduit et j'esquisserai les scènes que vous peindrez.

– Nous ? interrogea Benedetto.

– Oui, vous. Moi, je rentrerai pour continuer mon travail au palais du pape. Mais vous aurez une aide, cette Isabeau qui me semble habile.

Ce n'était pas pour déplaire à Paolo qui n'avait dit mot, même s'il trouvait le maître bien imprudent de leur déléguer la réalisation d'un travail qui excédait leur capacité. De nouveau, il contempla la petite maison à la vigne vierge.

Depuis la chapelle Sainte-Marie, au-delà du chevet de la nouvelle église, la longue litanie de silhouettes sombres s'étirait maintenant jusqu'à la salle du chapitre, où avait dû déjà arriver l'abbé Étienne. Il ouvrait la marche avec solennité, portant ostensiblement, et non sans orgueil, la belle crosse d'or et d'argent, symbolisant son rang et rappelant son lien indéfectible avec ses prédécesseurs qui y avaient laissé une empreinte morale.

C'était le deuxième chapitre qu'il présidait et il tremblait à l'idée que le cérémonial immémorial puisse être, un instant, perturbé par un incident sur le chantier. Comme à l'habitude, Hugues Morel s'était récrié, quand il lui avait demandé de faire cesser les travaux, le temps du rassemblement. Il n'avait que faire des abbés et des prieurs de la congrégation, venus, selon la tradition depuis plus d'un siècle, pour cette fête annuelle du 24 avril, jour de la Saint-Robert. Et il n'était pas d'humeur à composer. Deux jours auparavant, un chariot de planches avait brûlé, en pleine journée, semant l'émoi encore une fois. Voire le désarroi de l'abbé, incapable de comprendre qui pouvait en vouloir ainsi à son abbaye.

Lentement, comme il sied à une manifestation aussi solennelle, rythmant sa marche par le mouvement régulier de la crosse rehaussée de belles pierres précieuses, qui proclamait son pouvoir, Étienne Malet avait cheminé autour de la grande carcasse de la nouvelle église. Les visiteurs avaient déjà manifesté leur impatience de parcourir le chantier, mais l'abbé avait réprimé sévèrement ces caprices, arguant qu'il y avait mieux à faire.

Et peut-être d'abord faire taire la rumeur qui avait précédé certaines délégations, et qui empoisonnait l'atmosphère depuis l'arrivée des premiers prieurs. Ces on-dit, que l'architecte avait décidé d'étouffer, redoutant l'effet désastreux qu'ils auraient sur les ouvriers, pouvaient ruiner le chantier. Mais comment retenir les flots de cet immonde bruissement ? Déjà, après Hugues Morel qui avait fait allusion, en revenant début mars, à la terrible *morte nera*, comme disaient les Italiens d'Avignon, l'arrivée de ce Matteo l'avait inquiété. Qui pouvait affirmer que ces trois nouveaux venus n'apportaient pas avec eux la contagion ? Mais Matteo, dont le côté malin agaçait prodigieusement l'abbé, n'avait-il pas été formel ? En six jours, tout malade passait. Alors ce serait bien le diable, si lui transmettait maintenant le mal. Mais les autres ?

Jamais l'architecte et l'abbé n'avaient été aussi unis dans l'adversité. Non, le fléau ne viendrait pas entraver le déroulement des travaux et nul ne connaîtrait la menace, plusieurs lieues à la ronde. Mais encore fallait-il que les visiteurs tiennent leur langue et n'affolent pas la population. L'un des derniers arrivés, le prieur de Montepeloso, n'avait-il pas raconté le décès de l'un de ses moines, survenu dans des conditions mystérieuses ? Et celui de Lucanie avait évoqué l'enquête ouverte par le pape, pour prendre la mesure de ce que certains nommaient, déjà, une catastrophe majeure.

Soudain, l'abbé regrettait de ne pas avoir annulé le chapitre, et comme pour se dédouaner, au moment où tous les visiteurs étaient enfin installés, ou plutôt entassés, dans la salle provisoire trop petite, il lança, telle une incantation, une prière d'actions de grâce. Que ceux qui étaient arrivés et paraissaient en bonne santé en remercient au moins Dieu, et le prient de veiller sur eux et La Chaise-Dieu ! « Charité bien ordonnée commence par soi », un vieil adage que l'abbé pratiquait depuis longtemps.

On ne pouvait pas dire que les débats avaient été fructueux. L'abbé souhaitait soutirer aux dépendances des ressources supplémentaires ; les prieurs n'entendaient pas se laisser faire, arguant que l'abbaye n'avait pas besoin de leur aide, tant que le pape lui accorderait sa bienveillance et ses largesses. Bref, un dialogue de sourds dont l'abbé sortait exténué et frustré. Ils avaient refusé d'augmenter leurs redevances en nature : setiers de froment, d'avoine ou de seigle, fèves, fromages et vins qui nourrissaient en partie les ouvriers.

Impuissant à les gagner à sa cause, il se le reprochait, comme la lassitude qui était la sienne, depuis que le chantier du pape lui pourrissait sa vie d'abbé.

– Ne disposez-vous pas de fonds secrets que le pape vous fait mander en toute discrétion ? avait interrogé le prieur de Sainte-Gemme, en pointant d'un doigt accusateur la question qui fâchait.

Surpris que de telles informations circulent, l'abbé n'avait pas convaincu par ses réponses. Et les plus folles conjectures sur un manuscrit secret relatif aux dépenses fastueuses du pape avaient parcouru l'assistance ; elles accréditaient les rumeurs de subsides fantastiques prêtés au roi, et, pourquoi pas ? mises à la disposition de l'abbaye pour ce chantier, tout aussi fou. Le nom de Pierre Gervais, le collecteur damné du pape, aussi rusé que dévoué à Clément VI, était sur toutes les lèvres.

Dans un brouhaha inhabituel à la communauté, certes constituée d'hommes de caractère, il avait fallu toute l'habileté des trésoriers des fonds pour calmer les prieurs déchaînés. Que croyaient-ils tous, que c'était facile de gérer un tel projet dont la renommée bénéficierait à tous ? Le procurateur, Guillaume Duriane, ne se ruinait-il pas la santé, en effectuant des voyages incessants en Avignon pour obtenir les bulles ordonnant audit Pierre Gervais de livrer les fonds ? Et leur gestion, par le second prieur et le grand aumônier, ne devait-elle pas faire face à d'innombrables imprévus ? Pensaient-ils que ce fût simple de rémunérer trois à quatre cents personnes qu'il convenait de nourrir et de loger, de répondre aux récriminations les plus diverses, d'approvisionner le chantier en matériaux ? Sans compter que l'abbaye poursuivait, vaille que vaille, son œuvre de charité pour soulager les pauvres !

Certains avaient même abordé les incendies que l'abbé avait recommandé de dissimuler dans la mesure du possible. Étienne Malet en avait encore des sueurs froides.

Et la moins virulente n'avait pas été la prieure de Comps[1], dont le cloître se situait à quelques lieues au bord de la Senouire qui venait justement de La Chaise-Dieu et créait un lien avec la maison mère. Cette Madeleine de Anciaco le perdrait ; soutenue par sa consœur de Chassignolles, elle lui avait tenu tête avec un aplomb qu'il n'avait pas digéré. Quelle idée avait eu saint Robert de créer ce monastère de femmes, avec lequel La Chaise-Dieu et ses abbés n'avaient connu que des ennuis ? Révoltes et disputes avaient émaillé leurs relations, et voilà que Madeleine parlait de vendre des vases sacrés pour faire réaliser des peintures dans son église. C'était insensé ! Les clercs avaient longtemps pensé que les femmes n'avaient pas d'âme et, aujourd'hui, ils prétendaient toujours que la femme était un objet imparfait, un animal aimable et surtout le trouble de l'homme ! L'abbé leur donnait volontiers raison.

– Nous visiterons le chantier par groupes, annonçait, maintenant, une voix près de lui.

– Nous voulons être dans le premier, dit la prieure de Chassignolles, en se plantant devant l'abbé avec une insolence mal contenue.

– Oui, acquiesçait, derrière elle, Madeleine, dont les yeux pétillaient entre voile et guimpe[2]. Honneur aux femmes !

– Des disciples de Satan, murmura entre ses dents Étienne Malet, qui avait abandonné sa crosse et se hâtait, pour cacher son agacement peu chrétien, vers le chantier où l'attendaient Hugues Morel et ses acolytes.

---

1. L'actuel Lavaudieu.

2. Le guimpe est un voile de toile fine qui couvre la tête, le cou et les épaules. Le voile noir complétait la tenue des bénédictines.

6

« Ses acolytes ». L'abbé avait toujours bien du mal à comprendre qui faisait quoi. Le chef du chantier était-il cet Hugues, paradant avec sa femme, une certaine Élisabeth, faiseuse d'embarras, son valet personnel, qui le suivait partout comme un chien, et ses serviteurs ? Tout était, avec lui, source de conflits, le dernier, très aigu, avait porté sur le versement de son salaire pendant une absence due à une maladie. Ou alors ce Pierre Salciat qui, lui, était tout seul, mais bénéficiait des mêmes avantages que le premier ? Au moins, celui-là était-il présent sans interruption sur le chantier. Et quel pouvait être le rôle du dernier ? Pierre de Cébazat, qui venait parfois de Clermont avec son apprenti, et qui avait remplacé Hugues lors de sa prétendue maladie.

Tous trois étaient justement présents ce matin-là, soucieux de ne pas manquer une occasion de briller en public et de vanter leurs savoir-faire.

– Regardez cette pierre !

Hugues Morel désignait, à ses pieds, un bloc sombre sur lequel l'abbé jeta un coup d'œil méfiant.

– Elle est noire, d'où vient-elle ?

– D'une carrière au septentrion de Clermont…

– Elle a servi à la cathédrale de Clermont, répondit Pierre de Cébazat, qui avait enlevé son chaperon pour parler à l'abbé, et le coinçait sur son épaule pour garder les mains libres.

– N'y a-t-il pas assez de pierres à proximité ? interrogea dubitatif l'abbé. Faire venir des matériaux de si loin, au moins trente lieues, quelle affaire et quelle dépense, alors que nous avons nos propres carrières ! Qu'en pense Guillaume Duriane ?

– J'ai montré un échantillon de cette pierre au pape et ce dessin pour le portail, dit alors Pierre de Cébazat, en tournant ostensiblement le dos au procurateur interpellé qui n'osa pas intervenir. Tout ne pouvait devenir un problème.

L'abbé dévisagea le tailleur de pierre, la mine rembrunie. L'homme rougit. Il aurait mieux fait de tourner sa langue dans sa bouche, car il savait l'abbé chatouilleux. Celui-ci supportait mal de voir les décisions prises en Avignon, sans qu'il en soit informé. Comment oublier que le pape savait tout du chantier, que des rapports lui parvenaient et que plans et matériaux étaient choisis par lui ? La bévue de Pierre de Cébazat avait, en tout cas, le mérite de détourner la conversation de l'autre sujet épineux, les finances.

– Je vous expliquerai, dit précipitamment l'architecte.

Le premier groupe de visiteurs entourait, en effet, l'abbé, et réclamait bruyamment le droit d'entrer sur le chantier.

– Voilà, voilà…

Hugues Morel arborait sa plus belle cotte et un chaperon d'écarlate[1] avec un repli qui dévoilait ses cheveux légèrement bouclés et couvrait les oreilles, avant de former une cape douillette sur les épaules. Avenant, il accueillit la petite troupe avec un grand sourire, reproduit, un peu servilement peut-être, par les deux autres. N'étaient-ils pas là pour vanter leur œuvre, enfin ce qu'ils considéraient déjà comme une

1. Drap de laine luxueux teint de différentes couleurs.

œuvre pour la postérité ? Surtout Hugues Morel, dont la modestie n'était pas la principale qualité.

Visiblement agacé, l'abbé ne recouvra son calme que lorsque les prieurs, sans aucune exception ou presque, se déclarèrent conquis par le chantier qui avait avancé de manière décisive depuis l'année précédente. Avec générosité, ils multipliaient les adjectifs élogieux et justifiaient presque ces travaux qui lui pesaient tant. Beaucoup rêvaient d'en faire autant dans leurs établissements, même si l'état médiocre de leurs finances ne le leur permettait pas. L'édifice avait belle allure ; soudain apaisé, Étienne Malet était obligé d'en convenir.

Se frayant un chemin entre les engins de levage ou les rampes d'accès aux premiers niveaux des échafaudages, tous découvraient l'église bâtie à la gloire de Dieu sans doute, mais aussi à la gloire de son principal commanditaire. Et cette splendeur, qu'ils percevaient dans les piliers extraordinaires ou les voûtes légères, devait être un reflet de Dieu, ou au moins de sa création, dont nul n'aurait osé contester la perfection.

Si à l'extérieur, la masse du bâtiment ne parlait pas vraiment à l'imagination, à l'intérieur, la légèreté des lignes, la verticalité des murs étroits et le rôle dévolu à la lumière étaient infiniment perceptibles. Salué par les ouvriers, qui se détournaient quelques instants de leur tâche pour enlever leurs bonnets de laine grossière, découvrant des crânes rougis par le froid vif, le groupe avait progressé vers le chœur. Plus avancé, le sanctuaire donnait la juste mesure du projet.

– L'idée, expliqua d'un ton docte Hugues Morel, était de donner un espace suffisant aux moines, d'où ces quatre travées et l'ouverture de ces cinq chapelles qui rayonnent autour.

– Tout est harmonie ici, nous y serons bien pour prier, dit un jeune moine qui avait toujours mené le groupe de ses collègues acquis à la reconstruction. Admirez l'équilibre des lignes des voûtes, la douceur des courbes, la finesse des moulures qui vont du sol au sommet dans un jet ininterrompu.

– Oui, acquiesça l'architecte heureux de ce plaidoyer ardent, et vous verrez comment j'ai décidé d'abandonner, peu à peu, la colonne au profit de ces supports octogonaux.

– Ils sont massifs, observa le prieur de Bourg-Argental, un petit gros qui avait perdu tous ses cheveux et présentait un curieux contraste avec son voisin, le prieur de Sainte-Gemme, un grand échalas, dont l'appétit était pourtant légendaire mais à qui rien ne profitait. Ce duo étrange ne se quittait plus depuis qu'ils avaient subi la même mésaventure : une vilaine attaque de brigands aux abords de l'abbaye. Dépouillés et molestés, ils étaient arrivés la veille dans un triste état.

– Et la sculpture ? demanda Madeleine de Anciaco, la prieure de Comps.

– Oui, c'est vrai, il n'y a plus de place pour les sculptures..., ajouta la prieure de Chassignolles dont l'abbé connaissait bien la langue de vipère.

Étienne Malet fronça les sourcils. Voilà les deux femmes de l'assemblée qui avaient déjà la critique à la bouche. C'est Pierre Salciat qui répondit :

– Si vous regardez bien, il y a des culots à tête humaine au sommet des piliers des chapelles.

– Oui, peut-être, reconnut Madeleine dubitative. Mais c'est haut et mal éclairé.

– Dois-je vous rappeler que nous ne devons pas nous laisser distraire par des ornements ? répliqua le prieur de Bourg-Argental, en grimaçant car sa mâchoire le faisait souffrir.

Un des bandits lui avait allongé un méchant coup de poing.

– Vous n'allez tout de même pas vous faire le chantre de saint Bernard ! répliqua celui de Sainte-Gemme, qui venait d'une région où les sculpteurs des siècles précédents s'en étaient donné à cœur joie pour multiplier les images et offrir des distractions aux fidèles et aux moines.

– Écoutez, nous n'allons pas rallumer une vieille querelle, protesta aussitôt Étienne Malet, et nous aurons un grand et beau portail, n'est-ce pas messire Pierre de Cébazat ?

Visiblement heureux d'être interpellé, l'homme se rengorgea, imaginant déjà les éloges à venir sur les sculptures dont il avait débuté la conception.

Mais, peu soucieux de mettre trop en valeur ces hommes qui l'irritaient, Étienne Malet disait déjà :

– Allez plutôt voir le peintre qui vient de nous arriver d'Avignon. Il paraît qu'il a peint tout le palais du pape. Voici Matteo et ses aides.

Matteo eut vite fait de dévaler de l'échafaudage à hauteur d'homme qu'Hugues Morel lui avait complaisamment fait construire. Des cadres rectangulaires formaient un canevas sur l'enduit des murs de la chapelle. Le peintre prenait doucement possession des lieux.

– Matteo doit raconter l'histoire de notre fondateur, expliqua l'abbé.

– Oui, en huit tableaux… Je vais commencer à esquisser les images.

– Avec de belles couleurs, j'espère, le coupa Madeleine, la prieure de Comps. Vous pourrez venir ensuite dans notre couvent ? J'ai de grands projets…

– Je crains que ce ne soit guère possible, répondit Matteo, je dois vite rentrer en Avignon où beaucoup de travail m'attend.

– Nous vous laissons travailler…, dit alors l'abbé, en entraînant le petit groupe à l'opposé du chœur en direction de l'ouest.

La troupe louvoyait, en désordre, au milieu des ouvriers. Le prieur de Sainte-Gemme faillit chuter en se prenant les pieds dans la corde d'un engin de levage. Un ouvrier se précipita, un autre cria un ordre du haut de l'échafaudage. Tout le monde leva la tête. Perché en équilibre sur une planche, il tenait un fil à plomb et veillait à l'ajustement parfait de la pierre par un autre, pendant qu'un troisième portait l'auge à mortier. Avec sa truelle, un maçon y prit soigneusement la matière nécessaire et l'appliqua habilement.

L'abbé avait beau s'en défendre, il aimait ce travail dont le résultat était immédiatement visible. Tous, d'ailleurs, éprouvaient une certaine fascination et observaient en silence la pose de la pierre suivante et les gestes parfaitement contrôlés de ces hommes appliqués. Pierre de Cébazat, qui les avait rejoints, les laissa jouir du spectacle quelques instants. L'abbé le tira par la manche ; ses doigts glissèrent sur le bel escot[1] de la cotte fourrée qu'il arborait, lui aussi, un des menus avantages accordés aux maîtres d'œuvre. Étienne Malet l'appréciait, cependant, pour sa modestie et ses prétentions matérielles plus raisonnables que celles d'Hugues Morel.

– Nous passons à l'endroit où sera déposé le tombeau de notre pape, annonça l'abbé. Ici à l'entrée de notre chœur.

– Ne l'enterre pas tout de suite, tu pourras courir après les florins du chantier. Je doute que son successeur soit parmi nous et aussi attaché à notre abbaye ! dit le prieur de Montepeloso, avec un petit sourire malicieux.

– Nous avons tout intérêt à souhaiter une longue vie au pape Clément, répliqua l'abbé, sinon cette église ne sera jamais finie. Où voulez-vous qu'on trouve l'argent, sinon dans vos maisons ?

1. Étoffe de laine à tissu croisé qui vient d'Ascot, ville de Flandre.

Tous se turent, et l'abbé comprit qu'il ne devait pas ranimer la discussion de la réunion, avant de poursuivre :

– Mais il a tout prévu, je vous montrerai, si vous le voulez, le marbre et l'albâtre qui sont déjà arrivés pour sa sépulture…

En contournant les pans de mur de l'ancienne église, encore debout, la démolition n'étant pas tout à fait achevée, ils avaient maintenant atteint les limites du chantier.

– Là, je suis inquiet, dit aussitôt l'abbé en désignant la déclivité qui apparaissait par rapport au reste de l'édifice et qui avait été en partie comblée par de la terre et des blocs de pierre. Messire Hugues veut bien me rassurer… Mais je pense que c'est mon successeur qui gérera l'affaire.

Tous se récrièrent. Il avait bien du temps encore devant lui, après tout, il n'était abbé que depuis deux ans. Simultanément, ils découvraient l'ampleur du problème en observant la façade, perchée sur des fondations impressionnantes au-dessus du vide, à partir de laquelle seraient bâties les travées de la nef qui aboutiraient à l'espace où ils se trouvaient.

– Est-on sûr que les deux constructions vont bien se rejoindre ? demanda le prieur de Montepeloso, jugeant le pari un peu fou.

Pour répondre à leurs inquiétudes Hugues Morel brandit le parchemin où était dessiné le plan de l'abbatiale.

– Oui, mais du dessin au terrain, il y a une marge, dit une voix près de l'abbé.

C'était l'un des deux administrateurs de l'abbaye qui géraient les fonds envoyés par le pape. Une tâche ardue car les sommes étaient colossales, trois à quatre mille florins par an.

– Le compas, la règle et l'équerre font merveille, répliqua Pierre Salciat qui les invita à se poster à l'aplomb du mur nord pour vérifier que celui de la façade était bien dans l'axe ainsi que la ligne de fondations déjà dessinée.

Certains restaient dubitatifs, aggravant les doutes de l'abbé ; d'autres, plus optimistes, laissaient volontiers éclater leur enthousiasme. Et puis autour d'eux, c'était la ruche, des hommes s'échinaient pour ce pape qui fascinait l'Occident. Les uns sciaient des planches et les assemblaient, les autres y plantaient des clous avec de lourds marteaux, pendant que d'autres encore gravissaient, à pas lents mais décidés, des pans inclinés deux par deux, portant des civières avec des pierres de belle taille que venaient de leur livrer deux manœuvres . Un peu plus loin, des tailleurs s'attaquaient, à l'aide de pics et de ciseaux, aux blocs arrivés à peine dégrossis des carrières. Un seul homme suffisait à transporter les pierres de moindre envergure. D'une main, il les retenait sur son dos. De l'autre, il cherchait à contrebalancer leur poids... Toute une technique pour éviter de se faire mal et d'aller quérir quelque médecine chez l'apothicaire, qui faisait des bénéfices vertigineux depuis l'ouverture du chantier. Un accident était vite arrivé. On avait déploré plusieurs morts et de nombreux blessés. Et à voir ces hommes travailler dans des équilibres incertains sur des échafaudages qui atteignaient des hauteurs formidables, c'était un miracle qu'il n'y en ait pas davantage.

– Nous allons ressortir et contourner le chantier, dit l'architecte.

C'est alors qu'une clameur parvint du chœur quitté un moment plus tôt. Un homme gisait au sol. Tout près, un autre était retenu par deux compagnons ; leurs mains laissaient des empreintes de mortier sur son bliaud.

– Que s'est-il passé ? questionna Pierre Salciat qui s'était précipité.

Il n'y avait guère de journée où il n'était pas nécessaire de régler des problèmes entre les ouvriers. Les impulsifs ou les irascibles ne manquaient pas et, quand les mots ne suffisaient plus à vider une querelle, des bagarres se déclenchaient avec un effet désastreux sur le travail.

– C'est à cause de frère Barthélémy. Lui dit qu'il vole le travail aux ouvriers et lui prenait sa défense, expliquèrent les deux maçons qui avaient maîtrisé le combattant le plus hargneux.

Le moine, qui arrivait justement avec une énorme pierre dans les bras, ricana. Pierre Salciat le regarda la déposer au pied d'un échafaudage. Il n'y avait pas sur le chantier un ouvrier aussi costaud et il ne coûtait rien !

Le belliqueux s'était relevé. Il leva le poing et retourna à son mortier, sans plus prêter attention au fauteur de troubles qui se hâtait déjà vers la charrette de lauzes tout juste arrivée.

– Oh ce sont les tuiles que vous utilisez ? demanda la prieure de Comps.

– Ce ne sont pas des tuiles, mais des lauzes, précisa Guillaume Duriane, tout heureux de reprendre Madeleine de Anciaco, toujours si prompte à la critique.

– C'est très lourd, dit le prieur de Bourg-Argental, qui s'était saisi d'une lauze sur la pile dans les bras de frère Barthélémy.

– Mais de belles couleurs, ce brun et ce vert un peu irisé sont magnifiques, commenta Madeleine, qui ne voulait pas s'en laisser conter par le procurateur.

– Les lauzes font surtout une couverture efficace et durable, ajouta celui-ci.

– Le pape en est-il satisfait ? interrogea alors le prieur de Montepeloso, l'œil toujours malicieux, sachant parfaitement que sa question agacerait l'abbé.

Lui aussi n'était pas sans savoir que Clément VI recevait moult rapports sur le chantier et aucun détail ne lui échappait, les décisions étant prises en Avignon, au grand dam de l'abbé.

Pédagogue imperturbable face à ces remous d'une humanité qu'il n'entendait pas juger, Guillaume Duriane poursuivit avec sérieux :

– Voyez plutôt la solidité de la toiture, les lauzes sont assemblées sur une épaisse volige de chêne, fixée sur les chevrons grâce à des chevilles de chêne, d'acacia ou de châtaignier. Bertrand des Chazeaux nous en livre plus de trois cents charretées tous les ans ; ajoutez-y dix-huit mille pierres, la première année du chantier et, depuis, environ cinquante mille chaque année, sans oublier le bois, le sable et la chaux...

L'homme cherchait-il à impressionner ses auditeurs par ces chiffres énoncés presque triomphalement ? Certains firent la moue, d'autres hochèrent la tête. Ce pape était trop orgueilleux. N'avait-il pas mieux à faire que ce chantier, dont on disait que c'était le plus important d'Occident ? La maladie qui faisait des ravages, la misère, la disette parfois n'étaient-elles pas des objectifs plus nobles pour un pape ?

Et encore ne connaissaient-ils pas tous les dessous de l'affaire... Ils ignoraient la manière dont le pape et la Chambre apostolique, responsable des finances du Saint-Siège, géraient tout, des contrats passés avec les maîtres enregistrés devant notaire aux prix des matériaux. Le pape tenait un rôle personnel considérable, ayant l'initiative des recettes et des dépenses. Et les fonctionnaires de la Curie, nommés par lui-même pour un temps déterminé « selon son bon plaisir » et chargés de collecter les impôts, lui étaient dévoués corps et âme. C'était un de ces collecteurs, le chanoine Pierre Gervais, résidant au Puy, qui assurait le lien entre l'abbaye et Avignon.

Les prieurs ne pouvaient soupçonner une telle organisation. C'était inimaginable pour ces hommes et ces femmes qui succédaient aux disciples de saint Robert à qui il avait enseigné que les grandeurs et les richesses dont le monde faisait tant état n'étaient que fumée et vent.

Ils plaignaient le pauvre abbé condamné à être emporté dans ce tourbillon, alors que, pour beaucoup, leur plus grand plaisir résidait dans la solitude et la contemplation.

7

Amphélis et Héloïse hésitaient. Les prieures se distinguaient pourtant de leurs collègues masculins par leur voile noir et leur guimpe qui leur mangeaient le visage. Mais toutes se ressemblaient étrangement, alors que les hommes, conservant leurs caractères physiques propres, étaient plus aisément reconnaissables.

– Viens, dit Héloïse, soudain décidée et déjà partie d'un pas vif.

Elle était plus hardie que sa sœur et fendit la foule pour rejoindre le groupe des moniales, légèrement isolé des autres.

– Nous cherchons la dame de Comps, dit Héloïse à l'une d'elles qui clignait des yeux.

Le soleil couchant, qui détaillait chaque pierre de la façade en construction, était maintenant presque à l'horizontale.

– C'est moi, répondit une voix un peu haut perchée. Que me veulent ces damoiselles ? Venir dans mon couvent ?

– Et pourquoi pas dans le nôtre ? demandèrent en chœur les autres, toujours en quête de nouvelles recrues. C'était une question de survie pour leurs établissements.

« Pourtant à voir les cottes effrangées des filles, il n'y a guère de dots à attendre », pensa aussitôt Madeleine de Anciaco. Près d'elle se tenait la prieure de Santa Maria della Rocca, qui venait d'Outremont. Toutes firent cercle autour des deux sœurs.

Effarouchée, regrettant son audace, Héloïse aurait aimé fuir, mais Amphélis lança avec le culot des timides :

– Sûrement pas, notre père vous a déjà donné deux de nos sœurs.

– Et alors ? Sont-elles malheureuses ?

– Comment le savoir ? Nous ne les revoyons guère ?

– Mais qu'est-ce qu'elles croient, ces petites, qu'on entre chez nous comme dans un moulin et qu'on en sort quand on veut ?

– Peut-être, rétorqua Héloïse, mais quand on vous y conduit de force…

– Allons mes enfants, que nous dites-vous là ?

– La vérité !

– Bon, je te les laisse, parce que des novices comme celles-là, tu ne leur as pas encore fait prononcer leurs vœux ! repartit la prieure de Comps, qui ne mâchait jamais ses mots. D'autant que je crois savoir qui sont ces filles. Vos sœurs me donnent bien du fil à retordre, moi qui ai fait preuve de charité en les prenant sans dot ou presque, pour faire plaisir à votre père. Vous voilà bien ingrates ! Mais elles ne font plus la loi dans la maison des novices, elles se sont assagies sous mon autorité. Où sont vos parents, damoiselles ? Ne me dites pas que vous êtes seules ici ?

– Notre mère est au château où elle se remet difficilement de la naissance de notre dernière petite sœur, Roberte. Vous voudrez bien en informer Madeleine et Marguerite ?

– Je le ferai et si vous souhaitez leur rendre visite, n'hésitez pas. Vous pourriez même faire un petit séjour… Qu'est devenue la troisième qui devait nous rejoindre ?

– Elle vit au village, répondit sobrement Héloïse. Merci.

Elle avait saisi la main d'Amphélis et l'entraînait loin de ces silhouettes noires qui lui faisaient horreur. Comment leur père avait-il pu leur sacrifier Madeleine et Marguerite ?

– Des sauvageonnes comme leurs sœurs ! murmura la prieure, en les regardant courir avec leurs souliers à semelles de bois, leurs cottes élimées et leurs cheveux qui ruisselaient sur les épaules. Leur père, Gaspard de Montagnou, ne sait guère faire autre chose que des enfants, dont il fait des religieuses ou des soldats.

Le ton de Madeleine de Anciaco n'était que mépris. Ses consœurs approuvèrent en silence.

– Avit ? Qu'est-ce que tu fais là ? Tu es habillé comme un roi !

– Comment connaîtrais-tu la mise d'un roi ? répliqua leur frère, en serrant Amphélis et Héloïse sur son cœur.

– Où avais-tu disparu ? Maman est si inquiète !

– Et notre père furieux ?

Devant le silence gêné de ses sœurs, Avit fit la réponse.

– Il se dit : « Une bouche de moins à nourrir. »

– Sais-tu que nous avons une petite sœur Roberte, unc brune ? Mais où étais-tu ?

– Silence mes belles, regardez plutôt !

En un instant, il vida son aumônière de cuir tout neuf sur la petite table au milieu des pots de couleurs d'Isabeau. Des pièces et des bijoux reflétèrent les rayons du soleil.

– Où as-tu pris ça ? lança aussitôt Isabeau, vaguement contrariée par cette invasion familiale.

Heureusement que Gilles était parti.

– Je ne l'ai pas pris, je l'ai gagné.

– Gagné ? demanda Héloïse, laissant ses deux sœurs se saisir l'une d'une chaîne d'or, l'autre d'un bracelet.

– Oui gagné ! affirma Avit qui regrettait déjà sa vantardise, comme toi avec les plumes et les pinceaux de la vieille.

Avit faisait allusion à la Berthe qui avait cédé son commerce à Isabeau juste avant de mourir.

– Hum, cela ne me rapporte pas de quoi acheter un tel objet, observa Isabeau, en faisant rouler sur son poignet un bracelet serti de pierres mauves. Je n'en avais jamais vu d'aussi beau, ou plutôt je n'en avais jamais vu tout court. Ce n'est pas notre père qui risque d'en acheter à notre mère. Mais Avit, ferais-tu partie de ces détrousseurs ?

Isabeau se souvenait soudain que, parmi les dangers que Gilles pouvait avoir à affronter, il avait été question de gens qui soutiraient leur bourse aux voyageurs. Non, ce n'était pas possible. Pas Avit.

Mais son fanfaron de frère ne renâclait pas à être démasqué. Ne l'avait-il pas cherché ?

– Eh oui, un garçon comme moi qui a fait la guerre, cela intéressait Justin le Défroqué, un ancien moine mis à la porte de Saint-Didier, parce qu'il avait amené une femme au prieuré. Et on est sur de gros coups, de quoi reconstruire notre château et vous offrir de belles dots et de beaux habits. Et ces bijoux, gardez-les, cela vous habituera. À moins que...

Avit se vantait pour épater ses sœurs. Des gros coups, ils en espéraient, mais dans ces contrées perdues, les occasions n'étaient pas nombreuses. Il y avait bien ces moines venus au chapitre, mais ils voyageaient souvent en groupe dans les dernières lieues. Certes ces Italiens, en retard sur les autres, avaient été des proies faciles, mais dont les aumônières n'étaient guère pleines.

Avit s'arrêta, comme s'il craignait d'être allé trop loin. Devait-il inquiéter à ce point ses sœurs ?

– À moins que ? interrogea aussitôt Isabeau.

– Non, rien ou plutôt si...

Avit ne savait plus. On racontait tellement d'histoires sur cette maladie qui n'en finissait pas de gagner du terrain. Ceux qui en parlaient avaient la terreur dans les yeux. Alors, en attendant le pire, il fallait profiter de la vie. Et de la meilleure ! Pas de celle de leurs parents, pauvre et étriquée, dans leur château en ruine.

– Damoiselle Isabeau, vous êtes là ?

Dans l'embrasure de la petite porte qu'Isabeau laissait ouverte quand elle travaillait pour avoir un peu plus de lumière et économiser sa chandelle, venait de s'encadrer une silhouette à contre-jour. La voix avait un accent particulier.

– Oh Paolo, que voulez-vous ? Je suis avec mes sœurs et mon frère.

– Bonjour, je ne voulais pas vous déranger, c'est Matteo qui m'envoie. Il pensait que cela vous intéresserait de le voir tracer les ébauches des tableaux.

– Oui, oui, entrez, Paolo. Voici Amphélis, Héloïse, et Avit.

– Je vous salue, belles damoiselles et vous, messire.

Paolo avait enlevé le petit calot de velours de Gênes qu'il posait sur ses cheveux blonds à reflets roux. Il voulut esquisser un salut solennel, mais l'exiguïté des lieux l'obligea à réduire ses ambitions.

– Alors, nous vous attendons ? interrogea le garçon, en fixant Isabeau droit dans les yeux, avant de repasser la porte, comme à regret. J'y vais, sinon Matteo me chantera des chansons avec sa voix qui roule comme le tonnerre.

– Qu'il est beau ! dirent ensemble les deux sœurs, qui s'étaient précipitées sur le seuil.

– Taisez-vous, menaça Isabeau. Est-ce qu'on dit cela quand on est des jeunes châtelaines ?

– Tu parles, un château où il pleut à chaque étage et où il n'y a pas un denier pour nous faire une dot.

– Eh bien moi, je m'en occupe de votre dot ! s'écria alors Avit.

– Avec de l'argent gagné indignement ? lança Isabeau.

– Que veux-tu dire ? Tu veux que je parle de ton Gilles ?

Isabeau sursauta, comment savait-il ? Pendant que ses sœurs trépignaient en criant :

– Gilles, Gilles… mais qui c'est ?

– Personne, Avit raconte n'importe quoi.

– Ne vous inquiétez pas mes belles ! À bientôt, je vous serre dans mes bras et je pars.

– Et nous, tu nous emmènes sur le chantier ? demanda Héloïse, qui rêvait de revoir le beau Paolo.

– Non, répondit fermement Isabeau. Elle en avait assez de ses sœurs et ne tenait pas à les avoir avec elle quand elle irait retrouver les peintres.

– Tu les veux tous, hein ? dit alors Amphélis depuis l'étage où elle était montée en reconnaissance.

– Descends ! ordonna Isabeau, furieuse.

– Si tu ne nous emmènes pas, on racontera à père pour Gilles.

– Avit dit n'importe quoi ! répéta Isabeau. Et je suis libre… Allez, sortez, j'ai du travail.

– Et ce Gilles, ça lui plairait que tu ailles voir Paolo ?

– Fermez votre bec et sortez !

Dehors, le soleil avait disparu au loin, dans ce paysage qui était si familier aux deux jeunes filles qu'elles n'y prêtaient plus attention. Des bruits parvenaient du chantier, où la journée était loin d'être finie, puisqu'on y travaillait jusqu'à la tombée de la nuit. Des chariots remplis de pierres attendaient encore d'être déchargés ; chevaux et mulets paissaient paisiblement un peu plus loin. Un moine de très grande taille passa tout près d'Héloïse et d'Amphélis ; il portait sur son dos une grosse pierre taillée. Il dévisagea les deux filles qui, effrayées, se hâtèrent vers le raidillon menant au château de Montagnou. Un marchand de balais en émergeait. Il se retourna pour les regarder disparaître dans un virage où deux chênes jouaient les sentinelles.

Le chaperon vissé effrontément sur ses cheveux blond roux, que le grand air et le soleil avaient tissés d'or, Avit avait rejoint son cheval, attaché à un anneau dans la muraille de l'auberge. Il observa les alentours. Son compagnon n'était pas au rendez-vous. Agacé, il pénétra dans la salle voûtée, où Rigobert, Florine et la servante Audine s'employaient à satisfaire leurs clients venus en nombre pour assister au rassemblement des prieurs.

« Des larrons naïfs à entraîner au jeu », songea un instant Avit qui avait appris à piper les dés. Mais attirant des regards curieux, voire inquisiteurs, il ne s'y risqua pas, regrettant même d'être entré, et commanda une cervoise à Rigobert qui le détailla en disant :

– Messire Avit, on ne vous voit plus guère depuis que vous êtes allé à la guerre. Vous nous méprisez, pauvres gueux que nous sommes. Mais, vous voilà avec de beaux habits, c'est pas comme votre père.

– Mêle-toi de tes affaires, répondit Avit, furieux de s'être laissé piéger, car maintenant tous, sans exception, le lorgnaient du coin de l'œil.

Il avala d'un trait son godet, jeta une pièce, se leva et sortit.

– Vous l'avez vu le blanc-bec, lança Rigobert à la cantonade. D'où sort-il son argent, celui-là ?

– T'occupe pas, sers, répliqua Florine, provoquant l'hilarité générale.

Dehors, ils entendirent des chevaux hennir, puis un galop résonner sur le sol pierreux.

Une heure plus tard, après une longue chevauchée, les deux cavaliers mirent pied à terre devant un campement aménagé au seuil d'une grotte.

– Où étiez-vous ? tonna un homme campé devant l'entrée. Où aviez-vous disparu, plutôt ?

– J'ai de quoi vous calmer, dit aussitôt Avit, en tirant de sa chemise des feuillets de parchemin noircis d'une écriture fine.

– Me calmer avec du parchemin ? Tu peux te le mettre au cul, pauvre gueux ! rétorqua aussitôt l'autre en les arrachant des mains d'Avit et en les jetant dans les fougères où ils s'éparpillèrent, chassant les oiseaux qui y picoraient.

– Comme tu veux, accorda Avit en se précipitant pour récupérer son bien.

– Comme je veux, toujours, oui comme je veux, j'aime te l'entendre dire. Vous avez trouvé des bijoux, de l'or, des pièces ?

– Oui, voilà, quelques pièces, dit Avit, en ouvrant l'aumônière qui pendait à sa ceinture.

– C'est maigre ! fit l'autre. Et pas un bijou pour Gilette ?

Au même instant, une femme, soulevant la tenture qui fermait la grotte, paraissait sur le seuil, tout de blanc vêtue. Telle une statue que mettaient en valeur les rayures de la tenture, une coquetterie voulue par Justin auquel aucun détail n'échappait. Les tissus rayés n'étaient-ils pas accusés d'infamie, condamnés par l'Église et le roi ? Le rouge, le vert et le jaune de ce drap bariolé ne symbolisaient-ils pas le désordre que Justin le Défroqué entendait justement incarner ? Les rayures étaient réservées aux prostituées, aux bouffons, aux bourreaux, aux félons, aux rebelles ou aux parjures, autant de catégories que Justin était prêt à honorer !

Gilette retenait, par des laisses délicatement cloutées, deux lévriers à robe légèrement fauve, dont le port altier compensait légèrement la vulgarité de leur maîtresse.

– Pas un bijou pour Gilette ? interrogea-t-elle, une main sur sa hanche épaisse, dans une pose qu'elle voulait provocante, entre les deux chiens fièrement assis sur leurs postérieurs.

Ce n'était pas pour rien que les gueux l'avaient surnommée « la large ». Cotte et surcot blancs, ceinturés d'or, prenaient sur elle une envergure extravagante !

Et elle n'en manquait pas, de bijoux, si on en jugeait par les colliers qui descendaient en vagues colorées sur son opulente poitrine et par les bracelets dont les anneaux s'entrechoquaient dès qu'elle bougeait les bras.

– Pas un, je les ai laissés à mes sœurs ! répondit Avit, avec insolence, bien conscient d'aggraver son cas.

– Tes sœurs, celles du château ? demanda Gilette en s'approchant d'Avit.

– Oui, du château…, déclara crânement Avit, en se détournant prudemment, car la femme avait l'art d'aguicher les hommes de Justin le Défroqué et de mettre « son homme » dans des colères effroyables qui terrorisaient ses compagnons.

– Pas la pute du village ? cria alors Justin.

Avit réprima une impulsion instinctive qui l'aurait amené à frapper le gueux. Il n'appréciait pas que l'on insultât sa famille, mais il ne pouvait envenimer la situation déjà délicate. Il eut soudain envie de sauter à cheval et d'abandonner Justin et sa troupe de misérables, mais ils le rattraperaient et le tueraient.

– Tu n'aimes pas qu'on appelle ta sœur une pute ? lui dit sous son nez Gilette, dont l'haleine lourde mêlait vin et oignons.

– Non ! répondit Avit, en la fixant jusqu'à ce qu'elle baissât les yeux.

Gilette recula et vint se coller à Justin. Elle savait que si la rage le prenait, il pouvait dire à Justin que certains soirs de beuverie, quand le Défroqué aviné perdait la tête, elle se faisait caresser par lui, qui détestait le vin et gardait la tête froide. Elle aimait son corps musclé qui la changeait des masses graisseuses de l'ancien moine. Mais Justin avait le pouvoir et ils étaient liés à la vie, à la mort, depuis qu'ils avaient été jetés d'un monastère à l'heure des matines par un prieur en furie.

Gilette aurait pu paraître presque frêle à côté de son homme. Justin se laissa tout à coup tomber dans un grand faudesteuil volé sur une charrette de déménagement, qui lui servait de trône. Gilette s'assit à ses pieds, non sans lui avoir murmuré quelques mots à l'oreille, qui lui firent hocher la tête d'un air consentant.

Autour d'eux, ses hommes formaient une cour bigarrée. Comme Avit, ils étaient bien vêtus, grâce à leurs rapines, d'étoffes colorées qui contrastaient avec la cotte noire du chef, taillée dans son ancien froc. Ce noir, que d'aucuns s'employaient à mettre à la mode chez les princes avec les soieries venues d'Italie, Justin le portait avec morgue ; il l'enjolivait seulement d'une grosse chaîne d'or à laquelle était suspendu un crucifix. Ce n'était pas une concession faite à son passé de moine, mais une insulte permanente à l'état de clerc puisqu'il portait le christ à l'envers, la tête en bas.

Tous ses compagnons fixaient les deux arrivants avec une attention peu charitable, chacun se réjouissant qu'Avit, qui jouait parfois les meneurs, au motif qu'il avait fait la guerre contre les Anglois, soit sur la sellette, avec son acolyte ou plutôt son âme damnée, Blaise.

– Un godet, ordonna Justin, en tendant la main.

Son souhait fut immédiatement satisfait par l'un des hommes qui s'était précipité sur un cruchon de vin.

Justin le lampa bruyamment, puis dit :

– Vous autres, qu'en pensez-vous ? Messire Avit, qui a fait la guerre...

Le ton se voulait moqueur et méprisant. Les autres s'esclaffèrent, trop heureux de témoigner leur servilité au maître. Avit parcourut d'un regard circulaire l'assistance. Cette petite dizaine d'hommes lui en voudrait toujours de venir d'un château, même en ruine, et était prête à instruire son procès. Il savait que lorsque Justin faisait allusion à sa participation à la guerre, c'était mauvais signe.

– Donc messire Avit, qui a fait la guerre, reprit Justin, ravi d'amuser la galerie, dit que ce parchemin, c'est de l'or. Vous voyez de l'or, vous ?

– Non, firent les autres en chœur.

– Qu'il s'explique ! dit alors Gilette, avec une moue dédaigneuse.

– Qu'il s'explique ! répéta Justin en tapant du pied.

Des houseaux en peau de loup montaient jusqu'aux genoux sur ses chausses noires. Le feu de ses petits yeux cruels et pervers allait de l'un à l'autre.

– Qu'il s'explique !

Le mot parut s'amplifier comme si, de la grotte, partait un écho. Un rossignol, perché sur le chêne qui abritait le campement de son ombre tutélaire, se mit alors à chanter.

– Même l'oiseau te demande de t'expliquer ! Allez, coquinaille, parle…

Avit respira profondément et redressa la tête. Il n'était pas grand, mais il disposait d'une sorte d'autorité naturelle qu'il avait cultivée depuis toujours, et surtout depuis qu'il était rentré de cette guerre où il était parti avec enthousiasme accompagné de ses frères. Oh certes, son retour n'avait pas été glorieux, mais était-ce sa faute si les chevaliers du roi n'avaient pas su tenir tête aux Anglais ? Il avait justement échappé au poignard des amis de Justin, en leur racontant qu'il avait transpercé un Anglais d'une lance, dont la pointe s'était plantée dans la terre labourée par les chevaux ; le jeune combattant avide, comme lui, de sang et de terreur avait dû y pourrir, lié à jamais à cette glaise qui vous emprisonnait les pieds.

Ce récit les avait laissés pantois, lui avait valu la vie sauve, et même d'être ramené à leur chef, le fameux Justin le Défroqué, qui semait la terreur alentour. Une journée inoubliable qui avait fait basculer la vie d'Avit de Montagnou.

– Voilà, finit-il par dire, en haussant la voix pour que tout le monde entende bien. Nous avons suivi un sanglier…

– Est-ce qu'on te demande de suivre des sangliers, bâtard ? maugréa Justin, en s'agitant sur son siège et en proférant volontiers une nouvelle injure.

Avit s'était battu pour moins. Il ne cilla pas pourtant, même si le mot bâtard l'agressait dans son sang, et poursuivit :

– Ce sanglier nous a entraînés loin, presque au Puy et là, à la croisée de quatre chemins, nous avons découvert un homme que sa jument avait jeté à terre. Un essaim d'abeilles s'était subitement envolé de la croix qui marquait le carrefour, et avait effrayé la rosse qui s'était ruée dans le fossé. L'homme, tout égratigné, se tenait le bras qui était sorti de l'épaule.

– Bon et alors ?

– Alors ? répétèrent les hommes, après Gilette.

– Nous l'avons ramassé. Il souffrait affreusement et d'un coup sec, Blaise lui a remis l'épaule. Il gueulait, la nuit était tombée… trop tard pour revenir, trop tard pour dévaler vers Le Puy dont on apercevait le rocher et la cathédrale, mais dont les portes devaient être fermées. Nous avons passé la nuit, tous les trois. L'homme était bien mis. Il avait dans ses sacoches de cuir de quoi se restaurer et une aumônière bien rebondie. Allions-nous le dépouiller aussitôt et nous perdre dans la nuit ?

8

– Vous verrez, il est toujours monté sur un roussin accompagné d'une haquenée, flanqué de deux notaires et de quelques serviteurs..., décrivit Avit en mâchouillant une herbe folle. Il ne doutait pas un instant que les indications données par l'homme qu'ils avaient secouru ne fussent pas exactes.

Avec ce regard en coin qui lui était coutumier, Justin dévisagea le garçon. Il ne lui faisait toujours pas confiance à ce fils de château, qu'il surnommait volontiers « fils de pute », mais il avait juré sur le pain et le vin qu'il agirait toujours de concert avec les gueux et qu'il rapporterait le butin à la grotte. Et il ne l'avait guère pris en défaut depuis... L'appât du gain sans doute !

Justin le Défroqué devait admettre qu'Avit avait livré, deux jours plus tôt, des renseignements de première main. À eux de les exploiter au mieux. Certes, il ne croyait pas beaucoup à cette affaire de manuscrit que son propriétaire voudrait, soi-disant, récupérer à prix d'or, mais Avit avait l'air tellement convaincu qu'il consentirait à l'entreprise, le moment venu. Plus inquiétante était la rumeur colportée par beaucoup sur cette maladie qui décimait au sud.

– Peu me chaut, murmura Justin, s'il le faut, nous monterons au nord et même à Paris.

Paris, la ville du roi. Comment ne pas imaginer qu'elle était aussi la ville de toutes les richesses ? Un autre champ d'action que ces forêts où passaient quelques rares manants, et pas toujours très argentés !

Il faisait beau, presque chaud ; le soleil transperçait les fins et tendres ramages du printemps, tissant un chemin d'or entre les hauts sapins, les chênes, les trembles et les châtaigniers jusqu'au taillis d'où émergeaient timidement noisetiers et houx à feuilles piquantes. Justin huma avec bonheur l'odeur de mousse et de pommes de pin, puis leva les yeux : le ciel bleu formait une voûte recouvrant la forêt devenue sa maison, au gré des circonstances qui avaient bouleversé sa vie. Un lieu qui pouvait être aussi rude qu'enchanteur, comme ce matin-là. C'est ce que devaient penser les voyageurs sur la charrière qui les conduisait à l'orée du bois où ses compagnons guettaient leur proie. À eux de leur gâcher la vie. Et après tout, si ce n'était pas les gueux, les loups ou les ours s'en chargeraient. Eux, au moins, étaient capables d'humanité !

Justin avait faim. Ils avaient laissé Gilette au campement avec un des hommes chargés de faire griller les lièvres pris au collet par Blaise, un spécialiste ingénieux qui pourvoyait largement aux besoins de la troupe. La salive lui vint aux lèvres. Autour de lui, postés selon une stratégie savamment étudiée, ses hommes étaient concentrés, l'œil vif, habitués à deviner les mouvements de loin. Un peu plus en avant, juché sur un arbre, l'un d'eux donnerait le signal. En attendant, en dehors des oiseaux et des insectes, qui volaient avec cette liberté enviée de tous les humains, tout était calme. En prêtant l'oreille, on pouvait seulement entendre le murmure de la Senouire qui cascadait sur les gros cailloux aux teintes grises et rouges jusqu'au monastère des dames de Comps que Justin rêvait d'aller terroriser. Une rivière riche en truites et saumons, dont le Défroqué et surtout Gilette étaient friands. Il se promit de lui en pêcher quand ils auraient bouclé leur affaire qui s'éternisait quelque peu. La patience n'était pas son fort.

Un léger sifflement tira Justin de ses pensées culinaires. Près de lui, Avit se raidit et saisit le poignard fiché dans sa ceinture, imité par les autres, aux aguets. Le Défroqué tâta par superstition la croix arborée sur son froc noir.

Couché au sol, l'oreille collée à la terre, Blaise leva la main et murmura avec le sérieux de l'homme avisé :

– Ils approchent !

En un instant, le convoi surgit, tel qu'Avit l'avait décrit. Un roussin, une haquenée, deux notaires et des serviteurs.

Le bras levé, Justin se jeta sur la route et, autour de lui, ses hommes encerclèrent les voyageurs dont les montures, surprises, se cabrèrent en hennissant. Pierre Gervais, la victime désignée, fut désarçonné et aussitôt relevé et encadré par ses agresseurs, Justin pointant son poignard sur la gorge qu'il avait grasse et rougeâtre.

La prise était de qualité et les vêtements de l'homme confirmaient les dires d'Avit. Un bel écarlate d'un violet profond bordé d'un fin liseré de fourrure d'écureuil.

– Savez-vous qui je suis ? demanda l'homme, en jetant des regards effarés vers ses compagnons d'infortune, tous solidement encadrés par ces gueux aux mines patibulaires dont les yeux le fixaient méchamment.

– Oui, reprit un homme de sa suite avec empressement. Messire est Pierre Gervais, chanoine du Puy, fonctionnaire de la Curie nommé par le pape. Vous commettez un sacrilège.

– Et moi, je suis la Vierge Marie, répliqua Justin, dont le poignard entailla légèrement le cou de son prisonnier où perla une goutte de sang. Et tu oublies l'essentiel : messire est collecteur...

– Collecteur de quoi ? interrogea l'autre, s'efforçant maladroitement de jouer les innocents.

– Laissez, maître Poitevin, nous avons été trahis, ils savent.

– Oui, nous savons que vous venez de Brioude où vous avez changé une grande quantité d'or pour le fameux chantier des moines.

– Alors ? lança Pierre Gervais avec insolence.

– Alors, tu vas nous la remettre. Le pape en renverra, pas vrai, des milliers de florins, vous mettez dans cette construction, qui flatte votre orgueil, des milliers de florins.

Justin martelait « milliers de florins » en grimaçant. Il n'en finirait jamais avec son ressentiment contre les bénédictins qui l'avaient jeté dehors, et il jouissait de cette aubaine, le ton dur et amer. Jamais, il n'aurait cru que les maudits seraient assez imprudents pour transporter des sommes aussi folles. Mais nécessité faisait loi, comme l'avait exposé l'indicateur. Il fallait bien payer les salaires des ouvriers et les matériaux ! Les travaux allaient vite et nécessitaient de mobiliser l'argent tout aussi rapidement.

– Regarde !

Avit s'était approché de la haquenée et avait ouvert les lourdes sacoches suspendues à ses flancs. Il plongeait des doigts agiles dans des sacs de pièces qui tintaient et brillaient au soleil, des deniers tournois que le collecteur avait obtenus à Brioude contre de l'or, selon les dires de l'homme de la route du Puy. Le garçon eut une pensée pour l'homme qu'ils avaient fait boire et qui s'était montré si bavard et vantard ! Il n'avait pas fallu le pousser beaucoup pour qu'il leur montre le parchemin.

Sans lâcher le chanoine, Justin avait fait trois pas pour

jouir à son tour du spectacle. Il n'osa pas, cependant, toucher au butin, une manœuvre trop risquée à cause de son prisonnier.

– Tu vas pouvoir commencer à réparer ton maudit château ! lança-t-il en fixant Avit. Et moi commencer à en construire un pour ma douce Gilette.

Puis, il émit un de ces rires dont il avait le secret, qui montait *crescendo*, et se poursuivait selon des modes divers, en fonction des circonstances, avec un art consommé qu'il cultivait. Il s'arrêta net lorsqu'un sanglier déboula soudain sur lui avec une violence telle qu'il roula à terre, entraînant le chanoine dans sa chute. Et avant même qu'il ne se relève, une voix inconnue cria :

– La bête, là, là-bas ! oh mais il y a du monde ?

Surgi de nulle part, un cavalier sautait déjà derrière Justin, suivi de quatre autres, un épieu à la main. Surpris une nouvelle fois, alors qu'il se relevait, le poignard au poing, prêt à remettre la main sur Pierre Gervais, qui lui avait évidemment échappé, Justin ne riait plus du tout. Il apercevait l'écarlate violette au milieu des fougères où le chanoine s'était réfugié, pendant que le notaire Poitevin, profitant de la confusion, se hissait sur la haquenée et fuyait avec les précieuses sacoches.

– Attrapez-le ! cria Justin, que deux des nouveaux venus maîtrisaient déjà.

Décontenancés, ses hommes ne savaient plus s'il fallait poursuivre le chanoine ou le notaire. Deux enfourchèrent enfin leur cheval, mais ils avaient perdu un temps précieux que leurs victimes avaient certainement mis à profit, tandis que les redresseurs de torts avaient jeté à terre trois gueux, assommé Avit et Blaise.

– Laissez-leur la vie sauve ! ordonna Pierre Gervais, qui tamponnait la balafre sur son cou d'un mouchoir de toile écrue, et regardait avec dégoût les traces de sang. Nous avons sauvé l'argent du chantier, c'est l'essentiel.

– Vous êtes trop bons ! lança celui qui paraissait le chef des nouveaux venus. Nous allons les mener jusqu'aux prisons de l'abbé où ils croupiront.

– Gilles de Haumont oublie qu'il couche avec ma sœur ! rétorqua dans son dos Avit, qui, reprenant ses esprits, avait reconnu l'amant d'Isabeau. Sa femme et sa famille l'apprendront, sans doute, avec un vif plaisir.

Piqué au vif, le souffle court, Gilles se retourna vers Avit et dit d'un ton sec qui traduisait une décision rapide :

– Donnant, donnant, ta liberté contre ton silence !

– Et la liberté de mes amis ?

– Si tu les nommes ainsi, ces gueux de malheur, disons la liberté pour tes amis. Mais que je ne vous retrouve pas sur mon chemin !

– Si nous sommes libres, nous sommes libres, dit Avit qui bouillonnait de fureur. Comment avait-il pu manquer cette affaire qu'il avait apportée sur un plateau à Justin ? Ce dernier n'était pas un chef, il avait lambiné, discouru comme un moine, et fait perdre un temps précieux. Et ce maudit sanglier poursuivi par ces damnés chasseurs, quelle malchance !

– Et n'oublie pas, si tu nous dénonces, un seul mot, et ta femme…

Avit masquait sa déception sous une hargne qui ne lui ressemblait pas. Autour de lui, les gueux l'observaient, incrédules. Jamais ils ne l'avaient vu aussi fier, aussi déterminé. Justin le dévisagea, comme s'il comprenait déjà qu'il faudrait désormais compter plus que jamais avec Avit, dont l'obéissance laissait toujours à désirer. Des incartades qu'il pardonnait parce que c'était un garçon de château et qu'il avait fait la guerre contre les Anglais. Avit avait un comportement de chef.

Furieux, Justin donna un coup de pied dans une taupinière. La terre s'éparpilla, pendant que Gilles proposait :

– Messire le collecteur, nous allons vous escorter.

Il était soulagé que le chanoine ne discute pas son arrangement avec Avit, un arrangement très personnel qui ne regardait que lui.

– J'espère que maître Poitevin est sain et sauf ! murmura Pierre Gervais qui n'osait avouer que ce qui lui importait, c'était le contenu des sacoches.

Même si, il devait en convenir, il avait eu une belle peur et avait craint pour sa vie, les affaires de son sauveur ne le concernaient pas. Décidément, les ennuis continuaient. Il soupira. Le manuscrit égaré par son secrétaire était une autre histoire, dont il espérait bien ne pas avoir à pâtir !

– Ton frère est un gueux, le savais-tu ? lança Gilles, en poussant vivement la porte de la petite maison à la vigne vierge. Un gueux qui attaque les braves gens ! Je viens de sauver le collecteur et d'éviter que les sommes destinées au chantier ne tombent entre les mains de ces bandits. Un miracle que je sois passé par là avec mes amis ! Isabeau, tu réponds ?

Réalisant soudain qu'Isabeau n'était pas à sa table de travail et qu'il parlait tout seul comme un imbécile, il se jeta dans l'escalier de bois et explora les combles, vides de tout occupant. Dépité, il dévala les marches, dont le bois vermoulu gémit sous les semelles de ses bottes et jaillit de la maison. Une imprudence en plein jour qui aurait fait hurler Isabeau ! Mais justement où était-elle ?

Gilles traversa le terre-plein qui séparait la maison du chantier, pensant qu'elle ne devait pas être loin. Le soleil devenu capricieux avait enfin forcé les nuages.

– Messire, mon sauveur, venez, avez-vous déjà vu le chantier ?

Gilles reconnut Pierre Gervais qui, accompagné de deux moines, se dirigeait vers le bâtiment, dont la construction semblait avoir beaucoup progressé au cours des dernières semaines. Enfin, Gilles en avait une impression diffuse. Il fallait bien admettre que, lorsqu'il rendait visite à Isabeau, ce n'était pas sa préoccupation première.

– Messire Gilles de Haumont, je vous présente le frère Guillaume Duriane qui n'en finira pas de prier pour vous, tant il a été heureux de me voir arriver avec l'argent qu'il attendait. Sans lui, il aurait eu tous les ouvriers sur le dos !

– Certes, certes, reconnut le moine avec une certaine componction. Mais il eût été préférable que ces voleurs croupissent aujourd'hui dans nos prisons !

Gilles ne cilla pas devant ce reproche à peine voilé. Mais comme il ne montrait guère d'empressement à répondre, Pierre Gervais, décidément enchanté de prendre le parti de son nouvel ami, vint à son secours. Avec une évidente complicité, il se lança dans un récit d'où il ressortait que de simples chasseurs, tels que Gilles et ses compagnons, n'avaient malheureusement pas été en mesure de rattraper les agresseurs qu'ils avaient mis en fuite. Médusé, Gilles observa l'habileté du chanoine, qui avait dû en voir d'autres en Avignon, où il se rendait régulièrement, comme il le lui avait déjà expliqué. Bien sûr, il lui avait fallu convaincre le chanoine collecteur pour qu'il admît de ne pas compromettre la vie familiale de celui qu'il nommait son sauveur. Maintenant, maniant avec art le mensonge, Pierre Gervais s'amusait même de sa complaisance.

Dubitatif, flairant une affaire qui le dépassait, frère Guillaume écouta la fable et admit qu'ils ne pouvaient guère faire autrement, au grand soulagement de Gilles qui leur avait emboîté le pas, tout en guettant toujours la petite maison où il espérait voir arriver Isabeau.

– Vous voyez que l'argent du pape est bien utilisé, dit le procurateur, en franchissant le mur gouttereau nord.

Sa tâche était lourde. Assumer la gestion de ce chantier l'empêchait souvent de dormir, et il rêvait parfois de montagnes de deniers tournois où s'ébrouaient des diablotins grimaçants qui les jetaient généreusement aux passants. Il les chassait, mais ils revenaient inlassablement et, quand il se réveillait en sueur, il courait pour vérifier que rien n'avait disparu du coffre dont il détenait l'une des trois clés nécessaires à son ouverture. La nuit précédente, anxieux de voir arriver le collecteur et son précieux bagage, il avait ameuté, de ses cris d'effroi, ses frères moines entre matines et prime. Et une fois encore, les autres moines détenteurs des deux autres clés du coffre avaient été obligés de procéder à la vérification d'usage.

Apaisé, il s'était enfin rendormi et avait encore rêvé de la chute des cours des monnaies, une autre de ses hantises. En effet, la concurrence entre les monnaies royales et les florins du pape n'arrangeaient rien, Le Puy et Brioude, d'où arrivaient justement Pierre Gervais et son escorte, étant des lieux de change actifs heureusement proches. Mais encore fallait-il que les cours ne chutent pas, réduisant inévitablement ses capacités de dépenses !

– Voyons, voyons, dit le chanoine en levant la tête. Cette voûte n'était pas construite la dernière fois ? Et là, ces grandes baies…

Le collecteur avait à cœur de constater les progrès du chantier. La masse des capitaux investie, et il pouvait en témoigner, attestait la volonté du pape d'achever l'église de son vivant.

– Oui, oui cela avance, confirma Guillaume Duriane, et, maintenant, nous avons nos peintres qui travaillent. Venez voir…

Gilles les suivait, découvrant l'ampleur du chantier qui dépassait l'entendement. Certes, on en parlait dans les châteaux et les chaumières, mais ce qu'il voyait l'étonnait au plus haut point, comme le nombre d'ouvriers qui travaillaient partout, parfaitement organisés et concentrés sur leurs tâches. Il pouvait comprendre que le collecteur fût attendu avec impatience pour subvenir aux besoins du chantier. Et celui-ci pourrait garantir en Avignon que l'argent du pape, dont il avait la responsabilité, était bien utilisé. Et que la gloire de Clément VI était ainsi célébrée…

Ils traversèrent le chœur vaste et profond où les stalles des moines prendraient place un jour, Guillaume Duriane avait lancé l'achat du bois à cet usage, quand Gilles sursauta. Dans une chapelle au nord, il crut s'être trompé d'abord, puis dut se rendre à l'évidence, Isabeau était là, perchée sur un échafaudage. Il n'y avait pas de doute : il reconnaissait sa silhouette svelte et sa cotte bleue, même si elle était curieusement raccourcie avec ses pans serrés dans la ceinture de chanvre, et portée sur des chausses. Abasourdi, Gilles se demanda à quel homme elle avait bien pu emprunter ce vêtement typiquement masculin. Une bouffée de jalousie le submergea immédiatement ; vivement, il essuya, d'un revers de manche, des gouttes de sueur qui perlaient sur son front. Il aurait voulu partir à l'assaut de ce maudit échafaudage où trônait sa maîtresse, et crier à la trahison.

Mais, indifférents au tumulte qui s'emparait de lui, ses deux compagnons s'étaient postés au pied de la plate-forme bâtie en planches de bois brut.

– Regardez ! lançait déjà le moine. Matteo Giovannetti, le peintre du pape, a ébauché les images que ses aides vont réaliser. Grâce à vous, j'ai pu voir ce que fait ce peintre au palais du pape Clément...

Le moine avait fait un clin d'œil au chanoine collecteur qui, s'il apportait la manne espérée, ne lui facilitait pas la tâche, tatillon comme il était, l'obligeant même à faire et à refaire le voyage jusqu'en Avignon pour rapporter les *letteras bullatas* exigées. Il s'y était déjà rendu trois fois cette année ! Et avec cette pestilence, que tous ces gens d'Outremont, qui pullulaient là-bas, appelaient *morte nera*, ce n'était pas un séjour agréable. Les malades qu'on évacuait à l'extérieur de la ville, les morts qu'on enterrait à la hâte... Merci, il était, chaque fois, reparti la peur au ventre, guettant le moindre signe de fièvre sur le chemin du retour, en se bourrant du précieux élixir préparé par frère Guilhem.

– Ils sont trois ? demanda Pierre Gervais, n'ayant pas répondu aux remerciements du moine, qui, perdu dans ses pensées, n'en attendait pas davantage.

– Trois, oui, heu, c'est-à-dire que nous avons aussi une peintresse qui vient les aider !

– Une peintresse, mais que me dites-vous là ? Dans cette abbatiale de moines ?

Visiblement, le chanoine réprouvait l'initiative prise par Matteo Giovannetti, qui n'avait pas eu de mal à convaincre l'abbé, en arguant d'une plus grande rapidité d'exécution. Le temps n'était-il pas de l'argent ? Comme l'avait expliqué, quelques mois plus tôt, un émissaire du pape venu inspecter le chantier.

« Une peintresse », répétait en lui-même Gilles, qui ne pouvait détacher ses yeux des chausses rouges d'Isabeau. Elles dessinaient ses hanches étroites et galbaient joliment ses jambes qu'elle avait fines, avec juste ce qu'il fallait de mollets délicats, au-dessus des estivaux qui couvraient à peine les pieds cambrés et nerveux. Et près d'elle, ces jeunes gens...

Elle lui avait, en effet, parlé d'un peintre venu d'Avignon, mais il n'avait pas pensé que ces aides pussent être aussi jeunes que lui !

Alertée par les bruits de voix, la peintresse s'était retournée. Seul Gilles put saisir son étonnement. La brosse aux poils colorés de bleu vif, servant à peindre les fonds, en suspens dans la main droite, Isabeau se pencha. Gilles vit la délicate poitrine, dure et haute, qu'il aimait tant, pointer sous la cotte bleue. Éberlué par cette indécence, il entendait à peine ses compagnons commenter les images que Matteo avait tracées sur de larges feuilles de parchemin, et dont Paolo et Benedetto s'employaient à reproduire les cotes sur les fonds. Les cadres avaient été divisés en grands triangles qui organiseraient la composition et, dans le premier, Paolo avait déjà dessiné la petite chapelle qui illustrerait le premier épisode de la vie de saint Robert. Au centre serait campé le saint comme dans chaque scène, selon les instructions du maître.

– Damoiselle, dit alors Pierre Gervais. Êtes-vous sûre que votre place est bien ici ?

– Messire, plaida alors la jeune femme qui tenait toujours sa brosse, j'aide ces peintres, et ce que je fais ne sera plus à faire ! Et que ceux qui y trouveraient à redire aillent le dire à l'abbé !

Nullement intimidée, Isabeau avait prononcé, avec même un brin d'insolence, ces quelques mots d'une voix claire, et plongé ses yeux sombres dans ceux de Gilles qui en avait rougi.

« Dieu qu'elle est belle, songeait celui-ci, avec ses joues à fossettes enflammées par l'ardeur de sa défense, ses lèvres gonflées à souhait, ce cou de Vierge de tendresse et ces cheveux drus d'un noir de jais. »

– Eh bien, j'en parlerai à l'abbé, dit le chanoine, qui trouvait que, décidément, l'affaire méritait discussion. Cette effrontée ne lui disait rien qui vaille ! Et lui qui est-il ?

La mine surprise et interrogative, Pierre Gervais venait de découvrir un moine qui grimaçait en soulevant une pierre, où avait été sculptée une tête encadrée de deux ailes. Son froc, replié dans la ceinture, lui donnait une drôle d'allure.

– C'est frère Barthélémy, répondit aussitôt Guillaume Duriane, en fronçant tout de même les sourcils, un esprit simple, mais une force de la nature, bien utile sur le chantier.

– Par ici mon frère, lui recommanda un homme.

Pierre Gervais reconnut l'architecte à l'équerre qu'il portait en bandoulière.

– Voilà, ici, dans la chapelle que notre pape appelle déjà celle des anges. Cette sculpture y sera parfaite.

Le moine déposa en douceur la pierre sur le sol, puis revint se poster près d'eux. Gilles saisit son regard qui s'accrochait à la silhouette d'Isabeau.

– Oui, une force de la nature, répéta Gilles, songeur.

– C'est beau, dit le costaud, avant de s'éloigner d'un pas pesant.

Appréciait-il les dessins ou la peintresse ? Mal à l'aise, Gilles aurait aimé le savoir et crier à Isabeau son amour qui l'étouffait.

Il se retourna et surprit un groupe d'ouvriers qui ricanaient. Plus loin, le moine à la taille impressionnante éclata d'un rire tonitruant. Un rire qui le poursuivit sous les voûtes, tout juste enduites à la chaux. Était-ce l'effet de cet écho dont l'abbé s'était vanté auprès de son père, qui, admiratif, avait raconté le phénomène à la table familiale ? Il se souvenait des questions d'Antonia à qui son beau-père avait même promis une visite si l'abbé l'y autorisait. Antonia…

Gilles chassa vite l'image de son épouse qui n'avait rien à faire là !

Pressant le pas en se bouchant les oreilles, il se retrouva vite hors du chantier. Il parcourut la zone occupée par les loges des artisans, près desquelles des femmes tamisaient le sable destiné au mortier, passa la porte du bourg qui ouvrait un peu plus bas sur le rempart. Il enfourcha son cheval dont la robe noire luisait au couchant, et en deux coups d'éperons, il gagna la rive de la Senouire qui formait une boucle autour de La Chaise-Dieu. Sautant vivement dans l'herbe verte semée de fleurs de toutes les couleurs, il se précipita vers cette eau claire, rassurante et apaisante.

– Maudit moine ! cria-t-il, en frappant les fougères d'un bâton de bois mort qui se brisa dans un bruit sec.

Puis, perché sur une pierre, il recueillit dans ses mains un peu d'eau qu'il but avec bonheur, même s'il entendait toujours ce rire insupportable.

– Maudit moine, répéta-t-il. Barbouilleur de malheur !

Recouvrant doucement son calme, il écouta le murmure de la rivière ; tout près, des oiseaux picoraient la mousse, l'un d'eux s'envola emportant dans son bec une infime parcelle de celle-ci, vouée sans doute à la confection d'un nid. Il le suivit des yeux, le vit se poser sur une grosse branche de chêne près de l'un de ses congénères.

Un peu plus loin, il aperçut des manœuvres qui travaillaient à l'extraction du sable. Leur patron, Antoine Richier, qu'il connaissait depuis qu'il en avait livré au château, lui fit signe. Il se souvint de ses explications sur les deux variétés, le sable fin dit « minute » et le sable plus grossier destiné au mortier courant ou au verre. Des tombereaux pleins, équipés d'une bascule qui permettait un déversement facile, attendaient les chevaux qui les tireraient jusqu'au chantier.

En quelques enjambées, Gilles traversa la rivière pour saluer l'homme, tout heureux d'avoir un interlocuteur pour passer le temps, avant de retrouver Isabeau. Il se rappela qu'il avait quitté le château de son père et son épouse Antonia depuis le matin pour la chasse et qu'il serait séant de rentrer… Mais l'image d'Isabeau s'imposa à lui, implacable !

Le clocher égraina quelques notes d'un carillon qui s'envola vers la forêt ; depuis sa tourelle de bois, la petite cloche du chantier sonna à son tour d'un ton aigrelet la fin de la journée des ouvriers.

9

– Il te plaît ce Paolo !

Gilles avait guetté Isabeau, et dès qu'elle avait enfin regagné sa maison, alors que la lumière déclinait, il avait surgi tel un diable. Surprise, la jeune femme poussa un cri d'effroi.

– Qu'est-ce que tu as à arriver comme un fou et à cette heure-là ?

– J'ai que la situation est grave ! Je te trouve en compagnie d'un garçon beau comme un astre, vêtue comme un homme, un gros moine te déshabille de son œil de porc, et ton frère sait tout pour nous et veut le dire à ma femme !

– Lequel frère ?

– Avit ! Sais-tu qu'il fait partie des gueux et qu'il attaque les braves gens ?

– Avit ?

Isabeau jouait divinement la comédie. Depuis qu'elle avait vu Avit, le jour du chapitre, elle savait qu'il volait. Et elle savait aussi qu'il était au courant pour eux deux, puisqu'il en avait parlé, à son grand dam, devant ses sœurs. Elle s'était bien gardée de le révéler à Gilles pour ne pas l'inquiéter. Elle avait tellement peur qu'il devienne raisonnable, et décide de se consacrer à cette Antonia, qu'il disait si laide ! Souvent, elle se demandait s'il partageait avec elle ces jeux qui la rendaient folle.

Elle regarda son amant. Il gesticulait et parlait, il était là, bien vivant et jaloux. N'avait-il pas un peu raison, quand il parlait de Paolo, dont la compagnie, tout le long du jour, était si agréable ?

– J'ai sauvé le collecteur des mains de ces bâtards, poursuivait Gilles, les joues en feu, les yeux brillants comme du jais. Les prisons de l'abbé ne seront pas assez grandes pour contenir ces porcs.

– Avit en prison ?

Touchée, Isabeau avait blêmi.

– Non, rassure-toi, nous avons conclu un marché. Il est libre tant qu'il ne parle pas de nos rencontres à ma famille. J'ai bien dû le laisser partir ! Voilà pour Avit, mais parle-moi plutôt de ce Paolo…

– Que veux-tu savoir ?

Imperceptiblement, Isabeau s'était rapprochée de son amant. En douceur, elle lui posait déjà ses mains teintées de couleur bleue sur les épaules, et se blottissait contre lui. Il sentait la chasse et la forêt et elle aimait ces parfums qui avaient bercé son enfance.

– Alors, tu n'es venu que pour m'interroger, tu ne m'aimes plus ?

Elle lui tendit ses lèvres qu'il prit avec ardeur. Avit, Paolo et Barthélémy disparurent de l'horizon de Gilles, enfin apaisé. Il l'entraîna à l'étage, savourant déjà le plaisir qu'ils allaient se donner.

Et ce n'est qu'à la nuit noire ou presque que Gilles ouvrit la porte de la petite maison, jetant le désarroi parmi les insectes qui infestaient la vigne vierge, sans foi ni loi. À cet instant même, un chariot rempli d'une charretée de bois, selon la dénomination des comptes du procurateur de l'abbaye, s'embrasait. Aussitôt, ce fut l'effervescence autour du chantier. Gilles hésita un instant. Trop sans doute, car au moment où il décida de rejoindre sa monture abandonnée au-delà du rempart, il sentit deux mains solides s'abattre sur ses épaules et le pousser en avant avec force.

– Père abbé, voici le coupable ! tonna une voix derrière lui.

– Tenez-le bien, répondit Étienne Malet qui, une fois de plus, déboulait du prieuré à la tête de ses moines vers le chantier maudit, où les flammes du chariot s'attaquaient à un tas de bois de charpente entreposé à proximité.

– Les seaux, vite…

– Voilà, messire l'abbé, répondit Rigobert, l'aubergiste toujours le premier alerté.

– Vite, jetez l'eau avant que tout ne prenne feu ! lança une voix près de l'abbé. Quelle pitié !

C'était Hugues Morel. L'architecte avait jailli lui aussi de la maison que l'abbé avait mise à sa disposition.

– Voilà le coupable, cette fois-ci nous le tenons, répliqua l'abbé.

– Oui, nous le tenons !

Un gros rire accompagna ces mots dans le dos de Gilles, dont les bras étaient solidement maintenus par les deux grosses poignes d'un homme dont il sentait le souffle sur son cou. Le rire résonna à ses oreilles. Même sans l'écho, Gilles aurait reconnu ce ricanement sarcastique entre tous.

– Sale porc, lâche-moi ! hurla-t-il, en se dévissant le cou pour tenter de voir son agresseur.

– Aidez frère Barthélémy, dit l'abbé, emmenez-le. Nous nous en occuperons quand il fera jour.

– Je peux le garder tout seul, dit le moine en tirant Gilles, qui se jeta alors à terre pour tenter de le déséquilibrer et de contredire les paroles du vantard.

Mais, en dépit de l'effet de surprise, inflexible, l'autre n'avait pas lâché prise et avait roulé avec lui, l'entraînant dans une cabriole où il crut se rompre les os. Le moine était tellement lourd ; son froc sentait la sueur et étouffait Gilles.

– Sale porc, sacredieu, me laisseras-tu ? Je suis innocent, je n'ai rien fait, cria alors Gilles.

– Je t'ai vu, répliqua l'autre, en l'obligeant à se relever.

Vaincu, Gilles se laissa faire.

Pierre Gervais s'était remis de ses émotions de la veille. Il aurait volontiers cru que son agression n'avait été qu'un rêve, et que ses vieilles douleurs s'étaient réveillées après sa chute de cheval. En tant que fonctionnaire de la Curie pontificale, habitué à courir par monts et par vaux, il en avait vu d'autres !

Et comment parler de ses insomnies, quand il avait si bien dormi dans la petite chambre que l'abbé lui réservait, lors de ses séjours à La Chaise-Dieu, qu'il n'avait pas entendu les incidents nocturnes ? L'herbe au chantre donnée par frère Guilhem, l'apothicaire du monastère, à qui il s'était plaint d'une digestion difficile après le plat de fèves et de nèfles partagé avec l'abbé et Guillaume Duriane, avait-elle contribué à ce sommeil apaisé ? Il avait même oublié le manuscrit compromettant qui se promenait dans la nature…

Au petit matin, l'abbé lui apprit, presque avec volubilité, lui qui était plutôt d'un naturel réservé, les nouveaux incidents ; l'entraînant même sur le chantier, il lui avait montré les dégâts occasionnés, la charrette et son contenu noircis, et aussi le tas de bois de charpente léché par les flammes qui y avaient laissé quelques morsures. De nouveaux dégâts qui s'ajoutaient aux précédents, des verres brisés en mille morceaux, deux nuits plus tôt.

– Il faudrait faire cesser ces désordres qui nous coûtent cher, commenta, d'un air entendu, le collecteur des diocèses de Clermont, du Puy, de Mende et de Saint-Flour.

– Frère Barthélémy a vu le coupable qui croupit depuis cette nuit dans notre prison, répondit, tout heureux, Étienne Malet.

– Ah bien, bien, fit l'autre, apparemment satisfait, et rassuré de pouvoir se consacrer entièrement à la vérification des comptes du chantier. Au travail ! Vous m'enverrez Hugues Morel…

L'abbé ne put réprimer un sourire. Il savait combien les relations de l'architecte, avec le procurateur comme le collecteur, étaient tumultueuses. Si construire était sa passion, la gestion l'ennuyait profondément.

Entraînant d'un pas vif le procurateur Guillaume Duriane et les deux notaires qui l'assistaient, Pierre Gervais avait déjà franchi le porche et se dirigeait vers le prieuré. La tâche, exécutée chaque trimestre, n'était pas mince puisque le collecteur devait vérifier, relever les éventuelles erreurs et enfin agréer les comptes, en apposant son initiale, un G, qu'il traçait d'une plume nerveuse. Il discutait aussi des prix conclus avec les artisans, chaque année le jeudi après la Saint-André. Et quand une clause ne lui convenait pas, il aurait pu chicaner pendant des heures si d'autres activités ne l'appelaient pas ailleurs pour la plus grande satisfaction de ses interlocuteurs.

Bref, il mettait son nez partout. « Pourvu qu'il ne trouve pas d'anomalies ! » Étienne Malet soupira. Son regard embrassa le chantier et toute l'activité qu'il générait. Il fallait bien avouer que cet argent, dispensé avec une extraordinaire générosité, était une vraie manne. Toute cette main-d'œuvre nourrie et rémunérée pendant des années !

D'un pas nonchalant, observant ici deux chevaux qu'un enfant conduisait à la forge pour les ferrer, là un tailleur de pierre ajustant son burin, ailleurs un maçon travaillant son mortier dans une auge, l'abbé partit à la recherche d'Hugues Morel qu'il trouva en grande discussion avec deux manœuvres.

– Vous n'êtes pas à l'heure et vous êtes ivres ! leur disait-il. Il vous sera retenu huit deniers sur vos salaires.

– Ils ne sont pas ivres, protesta un troisième.

– Non, nous ne sommes pas..., tenta de répondre l'un des ouvriers incriminés.

– Monte sur l'échafaudage ! et on verra, cria l'architecte.

D'une démarche incertaine, l'ouvrier s'approcha lentement de la structure de bois. Composés de pièces de bois liées par de grosses cordes de chanvre et des chevilles, ces échafaudages faisaient souvent frémir l'abbé, tant ils semblaient instables. Celui-ci, relié au mur en construction par des boulins, était fait de planchers de circulation accessibles par une échelle.

L'homme leva la jambe droite, posa le pied sur un premier échelon, puis commença à grimper, les mains tâtonnant à la recherche du premier palier. Il perdit l'équilibre et chuta lourdement.

– C'est tout vu, conclut Hugues Morel, furieux, sans même regarder si l'autre se relevait – il n'en avait cure. Tu perdras tes deniers ! lança-t-il, en se dirigeant vers un treuil muni d'une grosse poulie, qui grinçait, de manière stridente, sous l'action d'une corde tirée par frère Barthélémy.

– Ce n'est pas juste, cria derrière lui une voix.

– Ce n'est pas juste, répétèrent, en chœur, des manœuvres qui s'étaient regroupés et formaient maintenant un cercle autour de l'architecte.

– Qu'est-ce qui n'est pas juste ? s'enquit alors Étienne Malet, que leurs mines farouches inquiétaient déjà.

Certains, armés de pelles ou de pioches, devenaient menaçants.

– Faites venir le collecteur, nous lui expliquerons ce qui n'est pas juste, dit un grand gaillard en s'avançant de deux pas. Les maîtres sont bien payés ici, comme sur tous les chantiers du pape, même très bien, mais nous, les maçons, mortelliers et autres aides, nos salaires sont misérables, payés à la journée et nous n'avons rien pour les dimanches et fêtes, pour les jours de repos forcé, dus aux intempéries ou à la maladie.

Cette récrimination, l'abbé la connaissait. Depuis les débuts du chantier, elle était revenue régulièrement dans la bouche des ouvriers qui réclamaient toujours plus. Les arguments étaient toujours les mêmes.

Le groupe, qui avait cessé le travail, s'étoffait peu à peu, chacun quittant son échafaudage, sa pierre, ses outils. L'incident, lié aux deux ouvriers ivres, avait servi de prétexte à l'expression de revendications latentes.

– Nous perdons le quart de notre salaire l'hiver, et savez-vous que nous ne travaillons que deux cent cinquante jours par an ? ajouta un maçon, dont le bliaud portait de larges traces de mortier.

– Et ceux qui viennent de loin, qui ont abandonné leur famille, comme Thomas à Toulouse ou Pierre à Beauvais, n'y trouvent pas leur compte.

– Je ne retiens personne, dit calmement Hugues Morel, d'une voix claire et haute. Que ceux qui veulent quitter le chantier et rentrer chez eux s'en aillent !

– Ce serait trop facile ! Nous voulons voir le collecteur, c'est lui qui apporte l'argent, des florins par milliers. Nous voulons notre part !

– Vous l'avez, n'oubliez pas le vin généreusement distribué… Tenez en voilà qui arrive justement…

Cherchant une diversion, Étienne Malet désignait la charrette pleine de tonneaux cerclés de fer, et tirée par deux bœufs agacés par des mouches. C'était du clairet produit par le prieuré de Pauliat, au nord des monts du Livradois, principal pourvoyeur, avec Le Broc, Orsonnette et Chanteuges, du vin léger réparti entre les ouvriers chaque semaine.

– Et je ne parle pas de votre nourriture : nous faisons venir des alentours pois, fèves, seigle…

– Messire l'abbé…

Le maçon, truelle en main, n'avait pas craint d'interrompre Étienne Malet.

– Messire l'abbé, nous parlons d'argent, pas de vos pois, ni de vos fèves…

– Oui d'argent, répétèrent, derrière lui, ses compagnons de plus en plus nombreux.

À l'exception de Paolo, de Benedetto et d'Isabeau, dont le statut était à part, plus personne ne travaillait sur le chantier. Une catastrophe dont l'abbé n'osait mesurer les conséquences, tant le temps comptait pour le pape. Vaguement désemparé, il regardait les outils qui gisaient au sol, inutiles, des pics, des pioches, des leviers, des auges où le mortier se figeait, des seaux, des marteaux…

– Que se passe-t-il ?

Pierre Gervais avait encore ses lunettes sur le nez quand il passa le porche du prieuré, alerté par des ouvriers venus le quérir en hâte.

– Toujours plus, ils veulent toujours plus, lança Hugues Morel, en désignant la foule des ouvriers, maintenant massée dans les travées de la nef déjà construites.

– Mais encore ? interrogea Pierre Gervais, l'œil malicieux.

Aguerri par de multiples expériences, il se sentait l'homme de la situation. L'architecte était plus à l'aise avec son compas qu'avec les ouvriers. Quant à l'abbé, il était paralysé par des craintes incessantes.

– Quelques deniers par jour, déclara alors un homme qui brandissait un fer rougi menaçant, tout juste sorti de la forge installée à proximité du chantier pour fabriquer et entretenir sur place les outils.

– Messire le collecteur, messire le collecteur ? cria alors un homme. Notre prisonnier vous réclame !

– Votre prisonnier ?

– Oui, celui de cette nuit. Il aura bientôt tout cassé dans son cachot. Il jure sur la tête de ses parents qu'il n'a rien fait et qu'il est un de vos amis !

– Votre prisonnier, mon ami ? Quelle affaire !

– Laissez, messire le collecteur, intervint l'abbé, courroucé de l'incongruité de la demande et inquiet du retentissement de tous ces incidents sur la mission de Pierre Gervais qu'il fallait ménager. De plus, la justice dans les geôles de l'abbaye était son affaire, et il n'entendait pas s'en laisser dépouiller.

– C'est tout de même Gilles de Haumont, ajouta le gardien, visiblement intrigué qu'un tel homme, d'une famille si connue, pût être accusé de la sorte.

– Gilles de Haumont ? répétèrent, ensemble, l'abbé et le collecteur qui partageaient le même étonnement.

Le deuxième s'indigna :

– Mon sauveur ! En prison ? J'y vais de ce pas… Tant pis pour les comptes !

– Et notre argent ? demanda le gaillard à l'origine de la fronde.

– Je crois que Guillaume Duriane pourra faire un geste. Je lui parlerai de ces quelques deniers supplémentaires, le pape souhaite que les ouvriers, travaillant à sa gloire, soient bien payés et heureux, il me l'a dit expressément, déclara-t-il, en se hâtant vers la prison aménagée dans le sous-sol du vieux prieuré, laissant derrière lui ces hommes en partie satisfaits et prêts à reprendre le travail, au grand soulagement de l'architecte.

– Voilà une affaire rondement menée, dit Pierre Gervais à l'abbé et à son valet qui les suivait en trottinant. Voyons l'autre !

– Nous ne pouvons nous en laisser conter, prévenait l'abbé. Le seigneur de Haumont n'est pas un saint. Son fils, ce Gilles, peut très bien avoir fauté. N'a-t-il pas déjà laissé filer vos propres agresseurs ?

– Il m'a paru un bon garçon, répliqua Pierre Gervais, en fronçant les sourcils.

S'il avait bien voulu croire les embarras familiaux invoqués pour justifier sa mansuétude à l'égard des gueux, il savait que Gilles lui avait caché d'autres turpitudes. Celui-ci lui avait promis, quand même, de lui en dire davantage sous le sceau de la confession.

– Certes, certes, mais il a été pris sur le fait par frère Barthélémy ! protestait déjà l'abbé, dérouté par cette succession d'incidents.

– N'a-t-il pas juste eu le tort de se trouver là où il ne fallait pas au mauvais moment ?

Même dubitatif, Pierre Gervais n'abandonnait pas l'accusé.

– Je ne peux douter de frère Barthélémy !

– Nos peintres et nos sculpteurs n'ont-ils pas raison de représenter des enfers où sont damnés les moines comme les autres humains ? Pourquoi n'auraient-ils pas leurs faiblesses, comme n'importe qui ?

– Oui, mais quel intérêt aurait notre frère à dénoncer un innocent ?

Ils étaient arrivés à la porte aux lourdes pentures dont le gardien fit tourner avec adresse la serrure à l'aide de l'énorme clé pendue à sa ceinture.

Gilles de Haumont en jaillit comme un fou.

– C'est une méprise ! cria-t-il, j'en prends le ciel à témoin.

– Le ciel, le ciel… Il faudra d'abord expliquer votre présence sur les lieux de l'incendie, dit aussitôt Étienne Malet, qui n'entendait pas capituler aussi vite.

– Je ne le peux pas, c'est une question d'honneur, savez-vous ce qu'est l'honneur pour ma famille ?

– Messire, vous m'avez sauvé hier d'un grand péril, j'en conviens, et tous, nous pouvons vous être reconnaissants, mais par deux fois, vous m'avez raconté des sornettes, il faudra vous expliquer…

Pour appuyer cette demande qu'il jugeait équitable, Pierre Gervais fronçait les sourcils, feignant la sévérité afin de contenter l'abbé.

– À vous seul peut-être…, répliqua Gilles qui s'était calmé.

– Messire l'abbé, laissez-nous ! ordonna le chanoine, en congédiant Étienne Malet, d'un geste de la main où pouvait être perçue une pointe de mépris.

L'emprisonnement de Gilles aurait sûrement ravi Avit s'il l'avait su – il n'avait pas décoléré. Quelle pitié que ce prétentieux ait fait rater son entreprise ! Une affaire propre à raviver la haine entre leurs deux familles, née, il ne savait plus trop quand, d'une histoire de femmes du temps d'un lointain aïeul.

– Je me vengerai, je me vengerai ! n’avait-il cessé de répéter à Justin, dont la déconvenue était grande.

– Tu te vengeras ? Peut-être, mais bordel de diou, cela ne nous rapporte guère !

– Je me vengerai !

– Que veux-tu faire ? Mettre le feu au château de ce sacripant ? Enlever sa femme ?

– Je ne suis pas sûr que cela le dérangerait, il préfère ma sœur, avait répondu Avit, en éclatant de rire. Quoique…

– Cherche-nous plutôt d’autres affaires, Gilette a une furieuse envie de bijoux, n’est-ce pas ma Giletoune ?

– Oui, mon Justinou, des bijoux, plein de bijoux…

Avit détestait les minauderies de Gilette et la manière dont son Justin lui tâtait les seins ou les fesses, affichant leur amour avec une impudeur qui le choquait. Lui qui n’avait jamais été amoureux. Ce qui ne l’avait pas empêché lors de sa guerre contre l’Anglais de s’offrir du bon temps avec ces femmes qui suivaient les soldats, et de se rendre compte qu’il savait s’y prendre avec elles. Et même si parfois certains hommes le faisaient douter de sa vraie nature. Blaise, son compagnon préféré de chasse et d’expédition, l’avait initié à des jeux qui lui plaisaient.

– Des bijoux, des bijoux…, répéta Avit. Si tu crois que les moines, les chanoines, les charretiers, les bouviers ou les pèlerins en portent !

Avit faisait allusion à la principale clientèle des alentours. L’essentiel du charroi était constitué par les transports de matériaux : des tombereaux de sable, des chars tirés par des bœufs ou des chevaux, des charrettes à roues cerclées de fer dont le contenu ne pouvait intéresser les gueux, si ce n’est un chargement de vin ou de céréales de temps à autre. De mauvaises récoltes avaient fait grimper le prix du grain que Justin n’hésitait pas à monnayer sur les marchés de Brioude ou de Paulhaguet, pour une rentabilité intéressante, en dépit des prix maximaux imposés. Mais là aussi, il y avait du charroi, puisque les prieurés, dépendant de l'abbaye, y expédiaient des redevances de setiers de froment, d'avoine ou de seigle, sans oublier fèves et vins, une vraie manne pour la bande de Justin qui les revendaient avec fort bénéfice. La veille, ils avaient mis la main sur un lot de fromages de brebis dont Justin parlait encore ce matin.

10

– Un chef-d'œuvre !

Les yeux brillants, le pape n'en finissait pas de vanter les peintures de Matteo Giovannetti. Depuis son retour de La Chaise-Dieu, celui-ci avait travaillé avec acharnement aux dernières finitions. Et la chapelle était, aux dires de tous, une vraie réussite.

Autour de Clément VI, les cardinaux tentaient de partager son enthousiasme, d'habitude contagieux. Certains, cependant, trouvaient abusif que le pape fût plus attentif à ces couleurs, belles certes avec ces voûtes au bleu d'azur, qu'à la pestilence qui se répandait dans la ville. Comment jouir de ces images quand dehors, à deux pas de ce palais magnifique, on avait dû combattre une incroyable invasion de rats, attirés par les cadavres en putréfaction que l'on n'arrivait plus à enterrer, tant ils étaient nombreux ? Beaucoup de cardinaux ne rêvaient plus que de quitter la ville. Encore aurait-il fallu que le pape se décidât, lui aussi, à aller s'installer ailleurs, au moins dans sa résidence d'été de l'autre côté du fleuve, à Villeneuve. Mais, afin que le pape traversât sa bonne ville, les *stimulati*, ces officiers munis de bâtons, eussent été contraints de chasser impitoyablement les gens accourus pour le voir ou de faire débarrasser ce qu'il n'était pas séant de lui montrer. Certains envisageaient sérieusement d'organiser une « opération vérité », mais si la maudite pestilence s'emparait du pape, n'en porteraient-ils pas la responsabilité ? Voilà de quoi alimenter les conversations entre prélats !

Des prélats critiques, mais tout dévoués à leur maître, qui avait su nommer, autour de lui, des obligés avec un rare sens du népotisme. Parmi la vingtaine de nouveaux cardinaux, n'y avait-il pas son frère et cinq de ses cousins ? Et en achetant Avignon pour quatre-vingt mille florins à la reine Jeanne, comtesse de Provence, il attestait l'ancrage définitif de la papauté dans la belle ville, et légitimait les travaux pour ce palais neuf qui faisait sa fierté. Son train de vie, son goût pour le luxe et une cour brillante proclamaient l'exception et la majesté de sa fonction.

Loin de ces polémiques et de ces soucis, même s'il avait découvert avec effarement les progrès de la maladie lorsqu'il était rentré de La Chaise-Dieu, Matteo Giovannetti opinait de la tête. Il ne résistait pas au plaisir, sa modestie dût-elle en souffrir, de boire les paroles élogieuses de Clément VI et celles des cardinaux. En parfaits courtisans, condamnés à imiter leur maître pour ne pas lui déplaire, ces derniers jouaient le jeu et donnaient le change.

– Votre Martial a belle figure, observa le cardinal Annibaldo Annibaldi, peut-être l'un des moins hypocrites, car la magnificence de Clément VI lui permettait d'étaler, sans complexe, son propre attrait pour les biens de ce monde.

Près de lui, son collègue Stefaneschi éclata de rire :

– Heureusement que notre Matteo ne m'a pas choisi comme modèle !

Il montrait son œil déformé par une mauvaise piqûre de moustique, autre fléau dans la ville, dont l'air peu salubre attirait, depuis des semaines, des insectes nuisibles en grande quantité.

Se joignant à l'hilarité générale, Matteo Giovannetti plaisanta :

– Je vous réserve pour un bourreau, j'en aurai bien besoin un de ces jours.

– N'allez pas donner la tête de Stefaneschi à un de nos prophètes, intervint le pape qui faisait allusion au chantier que le peintre entamerait, bientôt, dans la salle de la Grande Audience.

– Peut-être conviendrai-je à Moïse, ricana le cardinal, avec ses deux cornes ?

Avec les cardinaux, il y avait aussi les administrateurs de la Curie, qui assuraient la gestion des chantiers du pape. L'un d'eux s'approcha du peintre, en lissant sa barbe qu'il avait poivre et sel ; c'était Guillaume de Cucuron. Matteo Giovannetti comprit, aussitôt, qu'il n'allait pas le complimenter. Il connaissait bien l'homme qui le payait et engageait les dépenses pour approvisionner les chantiers. Et Guillaume de Cucuron n'avait pas l'aumônière facile, discutaillant toujours les chiffres, comme si l'argent venait de sa cassette personnelle.

– Ne vous êtes-vous pas trompé ?

– Trompé ? répéta Matteo.

– Vous avez commandé de telles quantités d'or et d'azur pour la salle de la Grande Audience ! En aurez-vous vraiment l'usage ?

Agacé que l'on ose remettre en question ses compétences, Matteo répondit d'un ton sec :

– Oui, assurément, comment en doutez-vous ? Avez-vous vu les surfaces à couvrir dans cette salle qui est immense ?

– Certes, certes, mais ne faut-il pas limiter l'usage de l'or ? répliqua l'autre. Justement, faut-il tout cet or ?

Guillaume de Cucuron souffrait d'un fort strabisme qui rendait mal à l'aise ses interlocuteurs, et que le peintre n'avait pas manqué de reproduire dans ses croquis de visages, noircissant des carnets et des carnets de parchemin.

– Voyez sa sainteté ! se contenta de répondre Matteo, en désignant du menton Clément VI dont le regard croisa justement celui du peintre.

L'œil brillant, le pape quitta son cercle de cardinaux. Leurs manteaux de serge rouge formaient une énorme tache colorée, autour de sa robe claire sur laquelle il portait un camail de romania[1], rehaussé de broderies d'or.

– Ne venez pas ennuyer mon ami Matteo, dit-il, d'un ton ferme, à Guillaume de Cucuron en lui posant la main sur le bras.

Ne disait-on pas que son affabilité coutumière s'exprimait dans cette manière de toucher la main, le bras ou l'épaule de ses interlocuteurs ?

– Il ne s'agit pas de l'ennuyer, précisa l'administrateur de la Curie, mais de veiller au bon usage de nos florins.

– Pour l'art, il n'y a pas de limites, déclara alors Clément VI, d'un ton sans appel. Et messires les cardinaux seront sollicités, ajouta-t-il en haussant la voix, la Chambre du collège y pourvoira !

D'un seul mouvement, les interpellés se regroupèrent pour organiser leur défense. Certes, la Chambre du collège des cardinaux n'existait que parce qu'un prédécesseur de Clément VI avait décidé de leur accorder de très importants pouvoirs financiers qu'il avait bien fallu assumer. Mais de là à se laisser spolier par ce pape dépensier, qui voulait reprendre d'une main ce qu'il avait donné de l'autre !

– Nous en reparlerons, lança alors Clément VI, conscient de la fronde qu'il risquait de susciter. Allons dîner !

Vif et d'une extrême mobilité, il avait déjà gagné la large porte de la chapelle, où l'attendaient quatre de ses chevaliers pour le conduire à la table, à laquelle étaient

1. Soie d'Orient.

exceptionnellement conviés le peintre ainsi que la douzaine de cardinaux présents et les administrateurs de la Curie, sans oublier les chapelains du pape et quelques familiers.

Dans la grande salle, les cierges et les lampes avaient déjà été allumés. Un officier offrit au pape un gemellion[1] pour ses ablutions. Clément VI tendit les mains qu'il avait assez grandes, aux ongles soignés, sur lesquelles fut versée une eau légèrement parfumée à la lavande. Toujours pressé, il prit à peine le temps de les essuyer, et rejoignit sa place au centre de la grande table en U. Cette partie de la table, surélevée par une estrade, manifestait la prééminence effective du souverain pontife. Mais toute la tablée, sur tréteaux de bois blanc, était uniformément nappée de toiles blanches damassées qui retombaient presque jusqu'au sol composé de carreaux vernissés.

Apportant les mets depuis la cuisine Clémentine, les officiers de bouche étaient à leur poste, avant que les convives ne fussent installés. Matteo Giovannetti avait été invité à s'asseoir juste après les cardinaux, à l'endroit où la table formait un angle. D'un rapide coup d'œil, il embrassa la pièce, sans oser extraire son carnet de croquis de la sacoche, qu'il portait toujours à la ceinture. Il avait, devant lui, tous les éléments pour peindre une cène. Il suffirait de remplacer le pape par le Christ et les cardinaux par les apôtres ! Mais qui ferait Judas ? Cette interrogation fit naître un léger sourire aux lèvres de Matteo, trop avisé pour ignorer qu'il y en avait sûrement plus d'un pour tenir le rôle dans cette belle assemblée !

Dans le creux de la table, où aucun convive n'avait de vis à vis, avaient été dressés deux arbres, l'un tout en or

---

1. Le gemellion était composé de deux petits bassins. L'un était muni d'un bec pour verser l'eau dans l'autre.

portant des pommes, des poires, des figues et des pêches, l'autre vert, comme un laurier, offrant, pour le plaisir des yeux seulement, des fruits créés dans toutes les pierres précieuses : ambre, améthyste ou jade. Et face à la table, un feu, certains auraient dit d'enfer, s'ils ne s'étaient trouvés chez le pape, un feu donc ronflait avec entrain dans la grande cheminée de pierre blanche. Clément VI avait fait graver, sur le manteau, ses armes couronnées des clés de saint Pierre et de la tiare pontificale. Sans doute, comme partout dans les chaumières, respectait-on les consignes des médecins pour lutter contre la maladie, à savoir entretenir des feux de bois odoriférants. Un mélange d'essences répandait, en effet, une odeur que Matteo n'aurait pas su identifier, mais qui flattait agréablement les narines des invités.

Les bouteillers servirent aussitôt du clairet rouge et blanc épicé. Matteo découvrait, avec étonnement, le cérémonial compliqué qui entourait le pape. Ainsi un bouteiller et un maître queux vinrent se poster devant Clément VI. La peur du poison était tangible, puisque tous deux tenaient un languier. Il s'agissait d'une corne de narval qui, depuis cinquante ans à la cour pontificale, servait à piquer le pain ou à toucher les aliments, ayant, croyait-on, la faculté de déceler la présence de poisons. Près du pape brillait sur la nappe blanche un couteau magique dont Matteo avait entendu parler par le cardinal Stefaneschi. Une langue serpentine en or fin et en rubis, qui avait été envoyée en cadeau par le roi de France, et qui possédait, elle aussi, des propriétés magiques contre le poison.

Si créatif lorsqu'il s'agissait d'images, le peintre était bien loin d'avoir l'imagination nécessaire pour entrevoir les arcanes de la cour pontificale. Mais à bien y réfléchir, parmi ces cardinaux aux mines confites par la componction et la servilité, il devait y avoir quelques individus dont l'ambition était redoutable, voire assassine !

Le service des poissons répandit une odeur forte, mettant en joie les mouches, que deux jeunes clercs chassaient avec application depuis le début du repas.

– Elles se lèvent avec le soleil et voltigent toute la journée sans hésiter à prendre part à nos activités. Je ne connais pas d'insectes plus insolents, et je crois qu'aucune autre créature ne dérange autant le confort des hommes... Plus vous les chassez, plus elles reviennent et en bourdonnant de plus belle !

À son habitude, le cardinal Annibaldo Annibaldi avait parlé d'un ton presque doctoral.

– Sans compter qu'elles peuvent venir se poser entre nos lèvres quand nous aspirons de l'air, répondit son voisin. Mon médecin dit qu'il n'y a pas plus sale que les mouches. Imaginez qu'elle aille sur un cadavre de pesteux et qu'ensuite vous l'avaliez !

Un ange passa. Les cardinaux affichaient des airs dégoûtés, quand Guillaume de Cucuron se lança dans un exposé avec la précision dont il avait l'habitude pour les comptes de la Curie :

– Suspendez de petites touffes de fougères, les mouches viendront s'emprisonner, Monseigneur. Ou alors fermez votre chambre en ouvrant seulement une fenêtre donnant à l'est par laquelle les mouches partiront dès qu'il fera jour. Un mélange de lait et de fiel de lièvre les fera aussi périr, ou du jus tiré d'oignons rouges crus broyés...

– Messire de Cucuron, arrêtez vos recettes, je vous en prie, le moment est venu d'entendre notre lecteur. Ensuite, nous écouterons les récits de Jacopo Genova.

Impatient, Clément VI fit signe au cardinal chargé des lectures, qui accompagnaient toujours les repas pontificaux.

Celui-ci se leva, promptement, pour entamer le texte choisi avec soin, et chacun oublia les mouches pour fixer son attention sur le quatrième chapitre de l'Apocalypse.

Les musiciens, qui venaient d'entrer, attendirent sagement que le cardinal ait clos sa lecture par une envolée emphatique pour gratter mollement leurs violes, égrainant quelques notes, vite envolées vers la haute voûte bleue, mais qui constituèrent un fond sonore pour le nouvel orateur. Il s'agissait de Jacopo Genova, invité d'honneur du pape. D'une voix forte, il se lança dans un long exposé sur les déboires du comptoir de sa bonne ville de Gênes, Caffa, sur le Pont-Euxin[1], où les Mongols les assiégeaient et catapultaient des cadavres dans la ville pour infecter la population avec la peste.

– Ce sont ces maudits Mongols qui nous l'ont amenée d'Asie, commenta le pape.

Il savait tous les périls qui pesaient sur les habitants d'Avignon et de bien des villes du royaume de France, et tous les désordres qu'ils engendraient. En un an, le mal avait fait des ravages inimaginables en Italie. Les émissaires du pape rapportaient des nouvelles alarmantes. Des villages avaient été abandonnés, Matteo avait pu le vérifier, des villes désertées par leurs habitants. Sans compter les rumeurs qui poussaient à la persécution des cagots, des juifs ou des gitans accusés de tous les maux ! Clément VI avait appris la veille que la synagogue de Saint-Rémy avait été incendiée.

– Arrêtez, messire Jacopo, vous allez troubler notre repas, reprit le pape.

Certes, tout cela l'inquiétait, mais il n'entendait pas changer de mode de vie, évitant seulement de sortir et de circuler dans Avignon. Mais ses visiteurs étaient-ils tous

1. La mer Noire.

sains ? Il fallait s'en remettre à Dieu et si lui, le pape, ne le faisait pas, qui le ferait ?

– À la grâce de Dieu, murmura-t-il, alors que le sanglier, les lièvres et les lapins suivaient déjà les poissons, accompagnés de perdrix, de faisans et de grues, des plats aussi beaux à voir qu'à manger, que l'écuyer découpeur s'apprêtait à servir.

Le pape attendait les viandes rôties pour respecter les conseils de son médecin, installé au bout de la table, qui se montrait plus gourmand que tous.

Clément VI aurait-il osé confesser qu'il vivait dans l'espoir de voir, un jour, les images que son peintre favori allait créer dans la salle de la Grande Audience ? Que Dieu lui prête vie ! Rarement, il n'avait autant répété sa devise privée : *carpe diem*, ce qui ne l'empêchait pas d'avoir convoqué son médecin après les vêpres, pour parler de ce mal terrifiant. Il observa un instant celui-ci, qu'il avait fait venir d'Italie récemment, avant de s'intéresser à une perdrix joliment grillée.

Au moment où, à l'autre bout de la table, Matteo Giovannetti se saisit d'une cuisse de faisan, dont il était particulièrement friand, il perçut des éclats de voix dans la salle voisine qui servait d'antichambre.

– Va, cours, et fais en sorte qu'il arrive aussitôt, criait un homme, à l'adresse de l'un des gardes qui tentait de lui bloquer le passage. Il était armé d'une épée comme le comparse qui semblait l'accompagner.

– Quel est ce vacarme ? Musiciens, couvrez cela ! ordonna aussitôt un cardinal, en brandissant la perdrix dans laquelle il s'apprêtait à planter les dents d'un bon appétit.

– Il est là, m'a dit le garde en bas ! continuait l'importun, en hurlant de plus belle.

– Sortez !

Un groupe de gardes encadrait maintenant les deux visiteurs.

– Non ! protesta celui qui s'était tu jusqu'à présent. Nous voulons parler sur-le-champ à messire Matteo et surtout son aide, le beau Paolo !

– Le beau Paolo, répéta un cardinal près de Matteo. Voilà un connaisseur !

Comment aurait-il oublié que le jeune homme avait été surpris dans une soupente de son propre palais avec une soubrette à peine nubile ? Et qu'il l'avait condamné à décorer les murs de ses latrines d'arbustes peuplés d'oiseaux, comme il en avait vu dans une salle du palais pontifical ? Il en profitait chaque jour avec une certaine jouissance. Paolo, qui s'était beaucoup appliqué, avait réalisé des images champêtres dont la vue le ravissait dans ce lieu qui n'avait rien d'enchanteur !

– Je crois que vous êtes réclamé, messire le peintre, poursuivit le cardinal en riant, vous devriez vous montrer, avant que notre seigneur pape ne s'inquiète de ce tapage inconvenant. Mais vous allez manquer ces délicieux fruits confits.

Moqueur, l'homme lorgnait déjà sur ces délices merveilleux qui arrivaient régulièrement d'Apt. Décidément attentif aux douceurs de la vie, le pape avait même créé dans la petite ville voisine, quelque temps auparavant, un écuyer dit de la confiserie. Une charge que le vieux cardinal gourmand aurait bien occupée !

C'était trop tard. Lorsque Matteo repoussa, sans bruit, le petit banc de bois couvert d'un coussin de velours rouge, et se leva, Clément VI, à qui rien n'échappait jamais, manifesta son agacement.

– Allez au-devant de ces hommes qui perturbent notre repas pour vous enquérir de leurs désirs !

À peine avait-il franchi la large baie, menant dans la salle des Gardes, que Matteo fut pris au piège des épées menaçantes des deux hommes, derrière lesquels gesticulait Leonardo, l'aide que Matteo avait laissé dans la salle de la Grande Audience où il préparait les murs.

– Ils ont tout jeté à terre et mélangé les couleurs, cria-t-il, rouge de colère. Quel gâchis !

Le sang de Matteo ne fit qu'un tour. Qu'on s'en prenne à lui passe encore, mais qu'on vienne se mêler de son art, c'en était trop ! Il échappa à ses agresseurs et courut comme un fou au travers des salles, suivi de Leonardo, pour découvrir un spectacle encore plus affligeant que ce qu'il pouvait imaginer. La poudre d'or avait été répandue sur les carreaux de terre vernissée, offrant à leur couleur rougeâtre une belle parure, que venaient maculer des traînées d'azur. Les pots de terre qui renfermaient les couleurs avaient été brisés et gisaient, béants et inutiles.

Atterré, Matteo fit face aux deux hommes toujours armés de leurs épées. Celles-ci semblaient insolites dans leurs mains, puisqu'il les savait tailleur et drapier. D'ailleurs, le plus jeune portait à la ceinture une paire de ciseaux, plus habituelle à la pratique de son art avec la toise.

– Mais pourquoi ? Imaginez les centaines de florins perdus et pourquoi ? Que vous ai-je fait ?

Le désarroi du peintre aurait presque calmé ses agresseurs toujours armés.

– Ce n'est pas après toi que nous en avons, expliqua le plus jeune. Nous cherchons Paolo et quand ton aide nous a appris qu'il n'était plus en ville, et n'y reviendrait pas avant longtemps, la colère nous a pris. Dis-nous seulement où nous pouvons le trouver, et nous irons le quérir, même s'il faut chevaucher pendant des jours et des jours, franchir des lieues et des lieues.

– Je ne parlerai que si vous me dites ce que vous lui voulez, répliqua prudemment Matteo.

– C'est une affaire de déshonneur pour notre famille, répliqua le plus âgé avec précaution. Où est-il, ce gredin ?

– Loin ! Très loin !

– Qu'entends-tu par là ?

– Au moins dix journées de cheval…

– Cela ne nous fait pas peur ! Au septentrion ? Vers le couchant ?

– Au septentrion, répondit Matteo. Je ne vous dirai rien de plus précis… Pas tant que vous ne m'aurez pas dédommagé de tout ce gâchis !

– Nous verrons, dit le plus âgé. Éloigne ton aide…

Matteo fit signe à Leonardo, qui tentait déjà de trier les précieuses poudres malencontreusement mélangées.

– Va chercher messire Guillaume de Cucuron pour régler cette affaire. Après tout, ce sont les florins du pape…

Tous trois regardèrent Leonardo traverser la grande salle à pas rapides. Ses chausses de futaine rouge galbaient ses mollets nerveux et ses cuisses minces ; des aiguillettes nouées pour les retenir lui battaient les cuisses sous la simple chemise de toile écrue, largement échancrée.

– Tu comprendras qu'on ne puisse ébruiter cette histoire, dit le plus jeune. Ton Paolo a séduit ma sœur.

– Oui, ma fille, confirma le plus âgé, dont la voix était enrouée.

Matteo réalisa alors l'extrême ressemblance des deux hommes ; leurs yeux gris, surtout, étaient abrités par de profondes orbites sous des sourcils très broussailleux, noirs pour le plus jeune, poivre et sel pour le plus âgé. Les nez légèrement aquilins et les bouches délicatement dessinées complétaient le portrait que l'incorrigible peintre ne pouvait s'empêcher d'ébaucher. Ses doigts le démangeaient.

– Dis-nous où est cet infâme, et nous le ramènerons pour qu'il répare ce qu'il a fait. Certes, j'aurais rêvé d'un meilleur mari pour ma fille qu'un barbouilleur venu de nulle part, dit l'homme, qui se rengorgeait soudain et gonflait le buste sous sa manteline d'écarlate bleue. Ma famille est ici en Avignon depuis des lustres, bourgeois et notables. Ton Paolo a dû se montrer bien hardi pour lever les yeux sur Laure.

Matteo soupira en secouant la tête et déclara que ce n'était pas son Paolo et que son art était tout aussi honorable que leur métier.

– Manier le pinceau vaut bien le ciseau et la toise, conclut-il, avant de livrer à regret le lieu où ils pourraient aller chercher son aide.

– Nous le trouverons ! répondirent en chœur les deux hommes, enfin calmés.

– Ne lui faites pas de mal, c'est un gentil garçon, lança encore Matteo dans leur dos.

11

– Oh ma Mina !

Vaguement étourdi, Mino s'était laissé glisser dans l'égout souterrain qui permettait d'évacuer, directement dans le Rhône, les eaux sales de la cuisine dite Clémentine, que le pape avait fait bâtir à grands frais.

– Laisse, Mino, bas les pattes !

– Qu'est-ce que tu as Mina ?

– Bas les pattes, je te dis... T'en a pas assez de tous ces petits qui sont dans la nature ?

– Mais non, j'en ai toujours envie.

– Pas moi, regarde plutôt ce morceau de lard que j'ai piqué à la cuisine... Avec ce pape, il y a de beaux restes, il paraît que son prédécesseur, le Benoît, mangeait rien. Avec quelques miettes de fromage de brebis, j'aurai mon déjeuner. Et t'as pas une réunion ?

– Si, si... j'y vais et j'ai des informations de première main pour nos amis... J'arrive de la salle de la Grande Audience et j'en ai entendu de belles !

– C'est où ?

– De l'autre côté de l'égout des Doms...

– Alors, vas-y !

Mina observa Mino qui trottinait, sans se presser, en suivant le tracé irrégulier des dalles de pierre. Elles étaient froides. Il avait dû grossir, son ventre touchait le sol, alors faire un peu d'exercice, en dessinant des zigzags, lui faisait du bien. Elle le vit disparaître enfin.

Mino huma une odeur de brûlé et de poisson qui le fit détaler. Il avait horreur de ces maudites bêtes avec leurs arêtes qui vous restaient coincées dans la gorge. Il rejoignit, au centre de la rue, le merdereau[1] où courait un mince filet d'eau sale, puis le quitta d'un bond, en laissant derrière lui une trace humide pour se faufiler entre les jambes d'une femme qui hurla, en brandissant un balai. Deux hommes transportaient un corps dans un linceul ; ils se retournèrent vivement et prirent le ciel à témoin qu'il était urgent de tuer ces rats de malheur. Ne disait-on pas que c'étaient eux qui avaient apporté la maladie ? Ces gros rats orientaux[2] avaient proliféré au détriment du petit rat noir[3] qu'on avait toujours connu en Occident.

– Si ta grand-mère, comme la mienne, n'avait pas exterminé les chats par superstition, on serait moins malheureux aujourd'hui, dit l'un des deux hommes, en épongeant la sueur de son front avec la manche de sa cotte.

– Il paraît que le furet pourrait faire l'affaire, répondit l'autre en s'approchant de la fontaine dont les lions crachaient une belle eau claire.

Pour faire une pause, ils avaient déposé sur les pavés le corps que l'on devinait sous le linceul. Presque ensemble, ils soulevèrent le masque qu'ils portaient pour se garder des odeurs et de la pestilence, afin de prendre une bouffée d'air.

– C'est qu'il était lourd, le Jean, ajouta-t-il.

– Nourri comme un porc, on pourrait dire.

---

1. Rigole qui constituait la base du « tout-à-l'égout ».

2. *Rattus norvegicus.*

3. *Rattus rattus.*

Au-dessus d'eux, une femme se pencha par une petite baie percée dans l'encorbellement d'une maison à pans de bois.

– Quand vous aurez fini avec celui-là, vous pourrez venir chercher mon mari. Il vient de passer. Trois jours pour que cette charogne ait sa peau. Si c'est pas une pitié, un homme costaud que rien ne rebutait ! Il a eu de la fièvre, a craché du sang, puis ses aisselles ont gonflé, et c'était fini.

– Bien fait ! Tu n'avais peut-être pas respecté l'abstinence ? cria un homme, posté devant la porte d'une chapelle en haut de la rue.

– Et de quoi tu te mêles ? répliqua la femme en haussant les épaules.

L'homme faisait allusion à l'un des conseils donnés par les médecins afin d'éviter le mal. Indifférent aux gestes peu amènes de la femme qui criait maintenant « au fou », il poursuivait déjà :

– Préparez-vous pour l'Apocalypse ! Et vous le peintre, n'avez-vous rien à vous faire pardonner ?

Hélé, Matteo Giovannetti, qui venait de quitter le palais pontifical avec Leonardo, regarda l'homme marcher. C'était un de ces flagellants exaltés qui tentaient d'expier ses péchés avant l'Apocalypse, dont la peste représentait pour eux le signe annonciateur. L'homme avait passé le poteau cornier de la maison, où venait de mourir le pesteux, et s'engageait dans une venelle. Le peintre s'était saisi de son carnet de croquis et esquissait déjà la silhouette de dos avec sa longue cotte blanche, ceinturée de chanvre. Matteo avait découvert en rentrant de La Chaise-Dieu la panique qui s'était emparée de la ville.

– Tu as vu les rats ? interrogea Leonardo, en montrant du doigt les deux muridés près d'un trou, entre deux pierres, au pied d'une maison à pignon étroit, dont le volet de la grande baie du rez-de-chaussée abattu offrait un étalage chatoyant de tissus. Le mercier espérait encore faire des affaires, malgré ces temps maudits.

Un peu plus loin, rasant les murs, deux hommes couraient en secouant un brancard vide. Sans doute allaient-ils récupérer un mort dans une maison. Le travail ne manquait pas !

Mino avait plongé dans le trou au pied du mur dont le fruit empiétait sur la rue, où deux pierres mal jointoyées créaient un interstice bienvenu.

– Pousse-toi, cria, derrière lui, un congénère.

– Je ne peux pas, je suis coincé !

– Tu bouffes trop, dit l'autre, arc-bouté pour pousser Mino, qui grimaçait et grattait en vain pour avancer.

– Dépêche-toi, la vieille va m'occire avec son balai !

– Sacrediou de misère ! hurla, en effet, une voix féminine.

Dans un effort qu'on ne peut qualifier de surhumain, puisqu'il n'était qu'un petit mammifère, et en abandonnant quelques poils sur les pierres aux arêtes tranchantes, Mino se dégagea enfin. Presque propulsé par son ami, il déboula au milieu de la cave, suivi de ce dernier dont le cœur battait encore au souvenir des menaces de la mégère.

– Tiens, voilà Mino et Pito, en retard comme toujours.

– En retard, psss… constamment les mots qui fâchent, répliqua Mino, en avisant une place libre dans le cercle formé par ses pairs, au milieu des cruches et des paniers, où il se glissa avec adresse. En retard, mais vous ne serez pas déçus !

– On les connaît tes promesses ! fit celui qui paraissait le chef.

– Avouez que je vous ai fait voir du pays ! répliqua Mino. Caffa et ses Mongols, le bateau des Génois, Messine, Gênes et Marseille…

– Il a raison et partout ce mal qui sème la terreur, et ces pauvres humains qui meurent par milliers, nous offrant bonne pitance, confirma Pito, le meilleur ami de Mino. Et dans des pays où il n'y a plus de chats, que demander de plus ?

– Continuer, continuer..., murmura Mino.

– Continuer ? Qu'entends-tu par là ? demanda le chef, dont le museau pointu frémissait toujours nerveusement, quand il manifestait un intérêt réel à la conversation.

– La maladie ne peut s'arrêter ici... Et ce n'est pas parce que le pape convoque son médecin que nous allons baisser les bras, ou plutôt les pattes.

– Elle s'est bien propagée grâce à nos bons soins !

– Certes, certes... mais il faut aller plus loin.

– Quitter cette ville où l'on fait bombance, où les ordures et détritus sont si riches. À quoi bon ?

– Il faut avoir de l'ambition ! rétorqua Mino.

– Alors que veux-tu faire ?

Le chef, qui s'impatientait, avait quitté le cercle pour s'installer face à ce Mino toujours créatif.

– J'en connais deux qui vont partir vers le septentrion à la recherche de Paolo, vous savez, l'aide de ce Matteo qui n'en finit pas de peindre de grandes images sur les murs du palais. Plusieurs jours de voyage, peut-être dix...

– Et là-bas ? interrogea Pito.

– Des moines, un grand chantier, des ouvriers, bref, beaucoup de gens qui vont et viennent. En quelques jours, nous pouvons répandre la terreur dans un endroit où ils se croient bien tranquilles. Et si ce Paolo pouvait attraper la maladie, le père et le frère de la belle Laure en seraient bien marris ! Souvenez-vous qu'ils nous avaient chassés de leur maison et que certains de nos frères ont été tués par leurs soins !

– Bien parlé Mino ! conclut le chef. Réunion terminée… Voyez qui veut partir avec Mino et organiser le déplacement. Et portez haut le flambeau de nos amis, les meilleurs ennemis des hommes.

Dehors, quand Mino et Pito émergèrent dans la rue, une procession avançait lentement vers l'église voisine. Les deux rats restèrent prudemment terrés dans un trou ménagé entre deux pans de bois. Ce n'était pas l'envie qui leur manquait de détaler au milieu des fidèles, pour provoquer cris et panique, une vraie jubilation pour eux, mais ils attendirent sagement en observant le monde à hauteur des pieds, tout en s'assurant mutuellement qu'il n'était pas nécessaire d'être haut placé pour avoir une situation de choix dans la société. Des estivaux de cuir, d'autres en toile, parfois brodée, des chaussures à semelle de bois ou de liège, retenues joliment par une bride sur le cou-de-pied, des chaussons pour les enfants quand ils n'étaient pas pieds nus, des souliers parfois exagérément pointus, le tableau n'avait rien de monotone. Sans oublier les chausses multicolores, certains ayant même deux chausses de couleurs différentes, par un excès bien vaniteux d'élégance, ou les bas des cottes des femmes, parfois rehaussés de galons ou de broderies, et dont les étoffes, lourdes ou légères, trahissaient le rang de la propriétaire.

– Tiens, voilà justement Laure, l'amoureuse de Paolo. Comme les autres, elle prie pour que le ciel ne leur tombe pas sur la tête, autrement dit pour qu'ils échappent à la maladie.

– Comme si prier leur Dieu pouvait changer le cours de leur vie ! murmura Pito, dont la longue queue vint chatouiller celle de Mino.

– Ordre du pape, répliqua celui-ci. Il a exigé que l'on organise des processions solennelles pour éloigner le démon.

– Cause toujours, on y va ?

– Je te propose de suivre Laure !

La nuit tombait presque. Bien intentionnés, les riverains avaient installé sur le rebord des fenêtres des chandelles, qui dispensaient quelques maigres lueurs, relayées par les torches des fidèles au début et à la fin du cortège. Une manière d'échapper à l'habituelle obscurité, qui transformait les rues en coupe-gorge pour le plus grand bonheur des tire-laine et autres détrousseurs. Même si, avec la maladie, ils avaient moins de cœur à l'ouvrage.

– Messire Castellomata, la situation empire... Que pourrions-nous faire pour y remédier ?

Le médecin avait à peine pénétré dans la chambre du Cerf, qu'il était interpellé d'un ton qui dénotait l'impatience. Clément VI, trônant sur une haute cathèdre près de la baie, l'attendait de pied ferme, frais et dispos. Au rez-de chaussée de la tour dite de la Garde-Robe qu'il occupait, il était passé aux étuves après vêpres, avait profité de sa baignoire alimentée par une tuyauterie et deux robinets, le tout en plomb, avant de s'habiller dans les garde-robes où des coffres conservaient son linge et ses vêtements.

La chambre du Cerf était un grand cabinet de travail, d'où le pape pouvait accéder directement à sa chambre à coucher sise dans la tour voisine. Il y avait aussi fait installer un lit, dans lequel il aimait dormir pour profiter de ce cadre exceptionnel. Chaque fois qu'un visiteur y pénétrait, c'était le même étonnement devant les peintures, qui occupaient l'ensemble des murs et représentaient des scènes de délassements des plus laïcs, comme la pêche ou différents modes de chasse. Une curiosité pour beaucoup. Les peintres, en imaginant une nature luxuriante, offraient à Clément VI l'illusion de vivre en plein air. Cette atmosphère lui était d'autant plus précieuse qu'il ne sortait guère du palais, depuis que la pestilence s'était abattue sur la ville.

– Alors ? répéta Clément VI, en invitant son visiteur à s'asseoir sur un banc à dossier, muni de gros coussins de velours rouge.

– Alors…, répéta Castellomata, dont la perplexité était grande.

– Je ne voudrais pas que tous fuient, comme mon maître d'œuvre Jean de Louvres, parti il y a quelques jours pour le septentrion, sous le prétexte de son art. À tort ou à raison d'ailleurs puisque le dauphin Jean, lors de sa venue, n'a-t-il pas dit que le mal avait gagné Paris ?

– Certes, certes ! dit le médecin.

La visite du prince avait été un grand moment de la vie avignonnaise au printemps, point d'orgue de l'activité diplomatique du pape, toujours enclin à se mêler de tout. Elle avait occasionné beaucoup de charrois et de passages divers dans la ville. On avait même parlé des mouches[1] anglaises.

– Vos amis de Salerne n'ont point de remèdes ?

Clément VI faisait allusion aux origines du médecin, issu d'une famille qui avait déjà soigné des papes, et d'une cité dont l'école de médecine était réputée.

– Et ceux de Montpellier ?

Bien renseigné, le pape n'ignorait pas que la faculté de médecine de Montpellier avait des maîtres tout aussi renommés. Et la ville avait l'avantage d'être plus proche…

– Et dans tous vos livres ?

Vif et impatient, Clément VI multipliait les questions, mettant très mal à l'aise son interlocuteur, qui finit par répondre en pesant ses mots, le pape étant si prompt aux conclusions hâtives :

1. Espions.

– J'ai beau lire et relire les *Vertus des médecines simples* ou le *Bréviaire des signes des maladies*, je ne vois guère de principes à appliquer, sauf ceux que je fais respecter au palais, feux de bois odoriférants, eau bouillie, viande rôtie, saignées…

– Ignorant, vous êtes un ignorant, comme tous !

– Nous savons prendre le pouls, étudier le sang des saignées et les urines, répliqua le médecin, tentant de justifier son art.

– Et observez-vous directement les cadavres ?

Une nouvelle question embarrassante pour Castellomata. Clément VI évoquait la pratique apparue, un siècle plus tôt, dans le royaume de Naples, où l'empereur Frédéric II avait imposé aux chirurgiens une formation anatomique. À Bologne et à Padoue, on avait procédé à des dissections, qui posaient, à beaucoup, des problèmes de conscience.

– C'est que…, fit le médecin.

– Tous, vous êtes ignorants et peureux, quand vous n'osez pas visiter des malades par crainte de vous faire contaminer. Alors les cadavres ! Faut-il vraiment que je m'en remette à ce moine de La Chaise-Dieu et à sa gentiane ? Qu'on me fasse venir la fiole rapportée par Matteo !

Clément VI avait, soudain, haussé la voix et un chambrier apparut dans l'embrasure de la porte qui menait à la chambre privée.

– Apportez la fiole de Matteo, ordonna le pape.

– Vous n'allez pas croire à cette fable ? dit aussitôt Jean Castellomata, qui retrouvait un peu d'assurance.

– Et qui voulez-vous que je croie ? Vous qui ne dites rien et ne faites rien. Moi, à part les processions et prier Dieu, que puis-je faire ? Et encore le prier pour lui dire quoi, vous ne savez même pas comment l'appeler cette maladie, c'est dire votre impuissance. J'ai appris aujourd'hui que certains la nommaient « trousse-galant ». Alors pestilence, *morte nera* comme disent nos amis d'Outremont, mal chaud, mal des aines, et maintenant trousse-galant... Il y a le choix. Ridicule !

D'un geste du menton, le pape indiqua au médecin que leur entretien était terminé. Abandonnant la chambre du Cerf après de brefs adieux, Castellomata dévala rapidement l'escalier de la tour. En quelques minutes, il avait quitté le palais et rejoint des amis dans une maison à quelques pignons de là.

– Il y a urgence à agir, annonça-t-il à l'aréopage de médecins qu'il avait réuni. Le pape est en colère. Il veut que nous étudiions les cadavres !

– Oh ! fit ensemble le chœur horrifié de ces hommes inquiets.

– Et il faudrait trouver un nom à cette maladie !

– Que faire ?

– J'ai peut-être une idée, répondit Castellomata, la mine mystérieuse.

Ce soir-là, Matteo eut bien du mal à s'endormir. Étaient-ce les délicieuses lasagnes, achetées sur les conseils de son ami Pétrarque, qui étaient difficiles à digérer ? Le poète les lui avait vantées, en des termes si élogieux, qu'il n'avait pu passer devant le lasagnier, arrivé récemment de Florence, sans se laisser tenter. Fourrées d'un fromage que le cuisinier avait appelé *ravagnolo* et de parmesan, elles pouvaient être succulentes, car confites dans du gras de chapon et de cochon !

Non, ce ne pouvait être les lasagnes, son sujet d'inquiétude était Paolo. Qu'adviendrait-il de lui si les Charreton mettaient à exécution leurs menaces ? Et les deux hommes avaient l'air bien décidé à ramener coûte que coûte son jeune apprenti ! Mais oseraient-ils voyager quand tant de gens y renonçaient à cause de la pestilence ? Si c'était le cas, Paolo serait condamné à abandonner le travail que lui avait confié Matteo à La Chaise-Dieu. Le maître savait bien que Benedetto, seul, ne pourrait mener à bien ces tableaux. Il n'avait pas le talent de Paolo, et Matteo ignorait si la jeune femme, cette Isabeau, qu'il connaissait à peine, pourrait pallier le départ de Paolo.

Décidément, la vie n'était pas simple, alors que sa venue en Avignon et son titre de peintre du pape lui avaient laissé augurer des jours sans soucis. Outre l'affaire de Paolo, il y avait cette épidémie qui mettait la ville sens dessus dessous. Pourrait-il achever le grand décor qu'il se promettait de réaliser dans la salle de la Grande Audience ? Ce serait un Jugement dernier. Il était plus que jamais nécessaire de rappeler aux hommes, et même au pape et à ses cardinaux qui se réuniraient dans cette pièce immense, leur triste condition et leur destinée future. Il avait aussi prévu de peindre des prophètes grandeur nature. Et surtout, non sans malice, il comptait bien leur donner les visages de tous ces cardinaux qui formaient la cour du pape et l'entouraient de prévenances pas toujours désintéressées.

À la fois imaginatif, mais aussi toujours ancré dans la réalité, Matteo avait préparé une vraie galerie de portraits, et le repas pris avec ces hommes, imbus de leur gloire éphémère, à quelques exceptions près, lui permettrait d'en peaufiner certains. Se reconnaîtraient-ils ? Cette question taraudait Matteo, bien décidé cependant à passer outre toute critique. Au cours du dîner au palais, il avait observé le menton en galoche et le nez crochu d'Annibaldi en pensant qu'il pourrait faire merveille pour Jérémie ou Isaïe.

Mais si, par malheur, cette maladie entrait au palais où Clément VI se terrait, que deviendrait le projet ? Les gardes, même armés de toutes les épées et hallebardes du monde, ne feraient pas reculer le mal ! Et si Clément VI n'allait presque plus en ville, beaucoup de visiteurs pénétraient chaque jour dans le palais, multipliant les risques de contagion. En quelques semaines, l'atmosphère avait changé, et même si Clément VI avait prêté une attention soutenue au récit du peintre contant son voyage à La Chaise-Dieu, il lui avait paru préoccupé. Cela ne l'avait pas empêché de commenter de façon étonnante les progrès du chantier dont il connaissait, par cœur, l'état d'avancement grâce aux rapports de ses émissaires ou aux dessins des architectes. Irait-il jamais voir cette abbatiale avant sa mort ? Le pape n'avait pas fait mystère de sa volonté d'élire sépulture là-bas. On disait qu'il pourrait rendre la nouvelle officielle sous peu, peut-être poussé par le danger de la maladie qui se précisait de manière inquiétante.

Certes, il avait remis au pape la petite fiole contenant le précieux remède qu'avait préparé à son intention frère Guilhem avant son départ de La Chaise-Dieu. Lui-même avait bénéficié de cette mystérieuse mixture à base d'une plante, la gentiane, dont il ignorait l'existence avant son séjour à l'abbaye. Enjoué et industrieux, le moine, faisant office de médecin et d'apothicaire au monastère, lui avait fait découvrir cette racine qui tirait, selon lui, son nom d'un roi nommé Gentius[1]. Il allait en cueillir, chaque année, dans la montagne voisine.

– Une magicienne aux vertus incroyables, avait dit Guilhem, en joignant les mains et en levant les yeux au ciel.

Pourrait-il jamais remercier Dieu de confier à la nature tant de bienfaits pour les hommes ? s'était-il interrogé, en

1. Roi d'Illyrie.

entraînant son visiteur dans le jardin de simples amoureusement cultivé.

Il lui avait montré les racines de la plante qu'il disait « ébouriffée » avec ses grandes feuilles dressées vers le ciel, qui mesuraient plus de six pieds[1] de haut.

– Des gratte-ciel, avait dit le moine qui n'en finissait pas de vanter les mérites de la « fée jaune ». Si les hommes inventent toujours des maux, Dieu trouve des réponses.

Matteo, qui admirait une telle foi, devait bien avouer que la saveur amère de l'eau où les racines avaient macéré l'avait déconcerté, mais depuis, chaque matin, il en humait l'arôme, résolu à en user, si le besoin s'en faisait sentir.

– À la première fièvre, avait recommandé frère Guilhem, qui lui avait même montré sa fourche du diable dont les dents puissantes arrachaient les précieuses racines.

Il lui avait fait une démonstration, en montant sur le petit marchepied qui lui permettait de peser de tout son poids pour faciliter l'extraction.

Les yeux du moine enthousiaste brillaient d'un éclat particulier que Matteo ne pouvait oublier. Comme il ne pouvait oublier l'authenticité de ces hommes bons et modestes, qui contrastait avec le caractère superficiel de ceux qu'il rencontrait en Avignon, où rivalités et bassesses régnaient autour du pape. Était-ce la faute de ce dernier plus attentif à ses artistes et à leurs œuvres, faites pour lui embellir la vie, qu'aux relations humaines qui entachaient pourtant l'Église ? Matteo réalisait les différences séparant ces deux mondes, et si ce n'était ce grand projet qui flattait son orgueil, il aurait volontiers regagné ce havre de paix que lui semblait, aujourd'hui, La Chaise-Dieu.

---

1. Un pied égale 32,4 centimètres.

– Havre de paix, havre de paix, murmura Matteo, à moins que les Charreton…

Quelques minutes plus tard, il dormait et rencontrait bientôt, en rêve, la fée Gentiane qui courait vers lui, aussi ébouriffée que les deux grandes fleurs jaunes brandies au bout de bras semblables à des lianes souples et douces. Et derrière elle, se trouvait un moine ressemblant à frère Pierre, celui qui lui avait servi de modèle pour son saint Robert, et qui déployait un grand phylactère, d'un rouge éblouissant, où il lut en se protégeant les yeux de ses mains :

« Grandeurs et richesses dont le monde fait tant état ne sont que fumée et vent. »

12

Avit ne rêvait que d'en découdre avec Gilles, comme si l'affaire ratée du collecteur avait fait resurgir toute la rancœur qui existait entre les deux familles et dont Avit aurait, d'ailleurs, été incapable de se rappeler la raison initiale. Son père, même, la connaissait-il ? N'avait-il pas été élevé, comme Avit et ses frères, dans cette haine ancestrale ?

Poussé par Justin qui réclamait des actes, il était venu consulter sa sœur Isabeau à propos de ce volume de parchemin volé, écrit dans une calligraphie soignée avec des colonnes de lettres et de chiffres, qu'il ne savait pas déchiffrer. Il avait dû guetter le retour de sa sœur, qui quittait le chantier seulement lorsque la lumière déclinait. Guillaume Duriane n'avait pas ouvert de crédit pour des torchères, seules capables de combattre la pénombre qui gagnait le chœur et ses chapelles dans l'après-midi et avait démontré les limites de l'œuvre de l'architecte. Il fallait bien l'admettre : pour les vêpres, il faudrait allumer et donc consommer force cierges.

– Oui, mais le matin quelle luminosité ! avait aussitôt rétorqué Hugues Morel, attaqué dans son orgueil et prêt à n'avouer aucune faiblesse.

Ses arguments n'avaient pas empêché l'abbé de discuter avec les maîtres verriers afin qu'ils fournissent du verre blanc et que la proportion de verres peints imagés fût réduite pour améliorer l'apport de la lumière naturelle venue des baies des chapelles.

Les peintres commençaient donc tôt leurs journées, quand la lumière venait du levant, et les terminaient aussi tôt, leur travail ne souffrant pas la moindre obscurité susceptible de nuire à la qualité des couleurs. Malgré la fatigue, Isabeau reprenait alors volontiers son métier d'écrivain public, tout en attendant la visite de Gilles qui se faisait attendre. Elle quittait ses chausses rouges, laissait tomber sa cotte à ses pieds, se ceinturait d'une belle étoffe rehaussée d'argent achetée, un jour de marché, à un marchand de Montpellier, et enfilait des estivaux de cuir naturel. Fière de sa féminité de nouveau affichée, elle entendait couper court aux reproches de son amant, qu'elle ne pouvait oublier.

– D'où sort ce manuscrit ? demanda Isabeau d'un air méfiant.

Les agissements d'Avit, révélés lors de sa précédente visite, l'avaient écœurée. Si elle s'était rebellée contre son père, elle tolérait mal de voir son frère bafouer l'honneur de sa famille. La vie qu'il menait se terminerait mal, et cela rejaillirait sur le château du Montagnou et sur ses habitants. Gilles n'avait-il pas fait allusion aux prisons de l'abbaye ?

– Moins tu en sauras, mieux cela vaudra ! répondit Avit, enchaînant avec un couplet sur leur éducation négligée pour culpabiliser son père.

– Ne préférais-tu pas courir les bois, chasser et faire des bêtises, plutôt que d'étudier ? soupira Isabeau.

– Notre père n'en avait cure, quant à notre mère…

Avit faisait, sans doute, allusion à la mésalliance de son père. Mais Gaspard était-il plus lettré que sa femme ? Ne faisait-il pas partie de ces seigneurs incultes et pauvres, qui vivaient encore dans des châteaux, mais comme des manants ?

– Et tu étais la préférée de grand-mère, ajouta vivement Avit, qui regrettait déjà ce qu'il avait pu suggérer à propos de sa mère. N'était-elle pas plus noble que son père ?

– Grand-mère ! murmura-t-elle, avec une nostalgie non feinte.

Elle pensait souvent à cette femme, une Isabeau elle aussi, qui, orpheline, avait été élevée et instruite au monastère de Paulhaguet. Sa tante, prieure, avait admis qu'elle n'avait pas la vocation et l'avait laissée partir pour épouser Gaspard de Montagnou le Vieux. Une sainte femme, pas comme son père à qui Isabeau en voudrait toujours d'avoir conduit ses sœurs au couvent de Comps.

– J'ai passé beaucoup de temps avec elle, c'est vrai. Elle m'a enseigné la lecture et l'écriture, et grâce à elle, je peux vivre. Te souviens-tu comme elle aimait tracer, sur les murs, avec du charbon de bois, des oiseaux, des chevaux, ou même des visages et des silhouettes ?

Avit sourit. Il y avait beau temps qu'il n'avait plus fait attention à ces dessins qui décoraient toujours la grande salle du château délabré. Isabeau en avait ajouté, car elle avait hérité de ce don.

– Regarde ! dit-elle en lui montrant le croquis d'un homme portant un capuchon. Un joli coup de charbon, m'a félicitée ce peintre d'Avignon, Matteo Giovannetti, qui m'a engagée à venir travailler avec ses garçons. Si tu savais comme je suis heureuse !

Avit dévisagea sa sœur un instant. Il avait presque oublié la raison de sa présence dans la petite maison dans laquelle elle vivait depuis qu'elle avait abandonné le château afin d'échapper à son père. Ah, il se souvenait de la scène… Gaspard, accompagné de ses garçons tout juste revenus de la guerre, avait débarqué en ordonnant à Isabeau de le suivre sur-le-champ jusqu'à Comps pour rejoindre ses sœurs. Elle s'était sauvée. Ils l'avaient cherchée pendant trois jours avant de se décourager. Quand enfin, elle était revenue, elle était allée se placer sous la protection de l'abbé ! Une raison de plus pour Gaspard de maudire l'abbaye et ses moines…

Mais Avit n'était pas là pour se laisser attendrir par une sœur jolie comme un bouquet de fleurs. Il la regarda, puis dit avec une impatience mal contenue :

– Alors ce manuscrit ? Qu'est-ce qu'il raconte ?

– Des comptes, comme il doit y en avoir à l'abbaye pour le chantier… Ah, ici…

– Quoi ? interrogea Avit.

– Oui des comptes, encore des comptes, cela doit être ce que prélève le collecteur pour le pape.

– Et que ce porc dépense pour sa gloire !

– Comment parles-tu de notre pape ? s'offusqua Isabeau, qui, toute rebelle qu'elle était, conservait le sens des convenances.

Vaguement honteux, Avit baissa les yeux.

– Que veux-tu en faire de ce manuscrit ? ajouta-t-elle, en fixant son frère de ses yeux noirs et brillants.

Elle avait la tête froide mais le cœur chaud.

– Crois-tu que le pape serait content de savoir qu'un tel document, étalant sa cupidité, soit divulgué sur la place publique ? Et que ses dépenses pour ce monument que tu as sous les yeux, et auquel tu collabores, soient ébruitées ? Es-tu, au moins, bien payée ?

Isabeau ne répondit pas à la dernière question, mais lui dit en lui rendant le manuscrit :

– Tu es un nain face à des géants !

– J'irai voir Pierre Gervais et je le ferai cracher, répliqua Avit, qui n'avait pas compris ce que voulait dire sa sœur.

Elle savait manier les mots, lui pas !

– À ton aise !

– Et Gilles ?

– Gilles ?

– Oui, Gilles…

– Que veux-tu savoir ?

– Sa nuit en prison lui a plu ?

Isabeau n'avait pas revu son amant depuis qu'il avait été libéré grâce à l'intervention du collecteur. Sur le chantier, la nouvelle était évidemment parvenue aux oreilles des trois peintres qui ne quittaient guère l'échafaudage de la chapelle où une tenture les isolait du bruit et surtout de la poussière.

Quelle n'avait pas été la surprise d'Isabeau d'apprendre que le frère Barthélémy avait fait un prisonnier pendant la nuit, et que ce prisonnier n'était autre que Gilles de Haumont, dont la famille et surtout le père, disait-on volontiers sur le chantier, étaient de généreux bienfaiteurs de l'abbaye. Pour une fois, elle avait attentivement écouté les commentaires, élogieux ou dubitatifs, des uns et des autres. Que ce soit l'architecte, ses confrères Pierre de Cébazat ou Pierre Salciat, tous doutaient de la culpabilité de Gilles, et pensaient que frère Barthélémy était allé vite en besogne.

Isabeau n'en revenait pas. Quelle méprise ! Gilles était évidemment innocent. Mais que faire ? Elle s'était contentée d'évoquer l'affaire avec ses deux compagnons, puis avait appris avec soulagement sa libération.

Mais comment avouer à son frère qu'elle n'avait pas revu son amant depuis ce fameux jour ?

– Il était innocent ! affirma-t-elle à Avit, qui avait glissé le parchemin sous sa cotte de belle futaine grise, et posait la main sur la porte qu'il ouvrit.

Il était déjà sur le seuil. La vigne vierge bruissait d'insectes comme jamais, après ces quelques journées de forte chaleur.

– Il est allé inspecter les biens de sa femme ! lança Avit, en se retournant, un sourire malicieux aux lèvres qu'il avait épaisses.

– Comment le sais-tu ? interrogea Isabeau, en s'appuyant au chambranle en granit de la petite porte.

– Je le sais…, assura simplement Avit, en filant déjà à grands pas. Et sa femme ne l'accompagne pas !

– Comment le sais-tu ? répéta Isabeau.

Avit était déjà trop loin pour répondre. Intriguée, Isabeau le regarda s'éloigner quelques instants, puis rentra pour se laisser tomber sur la petite cathèdre de bois ciré, devant sa table dressée sur des tréteaux. Machinalement, elle s'était saisie d'une plume qu'elle trempa dans l'encrier, mais elle n'avait pas le cœur à copier le texte que lui avait confié, la veille, l'apothicaire du bourg. « Une recette contre la pestilence », avait-il dit. Et en trois exemplaires…

La pestilence ? Arriverait-elle ici ? Maître Anselme, qui tenait l'apothicairerie, avait annoncé se préparer à l'éventualité. Elle ne pouvait épargner La Chaise-Dieu. C'était inévitable. L'isolement de l'abbaye ne la protégerait pas éternellement ! Et avec tous ces charrois et ces visiteurs, le danger rôdait forcément.

Isabeau n'en avait cure. Attendrait-elle Gilles, encore en vain, ce soir comme les jours précédents ? Paolo lui avait proposé une promenade qu'elle remettait toujours au lendemain, pour ne pas risquer de rater la venue de son amant. Et, maintenant, Avit lui avait donné la raison de son silence. Elle regrettait de ne pas avoir accepté de courir les bois avec le jeune peintre.

Paolo ! Isabeau avait encore dans les oreilles la phrase que Gilles, lors de sa dernière visite, avait prononcée : « Il te plaît ce Paolo ! »

Comment Paolo ne lui plairait-il pas ? Beau comme il était, il plaisait à toutes les filles. Et travailler avec lui, chaque jour, était un vrai bonheur. Elle avait tant appris en quelques semaines. Elle qui ne savait rien, sinon tracer des lettres ou esquisser des dessins au charbon de bois, avait ainsi découvert tous les secrets de la fabrication des couleurs avec Paolo et surtout Benedetto, plus habile à manier ces produits et à les mêler avec subtilité.

Mais ce plaisir, qu'elle éprouvait dans la chapelle, serait-il le même s'il n'y avait pas Paolo ? L'honnêteté aurait voulu qu'elle répondît par la négative. Mais Gilles occupait tant ses pensées qu'elle ne l'eût pas facilement reconnu.

Le jour avançait… Le meilleur moyen n'était-il pas, pour oublier Gilles, de copier cette maudite recette ? Elle se laissa tomber sur la petite chaire dotée d'un plateau de bois perforé où étaient disposés les cornets à encre. L'encre avait séché sur sa plume ; Isabeau la plongea avec énergie dans l'encrier noir, après en avoir vérifié la souplesse entre le pouce et l'index, et entama sa copie, ses yeux allant du vieux parchemin taché au parchemin neuf où elle avait tracé des lignes pour guider sa main. Elle était gauchère, comme sa grand-mère.

– *Sinistra*, avait lâché un jour, dans son dos, un visiteur amené par l'abbé, qui n'avait jusque-là guère prêté attention à cette particularité, et avait regardé, surpris, son interlocuteur.

Sinistra, c'était le côté néfaste du monde… Que pouvait-elle faire si sa main droite n'était que maladresse ?

De ses doigts très sûrs, serrés sur la plume, elle forma une belle majuscule au G de graines de genévrier, G, comme Gilles, puis décida d'en dessiner une au début de chaque ligne pour chaque ingrédient :

Fleur de muscade
Noix muscade
Gingembre
Racine d'angélique
Racine de gentiane
Tormentille...

La liste était longue sur le vieux parchemin... mais le temps passait. Autour d'elle, gagnait lentement la pénombre, baignant les objets qui faisaient son quotidien. Un banc où était disposée une pile de parchemins vierges, deux ou trois livres, un petit placard et un coffre de bois blanc dont le couvercle béant découvrait un contenu hétéroclite, des étoffes, une cotte, un chapeau, trois étains, une quenouille... Toute sa fortune.

Avit avait rejoint Blaise et tous deux lancèrent leurs chevaux en direction du campement de Justin. Le garçon ne put s'empêcher de jeter un regard vers Haumont, dont on devinait le crénelage au-delà des arbres qui s'accrochaient à la montagne. Il était satisfait. Son entrevue avec Antonia s'était bien passée, mais il hésitait. L'enlever de force, lui raconter l'inconduite de son mari, ou tout simplement la séduire... Fort de la haine familiale, le garçon jouissait à l'idée de nuire à ces Haumont orgueilleux, qui n'avaient connu que réussites quand les Montagnou s'étaient enfoncés dans la misère. Tout était possible...

Il se remémorait leur première rencontre. Comment il avait surgi des fougères, si grasses après les pluies du mois de juillet, et l'avait surprise, cueillant un bouquet d'anémones sauvages. Bouche bée, elle l'avait regardé et quand il lui avait demandé :

– Damoiselle, que contemplez-vous, l'air si triste ?

Elle lui avait répondu spontanément, avec un sourire charmant qui avait dévoilé ses dents blanches et brillantes :

– Ne dites pas damoiselle !

Elle avait revendiqué, en toute simplicité, son statut de femme mariée, tel un bouclier, puis avait fui, comme une sauvageonne. Il n'avait pas insisté, mais par deux fois avait provoqué des tête-à-tête depuis ce jour, et avait été touché par les manières douces et mélancoliques de la jeune femme.

Antonia n'était pas heureuse. Elle n'avait évidemment pas eu son mot à dire dans cette union arrangée. Les relations entre les deux familles remontaient à un voyage outre-mer, du temps du roi Saint Louis. Et si ses amies avaient aussi été mariées, souvent de force, elles étaient restées près de leur demeure familiale. Antonia, elle, avait dû quitter sa belle contrée natale du Quercy, et son château à trois lieues du puissant monastère de Moissac, où un frère de son père était prieur. Elle avait vite appris que Cluny, dont dépendait le couvent de son oncle, n'était rien par rapport à l'abbaye de La Chaise-Dieu, pour laquelle son beau-père avait la plus profonde révérence !

En Quercy, le climat n'avait pas la rudesse de celui de La Chaise-Dieu. Ici, l'hiver persistait longtemps et les journées d'été commençaient et s'achevaient parfois dans une fraîcheur, dont les murs du vieux donjon de Gilles ne se débarrassaient jamais vraiment. Une bâtisse de granit dur, rugueux au toucher, en dépit des éclats brillants qu'il pouvait offrir quand un rayon de soleil venait le caresser. Antonia pensait souvent à la pierre claire de son pays, et aurait aimé en faire venir quand son beau-père commencerait la rénovation du vieux donjon. Mais lorsqu'elle avait exprimé ce souhait, il l'avait regardée étrangement, et avait proclamé qu'elle voulait sa ruine :

– Imaginez les charretées de pierres à faire venir de si loin, quand on a des carrières toutes proches. Je ne suis pas le pape !

Gilles le Vieux avait éclaté d'un rire tonitruant, qui avait fait résonner la voûte de la salle basse du donjon.

– Je ne suis pas le pape, avait répété le vieux seigneur qui, comme beaucoup, critiquait le chantier de l'abbaye, alimenté par des tombereaux de florins, comme le voulait une rumeur persistante.

Vexée, Antonia s'était réfugiée à l'étage dans la salle qui lui était réservée. Celle-ci avait l'avantage de bénéficier d'une baie dont les larges ébrasements, accusant l'épaisseur des murs, laissaient passer une lumière bienfaisante, et offrait une vue remarquable. Haumont portait bien son nom, posé sur une éminence dominant les alentours, surveillés par une famille belliqueuse, qui avait gagné au combat sa position sociale, surtout depuis que le roi Philippe dit Auguste avait annexé la Terre d'Auvergne. Ils avaient glané quelques charges et honneurs qui leur permettaient de tenir leur rang, contrairement à d'autres, comme ces Montagnou, dont Gilles le Vieux parlait avec haine et dédain.

Depuis cette fenêtre, dans cette région où les montagnes incitent à monter toujours plus haut, Antonia pouvait rêver à loisir aux terres de son enfance. Elle y attendait le retour de Gilles, cet époux qu'elle avait découvert la veille de son mariage. Elle l'avait trouvé beau et ne demandait qu'à le servir, à défaut de l'aimer, comme l'y avaient encouragée ces troubadours venus dévider des mots qui enflammaient les imaginations des jeunes filles des châteaux. La *fine amor* de Lancelot et de Guenièvre pouvait-elle devenir réalité pour elle ? Elle avait retenu que, dans ce jeu, l'homme était le maître.

– Aimer ! murmurait-elle parfois, comme pour s'encourager.

Mais comment aimer ce mari lointain, si souvent absent, parti elle ne savait où, et qui se souciait si peu d'elle, l'abandonnant seule à sa broderie. Oh, il l'avait faite femme. S'était-il gouverné sagement comme lui avaient dit avant son départ sa mère et sa grand-mère ? Si lui au moins y prenait du plaisir, elle n'y voyait qu'une obligation pour avoir cet enfant auquel Gilles le Vieux faisait, avec cruauté, de plus en plus souvent allusion. Ses deux belles-sœurs aînées, qui habitaient des châteaux voisins, lui posaient des questions indiscrètes, et l'avaient même emmenée boire l'eau d'une fontaine réputée faciliter la maternité. Elles lui avaient aussi recommandé de consommer régulièrement de l'armoise, dite aussi herbe de la Saint-Jean. Et la malice dans les yeux, son beau-père lui servait du vin frais le soir, et lui préconisait des bains chauds « pour être belle et vermeille, comme les hommes aiment ».

Comment dire à tous que, le plus souvent, Gilles ne passait pas la nuit avec elle ? Certes, elle connaissait bien les interdits du calendrier liturgique, le dimanche, les périodes de Noël et de Pâques, certaines fêtes de saints, mais son mari n'en abusait-il pas ?

Délaissée, elle restait alors terrée dans les draps de grosse toile de son trousseau, recouverts d'une courtepointe brodée, au fond de ce lit qu'elle avait fait parer d'un ciel, de dossiers et de courtines d'un rouge éclatant. Elle guettait chaque bruit et devinait, les nuits de pleine lune, les meubles et les coffres apportés en dot. Des objets qui la rattachaient à sa famille. Parfois un rai de lumière dardait sur une bassine, une aiguière ou ces multiples petites choses qui enjolivaient sa vie de chaque jour : peignes, curettes à oreilles ou à dents, ciseaux et autres pinces à épiler.

Son mari était-il ce chevalier errant, toujours en quête d'aventures, dont les troubadours contaient l'histoire ? s'interrogeait-elle alors volontiers. Au matin, ne sachant plus si elle avait dormi ou non, elle se levait enfin, et ouvrait ses coffres pour y choisir la cotte qui séduirait Gilles. Elle savait qu'elle n'était pas belle comme Yseut ou Guenièvre, ses yeux étaient trop rapprochés, mais d'un bleu très doux sous des sourcils noirs soigneusement épilés, son menton un peu fort, ses dents grandes, mais ses lèvres bien dessinées, et son nez avait de fines narines. Elle était petite, avec des jambes courtes, mais cottes et surcots ajustés, taillés dans les belles étoffes offertes par son père et portés sur des petits linges très doux, lui donnaient allure et assurance. Y avait-il plus élégante qu'elle dans les parages ?

Aussi passait-elle du temps à lisser ses cheveux fauves, qui prenaient des reflets dorés au soleil, à épiler ses cheveux pour se dessiner un front haut et dégagé, à frotter ses dents, à appliquer sur son visage un emplâtre blanc pour avoir le teint pâle et du carmin sur ses joues et ses lèvres. Puis, quand le miroir, donné par son frère aîné la veille de son départ pour Haumont, lui renvoyait une image qu'elle jugeait satisfaisante, elle descendait dans la grande salle commune où allaient et venaient des servantes et des valets dévoués, dont les tâches étaient multiples, soit au château, soit dans l'exploitation agricole. Déjà, sur les braises du foyer monumental, au linteau de granit noirci, mijotait un pot de terre où légumes et viande, parfumées d'herbes aromatiques, répandaient des odeurs qui imprégnaient les murs et la voûte. Dans son faudesteuil, installé sous la suspension constituée de cornes de cerfs, son beau-père, veuf depuis longtemps, jouait avec ses chiens sous l'œil amusé de son fils. Celui-ci préférait à un fauteuil le banc tournis qui, en pivotant, permettait de s'asseoir alternativement face ou dos à la cheminée.

Gilles, son mari, la regardait, mais ne la voyait pas. Indifférent, il lui tendait un bol de lait, lui offrait un quignon de pain, parfois aillé, ce qu'elle n'appréciait guère, puis sortait sans un regard. Le bruit des sabots d'un cheval au galop qui s'éloignait décidait de sa liberté et de son ennui. Elle avait perdu la joie de vivre de son enfance, promenant désormais sur les objets et sur les hommes un regard las qui aurait pourtant aimé fouiller les profondeurs de l'âme humaine. Mais encore fallait-il qu'elle en eût le loisir. Elle était si seule.

Alors, si le temps le permettait, plutôt que de se mettre à sa broderie, elle se promenait, la nature offrant toujours quelque dérivatif à sa mélancolie. Elle suivait de loin les travaux des champs, observait les animaux de la basse-cour, buvait quelques gorgées d'eau fraîche à la source qui alimentait Haumont, puis elle marchait sans but, avec comme seul repère la cloche de l'abbaye qui rythmait, au loin, la journée, et lui indiquait qu'il était temps de rentrer. À contrecœur, elle reprenait alors le chemin du donjon et gravissait la côte, parfois chargée d'un panier de baies et de fruits sauvages.

Le départ de Gilles pour le Quercy l'avait d'abord révoltée. Elle aurait tant voulu qu'il l'emmène, mais son beau-père avait déclaré qu'une femme devait rester à la maison. Elle avait protesté, avec une véhémence dont elle ne se serait pas crue capable, puis avait abdiqué, remâchant sa déception. Était-ce en se séparant de son mari qu'elle pourrait concevoir cet enfant, qu'espérait tant son beau-père, pour perpétuer un nom en danger depuis la mort de son fils aîné à la bataille de Crécy ?

Gilles le Vieux n'avait pas cédé. C'était lui qui avait décidé d'éloigner Gilles, après avoir appris que son fils passait beaucoup de temps au village et qu'il avait même été emprisonné.

– C'est moi qui l'accompagnerai ! avait-il jeté furieux. Les femmes ne peuvent battre la campagne. Elles doivent attendre les hommes au foyer.

Des mots qui ne souffraient aucune contradiction... Antonia avait compris l'inutilité d'insister. Elle faisait contre mauvaise fortune bon cœur. Et comme il faisait un temps merveilleux, une douce chaleur qui exaltait les senteurs de la forêt, elle courait les bois, gravissait les chemins qui semblaient mener au ciel, observait un écureuil peu farouche, ou cueillait des mûres. Puis elle regagnait à regret le château, les doigts maculés de violet, sa cotte parfois déchirée par les ronces, ses estivaux crottés. Fatiguée, presque épanouie.

Mais dès le seuil franchi, sous l'arc dessiné par des claveaux de granit bleuté, la morosité la submergeait. Triste et résignée, convaincue qu'elle partageait le sort des femmes de sa condition. N'avait-elle pas croisé un jour l'épouse de ce Montagnou honni par son beau-père ? Elles avaient échangé un petit signe de tête timide. Était-elle heureuse ?

Alors, parfois, quand elle s'abîmait dans une paresseuse méditation, devant la cheminée où crépitaient avec ardeur d'énormes bûches, délaissant sa broderie, elle s'inventait une autre vie...

13

Mathilde avait renoué depuis longtemps avec le cours normal de sa vie. Après la venue au monde de la petite Roberte, elle n'avait guère paressé au lit, comme le faisaient pourtant certaines femmes dans les châteaux alentour. Très vite, telle une paysanne, elle avait repris les rênes de sa maison, et elle était déjà fort occupée quand le curé était venu pour la cérémonie des relevailles, consistant à purifier la femme, quarante jours après son accouchement.

Pour elle, c'était une période heureuse dont elle aimait profiter après la naissance de chaque bébé. Allaiter Roberte était un bonheur, même si elle savait que le sevrage serait, comme toujours, un moment délicat. N'avait-elle pas perdu déjà trois enfants dans ces circonstances ? Mais surtout, elle était sûre que les assauts de Gaspard, qui n'hésitait pas à prendre son plaisir sans retenue, ne pouvaient avoir de conséquences tant que l'allaitement durerait. Grâce à cette heureuse disposition de la nature, elle avait évité d'avoir un nouvel enfant tous les ans ! Une bonne raison pour poursuivre le plus longtemps possible et ne pas faire appel à une de ces nourrices dont abusaient certaines femmes. Aumode, la ventrière, jamais avare de conseils, n'insistait-elle pas sur la transmission des qualités familiales par ce lait qui était comme une « prolongation du sang » ? Et Mathilde, qui n'avait plus de mère depuis des lustres, lui faisait une entière confiance, en dépit des ricanements de Gaspard, toujours prompt à railler les gens qu'il méprisait. Un vestige de la grandeur passée d'une famille orgueilleuse, pourtant déchue.

– Tu nous la laisses ?

Assise sur une pierre, qui formait un banc près de la porte du cellier au pied du gros donjon vétuste, Mathilde avait vu arriver de loin ses deux petites.

– Nous avons chassé les corneilles, hurla l'une, tout essoufflée et rouge.

– Oui, elles se sont envolées, furieuses, pour se cacher dans le hêtre, tu les entends ?

Des croassements rauques venaient, en effet, de l'arbre séculaire, bien plus haut que le donjon, et dont les branches se balançaient sous l'effet d'une légère brise. Mathilde leva la tête, mais ne vit que la grosse lézarde dans l'angle de la tour carrée. Impressionnante, elle constituait l'inquiétant témoin d'un délabrement trop avancé pour être réparable. Les cris des corneilles continuaient. Mathilde frissonna. Elle ne les aimait pas, pas plus que les corbeaux qui apportaient la mort. Même si elles amusaient les petites.

Les deux petites étaient Arsende et Berthilde. Beaucoup plus jeunes qu'Héloïse et Amphélis, du fait de la mort des garçons nés entre elles. Elles avaient, pour les mêmes raisons, un important écart d'âge avec Roberte. Mais elles n'auraient pu renier le bébé qui leur ressemblait si fort. Dans cette fratrie de têtes brunes et d'yeux noirs, seuls se démarquaient ses deux garçons. Étaient-ils marqués du sceau de l'infamie ? Elle n'en finirait pas de remâcher ses remords. Cette tache indélébile sur sa conscience, elle ne la confierait à personne, même sous la torture.

– Et où l'emmènerez-vous ? interrogea Mathilde, qui serrait l'enfant sur son giron et avait du mal à s'en séparer.

– Voir les poules ou les cochons… Le nouveau coq est si drôle !

Arsende faisait allusion au volatile rapporté par Gaspard, deux jours plus tôt. Il avait expliqué qu'en l'absence d'un coq, le dernier étant mort de vieillesse, les poules ne pondaient pas bien, ce que n'avaient pas vraiment compris les filles, mais elles avaient fait sourire leur mère, qui avait soupiré quand Gaspard avait ajouté :

– Que feriez-vous gente dame sans vos mâles préférés ?

Depuis, les filles étaient fort passionnées par ce coq, dont la crête fière et ses manières avec les poules qu'il houspillait sans cesse les ravissaient.

– Crois-tu vraiment qu'elle sera intéressée ? demanda Mathilde, amusée de voir ses filles si spontanées.

– Certainement, dit Arsende, en s'emparant du petit paquet de langes qui avait déjà l'habitude d'être trimballé, sans ménagement, et gémit à peine en changeant de bras.

– Bon, alors je vais travailler, déclara Mathilde, en quittant à regret la pierre délicieusement chauffée par le soleil.

Travailler ! Ah si elle avait su que la vie de château c'était cela, quand Gaspard l'avait poursuivie des jours durant pour obtenir ce qu'elle n'avait encore voulu offrir à aucun homme ! Dépité par les refus de cette fille qui hantait ses nuits, Gaspard n'avait eu de cesse de l'imposer à sa famille. « Une pauvresse ! » avait répété son père, impuissant à empêcher son fils aîné d'épouser une fille sans dot alors qu'ils avaient grand besoin de redorer leur blason. Pas un denier pour réparer ce donjon, qui avait eu ses heures de gloire et offrait désormais une misérable allure, pas une terre pour la culture ou la pâture, pas un troupeau, ni même un trousseau !

Ah son beau-père lui avait mené la vie dure quand elle était arrivée, mariée à la hâte par un prêtre de La Chaise-Dieu, et la seule chose qu'il lui ait jamais pardonnée, c'était d'être féconde et d'avoir perpétué leur nom. Il s'en était allé, presque heureux, le jour de sa mort !

Alors, à défaut de deniers, elle avait travaillé de ses mains, et, comme elle n'était pas paresseuse, elle abattait la besogne de deux servantes courageuses : sarcler le jardin, cultiver des légumes, cueillir des fruits, chercher de l'herbe pour les bêtes, revenir crottée jusqu'aux genoux, faire les laitages, cuire le pain, faire la lessive ou les repas, sans oublier, de même que n'importe quelle paysanne, la quenouille et le fuseau pour tisser lin, chanvre ou laine. Oui, son beau-père avait raison, c'était une pauvresse et elle l'était restée, avec la vie qui allait avec.

– Amphélis, Héloïse, venez trier la laine !

Vive, elle avait déjà franchi le petit pont de bois qui permettait d'accéder à la grande salle, formant un premier niveau au-dessus du cellier. Branlant et vermoulu, l'assemblage incertain de vilaines planches était amovible en cas d'attaques. Un dispositif conçu avec astuce par l'ancêtre de Gaspard qui avait bâti le gros donjon carré. Mais qui aurait voulu attaquer les Montagnou aujourd'hui ? Sinon pour se venger des mauvaises manières de Gaspard.

– Amphélis, Héloïse !

Autant qu'elle pouvait, Mathilde associait ses filles aux diverses corvées de la maison. Les deux sœurs dévalèrent aussitôt l'escalier de bois. Leur mère les observa d'un œil critique ; elle arrivait encore à les gouverner, mais l'exemple de leur sœur, Isabeau, ou celui des garçons, si indisciplinés depuis qu'ils étaient allés à la guerre, ne lui facilitait pas la tâche. Comment ne pas comprendre, pourtant, la révolte d'Isabeau, qui n'avait pas accepté le sort de ses sœurs ? Impécunieux, leur père avait calculé qu'une moniale coûtait bien moins cher qu'une fille à marier, et la prieure de Comps n'avait guère été exigeante !

« Et celles-ci qu'en ferait-il ? », s'inquiéta Mathilde, en les regardant dans leurs cottes de laine élimée, serrées d'une simple ceinture de chanvre et juste échancrées sous le cou. Quelques jours plus tôt, un colporteur avait voulu lui vendre des vêtements qui venaient de Paris. Ajustés et décolletés, assurait-il, ils donneraient à ses filles, qu'il lorgnait de ses petits yeux libidineux, « grêle corps, gros cul et poitrine », comme il convenait d'avoir pour se marier ! Il vendait même de petits sacs à placer sous la chemise pour gonfler le corsage.

Des artifices que Mathilde n'aurait même pas pu imaginer, mais qui l'avaient amusée. Elle, dont la poitrine était devenue opulente à la suite de ses maternités, n'en aurait guère besoin, mais Héloïse et Amphélis, très menues, avaient aussitôt décidé de s'en confectionner, pour pas cher avec des chiffons et de la laine.

Mathilde les avait contemplées un instant, puis avait soupiré… « Pas besoin d'artifices pour attirer l'attention d'un homme ! » Une ombre passa dans son regard déjà gris.

– À quoi penses-tu, maman ? demanda Héloïse.

– À rien, mentit Mathilde.

Après le soleil de l'extérieur, la salle semblait sombre et fraîche. Il y avait des relents de feu de bois, de lait de chaux, de fromage aigrelet et de vin. Mathilde frissonna, les bras couverts de chair de poule, avant de s'installer avec ses filles sur de petits escabeaux pour trier la laine entassée après la tonte des brebis. Il s'agissait de séparer la laine fine, destinée à fabriquer des draps dont certains seraient vendus, pour quelques deniers bienvenus, de la grosse, réservée aux vêtements de la famille faits de tissus rêches, qui grattaient la peau, mais tenaient chaud l'hiver et épongeaient la sueur l'été.

À peine s'étaient-elles concentrées sur leur tâche qu'elles entendirent à proximité des voix masculines.

Suivi d'un inconnu, Gaspard arrivait à pied, menant son cheval par la bride sur lequel était en selle un homme au visage balafré.

– Qui est-ce ? interrogea Mathilde, depuis le seuil de la grande salle qui donnait sur ce qu'on appelait la basse-cour, au temps de la splendeur des Montagnou – ils entretenaient alors une petite garnison et des serviteurs, en nombre suffisant pour mettre en valeur un domaine qui, depuis, s'était réduit à peau de chagrin, au gré des ventes à l'abbé de La Chaise-Dieu, toujours preneur, ou de riches voisins, profitant volontiers de leur situation désastreuse.

– Deux voyageurs bien mal en point, venus de la cité d'Avignon. Ils ont rencontré des brigands, pas loin d'ici. Dépouillés de leurs chevaux, blessés, à pied, je leur ai offert notre hospitalité. Ai-je eu raison ma mie ?

– Oui, oui…, répondit Mathilde, qui craignait de ne pouvoir faire face à cette invitation.

Les garde-manger étaient vides, à l'exception de quelques choux mis au feu dès le matin pour qu'ils cuisent longuement, et s'attendrissent enfin, en espérant qu'ils deviennent mangeables.

– Nous courrons au potager, dirent les filles en chœur, tout heureuses d'avoir un peu de distraction.

– Je ferai une purée de bouraces, d'espinaces, d'erraces, de persin et de fenoul, annonça Amphélis, dont la paresse naturelle semblait oubliée.

– Certes, certes, tu étales nos pauvres richesses…, répliqua sa mère, soucieuse de ne pas gâcher en un repas les réserves de la famille et le fenouil bon pour son lait.

Devant la mine soudain déconfite des filles que le peu d'enthousiasme de leur mère freinait dans leur élan, Mathilde ajouta avec un grand sourire :

– Nous trouverons bien à manger quelques racines rouges[1], navets, radis ou raves, mais il faut d'abord soigner cette plaie.

Les filles couraient déjà vers le potager, le lieu préféré de Mathilde. Il n'y avait pas un jour où elle ne bénissait l'ancêtre de Gaspard, qui avait fait enclore ce carré, de vingt toises de côté, de hauts murs, bâtis en partie avec les pierres de la carrière que Gaspard avait vendue à l'abbaye. Jugeant fort à propos le climat rude, il avait eu cette idée pour préserver, du gel et du froid, légumes et fruits. Comment ne pas lui rendre grâce, puisque bien des décennies plus tard, ses descendants survivraient grâce à cette idée géniale ? Les murs, doublés d'un palis où poussaient des arbrisseaux et des fruits, y enfermaient la chaleur dont bénéficiaient les végétaux. À faire pâlir les voisins, qui n'avaient le plus souvent qu'une simple palissade, composée de pieux et de cordes entrelacées, ou même qu'un plessis, clôture faite d'un entrelacs de branches de châtaigniers, d'osier ou de coudrier. Mais, et Gaspard le savait bien, car il avait manié bêches, râteaux et houes quand Mathilde avait rendu les armes à la fin de sa grossesse, les murs ne dispensaient pas d'un travail harassant pour obtenir quelques résultats.

– N'oubliez pas vos guêtres et vos chapeaux, lança encore Mathilde à ses filles. Attention aux serpents et au soleil ! Ne vous gâtez pas le teint !

– Nous ramènerons aussi de l'eau du puits, cria Héloïse dont l'excitation teintait joliment de rose ses joues et faisait briller ses yeux.

1. Carottes.

Réconfortés, soignés, les voyageurs firent honneur au repas servi par les filles de la maison. Gaspard avait tiré un peu de clairet d'un tonneau précieusement conservé pour les grandes occasions. Et les langues se déliaient lentement.

Grégoire et Vital Charreton avaient épuisé, chacun, trois montures. Partis d'Avignon sur de beaux chevaux pommelés, ils arrivaient sur des juments à robe rousse, après en avoir usé deux noires.

– Ces maudits vauriens nous les ont prises ! dit le plus âgé, la mine sombre, les yeux cernés, visiblement marqué par son aventure.

– Maudits ! Nous étions si près du but et jusque-là sans encombre, ajouta le plus jeune, celui qui avait reçu une belle balafre, sur laquelle Mathilde avait simplement appliqué une feuille de chou réputée cicatrisante.

Rien ne leur avait résisté, ni chemins à fond de terre, ni routes renforcées de cailloux ou de planches. La Chaise-Dieu, qui leur paraissait au bout du monde, s'était révélée finalement plus accessible qu'ils ne l'espéraient. Et plus ils approchaient, plus les chemins devenaient praticables, tant le chantier avait amélioré les voies pour les véhicules légers et lourds. Et des charrois de toutes sortes, ils en avaient dépassés et ils avaient ainsi mesuré l'importance du chantier dirigé depuis leur ville par un pape dont ils connaissaient les exigences… La Chaise-Dieu, bout du monde certes, mais but suprême où tout devait fatalement aboutir !

– Nous avons peu dormi, parfois sur la première paillasse offerte par un aubergiste, ailleurs au fond d'une grange, ou encore à la belle étoile. Voilà tout juste neuf jours que nous avions quitté les remparts d'Avignon, et on pensait arriver le soir même si nous n'étions pas tombés dans ce guet-apens.

– Et pourquoi cette hâte ? demanda Gaspard, installé sur le banc tournis près de la cheminée. Vous venez pour le chantier ?

Tous les hommes pressés ne venaient-ils pas d'Avignon pour le chantier de ce pape dont la hâte était connue et reconnue ?

– Pas vraiment, répondit Grégoire Charreton, enfin un peu.

Devant l'air étonné de son hôte, il se demanda s'il en avait trop dit ou pas assez. Grégoire laissa tomber de façon sentencieuse :

– Nous venons pour une affaire d'honneur !

– Une affaire d'honneur ? répéta Gaspard, songeur.

– Oui d'honneur ou de déshonneur...

– Avec l'abbaye ? interrogea Gaspard, tout content d'imaginer l'abbé en butte à des difficultés, forcément réjouissantes pour l'opposant qu'il était.

– Non pas vraiment... Ce temps perdu est bien dommageable !

Mis en confiance, Vital dépeignit la grotte et la femme vulgaire, vêtue de blanc et tout espoitrinée, avec des perles et des balais[1], savante en ruse et en tromperie, qu'ils appelaient Gilette, et qui ne parlait que de bijoux, et le chef, un certain Justin, qui se vantait d'être un moine défroqué et voulait « faire rendre gorge à tout manant passant sur les chemins de sa seigneurie... ». Vital décrivit aussi un vantard qui avait guerroyé contre les Anglais et qu'une jeune femme regardait avec des airs énamourés.

– Justin le Défroqué, dit Gaspard en hochant la tête. Il est connu dans le pays, mais personne n'a jamais pu mettre la main sur lui et sur sa bande.

1. Rubis.

– C’est un grand dommage pour nous.

– Et Avignon…

Gaspard hésitait à questionner ses visiteurs, mais sa curiosité naturelle le titillait.

– Est-ce vrai ce que l’on raconte, que le pape dépense des fortunes pour son palais ?

– Oui, répondirent en chœur les deux hommes, mais…

– Mais ? répéta Gaspard.

– Le pape ne peut rien, si riche et si puissant qu’il soit, contre le mal qui se répand dans sa ville et alentour… et peut-être même ici.

Vital Charreton avait prononcé ces derniers mots en regardant tout autour de lui, comme si ces murs lépreux, où suintait la crasse, où les lézardes offraient les meilleurs abris aux araignées, qui s’en donnaient à cœur joie pour y tisser d’immenses toiles, comme si ces murs lépreux, oui, pouvaient recéler cette maladie.

Gaspard hocha la tête encore une fois selon un tic que lui connaissaient bien Mathilde et ses filles. Il en avait bien entendu parler de ce mal, mais Avignon, c’était loin, si loin. Quoique, s’il ne fallait que neuf jours pour arriver jusqu’ici, pourquoi ne franchirait-il pas aussi facilement montagnes et forêts ?

– Un peu de fièvre, des gonflements sous les bras, des crachements de sang…, laissa tomber Grégoire Charreton.

– Mais en guérit-on ? interrogea Mathilde, qui mesurait avec effroi le danger.

Et si ces hommes inconnus l’apportaient avec eux ?

– On en meurt surtout beaucoup…

– Tiens, Aubert, est-ce une heure pour rentrer ? dit soudain Gaspard, interrompant Vital Charreton.

Le garçon venait de s'encadrer dans la porte restée ouverte. Comme à son habitude, il portait son arc en bandoulière sur sa cotte de laine grisâtre.

– Que diriez-vous d'une brochette de bécasse, mes sœurs ? lança-t-il, avant de s'apercevoir qu'il y avait des inconnus à la table de ses parents.

Il s'était avancé dans la salle, exceptionnellement éclairée par des chandelles de graisse animale qui dégageaient une odeur peu agréable et que Gaspard, condamné à être parcimonieux, n'allumait que pour les grandes occasions – d'ordinaire, la famille se contentait des maigres lueurs du feu de la cheminée, et de celles dispensées chichement par les baies dont les verres blancs, mis en place par le grand-père de Gaspard, étaient souvent cassés et obturés par des planches.

– Quelle audace ! dit alors Grégoire Charreton, en se levant brusquement du banc de bois blanc, imité aussitôt par son fils.

– Nous ne pouvons rester un instant de plus sous le toit d'un brigand qui nous a dépouillés de tout ! ajouta Vital Charreton, en pointant un index accusateur.

Éberlué, Gaspard ne comprenait pas, et Aubert ouvrait de grands yeux étonnés.

– C'est un malentendu, assura Mathilde, en réajustant le chignon, apanage de la femme mariée, qu'elle avait confectionné hâtivement, et dont des mèches châtaines s'échappaient.

– Malentendu, malentendu, ce sacripant doit savoir de quoi je parle et nous vous enverrons les gardes de l'abbé de La Chaise-Dieu auquel nous allons demander protection de ce pas. Et vous, le père, qui faites semblant de nous recueillir, vous n'êtes qu'un hypocrite, un bâtard, un bouffon !

– Ne vous avons-nous pas soignés ? Nourris ? protesta Mathilde. Elle ne comprenait rien à cette affaire.

– Messires, je ne peux tolérer ces accusations ! déclara Gaspard, qui s'était déjà saisi de son épée.

– Nous partons, nous ne sommes pas des hommes d'armes…

– Allez au diable ! leur cria Gaspard, hors de lui. Et toi, tu vas me suivre, reprit-il, en menaçant Aubert.

– Mais je n'ai rien fait ! s'indigna le garçon.

Terrés entre deux pierres, à proximité de la porte, Mino et ses compagnons n'en croyaient pas leurs oreilles. Cette marche forcée les avait épuisés. Ballottés au fond des sacoches suspendues aux selles, ils s'étaient contentés de peu pour survivre : quelques miettes de pain et des rognures de cuir. Dans la grotte de Justin le Défroqué, ils auraient pu être heureux. Les provisions y abondaient. Des victuailles de premier choix avaient compensé la disette des jours précédents, en dépit de la présence de rivaux, des petits rats noirs et vifs qui leur avaient mené la vie dure. Chacun avait dû montrer les dents pour gagner sa pitance.

Et maintenant, à peine arrivés dans cette maison accueillante, où ils avaient, certes, repéré quelques congénères, il leur fallait partir et se carapater dans les buissons, à la suite des deux voyageurs irascibles. Ils étaient bons pour une nuit à la belle étoile, alors qu'ils en avaient plein les pattes. Ils avaient joué un rôle non négligeable dans la fuite des Charreton, puisqu'ils avaient créé la diversion nécessaire pour tromper la vigilance des gueux. Affolés par leur attaque en règle aux mollets, ils avaient relâché leur attention, et les Charreton avaient pu leur fausser compagnie.

Heureusement, les deux hommes accusaient aussi la fatigue de leur échappée et ne progressaient que lentement dans la pénombre du bois. Ils avaient obtenu de Gaspard le seul renseignement précieux qui leur importait, la proximité de La Chaise-Dieu, située à deux pas au-delà du bois.

Comment auraient-ils pu savoir que certains l'appelaient le bois du diable, depuis que des enfants prétendaient y avoir rencontré des diablotins qui les auraient entraînés dans une chaumière, où leur père, un diable cornu, aurait aiguisé ses couteaux pour les découper et les mettre au saloir ? Grâce à un miracle de saint Robert, ils avaient pu s'enfuir et retrouver leurs familles, sains et saufs.

Dans l'humidité et l'inconfort, Grégoire et Vital Charreton finirent par s'endormir, tout près de la biquerie de Pétronille, où bêleraient, au petit matin, les moutons impatients de courir les pâturages, et où se faufilèrent avec bonheur Mino, Mina et les autres pour y rêver d'autres escapades. Ils étaient si près du but !

14

Étienne Malet avait une prédilection pour la Saint-Louis. Il espérait avoir, ce matin-là, le loisir de méditer paisiblement dans le vieux cloître dont les galeries seraient bientôt remplacées par les nouvelles. L'abbé reconnaissait rêver de ces belles arcades tréflées que l'architecte avait déjà dessinées et affichées dans la loge où il travaillait. Les verrait-il un jour et y trouverait-il enfin la sérénité, loin du vacarme du chantier ? Hugues Morel lui avait aussi fait miroiter une fontaine en lui décrivant le bruit de son eau apaisante que cracheraient de jolis becs de cygnes. Un projet séduisant…

Psalmodiant les prières de prime, que répétaient avec dévotion ses moines, il était distrait. La fatigue, le poids du chantier, les exigences du pape, la peste… c'en était trop.

Comment aurait-il pu imaginer, le jour où il avait prononcé ses vœux, qu'il mènerait une vie aussi trépidante ? Lire, réfléchir, chanter, prier tout au long de journées rythmées par les cloches, qui sonnaient les heures annonçant ces moments incomparables de communion avec ses frères, voilà bien sa vocation !

Jamais d'ailleurs, il n'avait pensé se retrouver à la tête de l'abbaye. En avait-il seulement eu, un jour, l'ambition ? D'abord au service de Dieu, les circonstances l'avaient placé dans cette position qu'il occuperait à vie, selon la règle de saint Benoît, appliquée par leur fondateur, Robert. Mais celui-ci avait-il envisagé que l'un de ses successeurs pût être davantage confronté aux affaires du siècle qu'à la seule abbaye et à sa mission religieuse ? Étienne Malet en doutait, et ce matin, il avait le sentiment de porter sur les épaules plus qu'il n'en était capable.

La nuit n'avait pourtant été troublée par aucun des incidents habituels, et les chants de prime, entonnés avec ardeur par ses moines, indiquaient que tous étaient prêts à offrir, à Dieu et à ses saints, cette belle journée de la Saint-Louis. Ils avaient prié pour que le roi, devenu saint cinquante ans plus tôt, veillât sur son royaume où les dangers menaçaient, des Anglais à la pestilence.

Depuis le campanile, toujours debout – mais pour combien de temps ? – les cloches sonnaient encore la fin de prime que frère Guilhem quittait déjà l'abbaye, accompagné de deux frères lais. Étienne Malet l'avait regardé atteler le mulet discipliné, puis mettre en branle et conduire avec adresse la charrette aux roues grinçantes, grâce à des rênes tenues avec autorité. L'abbé, qui se rangeait plutôt parmi les intellectuels du monastère, avait beaucoup de respect pour ceux de ses frères qui s'adonnaient volontiers à l'artisanat et à des tâches manuelles comme le jardinage. Guilhem était de ceux-là et, sans doute, serait-il précieux, si le mal tant redouté arrivait à La Chaise-Dieu. Ses connaissances en médecine et en apothicairerie seraient utiles. Les récits des uns et des autres semaient tellement l'effroi !

Guilhem avait vite disparu derrière la grande bâtisse, qui prenait des aspects fantomatiques à l'aube, quand la brume venait contredire les efforts du jour naissant. Peut-être réveillerait-il quelques Casadéens. Il y avait non seulement les roues grinçantes, mais aussi les outils, dont les fameuses pioches à deux dents pour arracher la gentiane, qui brinquebalaient dans la charrette, où se tenaient fièrement les deux frères lais, heureux de cette promenade.

Renonçant au cloître et à sa paix, l'abbé se dirigea vers le chantier où la cloche annonçait la reprise. Très vite, comme chaque matin, et le jour se levait encore tôt, les activités recommençaient vaillamment. Chacun prenait son poste, alors que le gardien de la loge quittait le sien, où étaient entreposés les outils, précieusement remisés chaque soir, ainsi que les jours de repos, pour éviter les vols. L'homme était grognon, depuis que l'abbé lui avait, un jour, reproché de dormir et de ne pas suffisamment surveiller les abords du chantier. Mais pour lui, son travail consistait à veiller sur les outils, et non au reste ! Penaud, l'abbé avait, d'ailleurs, reconnu le bien-fondé de sa protestation. Il avait admis que, lorsque le frère Barthélémy occupait ce poste, souvent le dimanche, il y avait aussi des incendies et autres péripéties.

– Frère Barthélémy…, murmura l'abbé, ses lèvres esquissant un petit rictus.

Un drôle de moine, plus à l'aise sur le chantier qu'à la chapelle. Il se souvenait quand son prédécesseur avait ramené du Puy cet homme abattu, misérable et désespéré. Une grande carcasse maigre, un corps et une âme en perdition, que l'abbé avait rencontrés parmi les pèlerins de Notre-Dame-du-Puy. Il avait perdu toute sa famille : son épouse, morte en couches quelques jours plus tôt, le bébé qui n'avait pas survécu, et son fils aîné terrassé par des maux de ventre. Il venait de loin, et lorsqu'il n'était pas prostré, il racontait des histoires de mer qui faisaient rêver les moines. Puis il avait lentement repris goût à la vie avec le chantier, et l'abbé avait à cœur de ne pas lui rappeler certaines obligations de sa vie monastique qu'il négligeait pourtant.

Oubliant le moine à tout faire, qui devait vaquer à ses tâches préférées, Étienne Malet s'attarda. À son corps défendant, il appréciait l'atmosphère du chantier dont il faisait le tour chaque matin, histoire aussi de ne pas en abandonner la pleine maîtrise à Hugues Morel. La simple vue de l'abbé calmait parfois les disputes entre ouvriers. La veille, il avait séparé deux maçons à propos d'une larronnesse qui avait trompé le premier avec le second. Les affaires d'ordre privé ne devaient pas interférer avec la marche du chantier.

« Alors que me promet cette belle journée ? », se disait-il en avançant sans hâte. Devait-il l'avouer ? Il éprouvait, désormais, un vrai plaisir à suivre l'évolution des murs ou des piliers, qui, chaque jour grandissant un peu plus, produisaient un effet bien au-delà de ce qu'il n'aurait jamais pu imaginer. Comment ne pas saluer le talent de ces hommes capables de calculer et de dessiner sur parchemin des projets, qui devenaient ensuite une réalité étonnante ?

Sans un mot, le gardien des outils le dépassa. Il avait chargé, sur un brancard à roues, des pelles et des pioches destinées aux forgerons qui en assuraient sur place l'entretien ou le remplacement. Une dépense colossale pour l'abbaye qui achetait les outils et les entretenait !

Les hommes, les outils, mais aussi les animaux…

L'abbé aimait rencontrer les marchands de chevaux, dont le chantier faisait de l'abbaye une grande consommatrice. Ils étaient justement assemblés, ce matin-là, paysans, éleveurs locaux ou spécialistes venus de plus loin. Des gens habiles, parfois retors, qui avaient leur franc-parler, et échangeaient volontiers leurs recettes d'emplâtres ou d'onguents pour soigner leurs bêtes blessées.

– Des œufs, de la cire, de l'huile, du vin âcre et de la graisse…, disait justement l'un d'eux à un compère, quand Étienne Malet s'approcha.

– Nous, nous ne voulons pas de chevaux estropiés ! répliqua alors un homme que l'abbé ne connaissait pas.

Le ton était autoritaire et l'accent rappelait celui des gens venus du Sud, qu'il avait entendu dans la ville du pape.

– Il nous faudra aussi des rênes, des selles, des croupières..., énuméra son compagnon.

– Deux chevaux, messire ?

– Non trois, nous sommes trois ! Et pas pour emmener des tombereaux ou des charrettes, mais pour aller vite.

– Messires, messires !

L'abbé vit surgir, soudain, Gaspard de Montagnou, rouge et énervé comme à son habitude, qui tira l'un des étrangers par la manche.

– Messires, je vous dois des explications ! Ce n'est pas mon fils Aubert qui vous a détroussés, mais son frère ! lança-t-il, en soufflant comme un bœuf.

Il avait gravi la butte en courant et ses genoux lui faisaient mal.

Devant l'étonnement des deux Avignonnais, Gaspard insista :

– Je vous l'assure...

Lui-même ne se remettait pas de la révélation de ses filles. La nuit portant conseil, elles n'avaient pas tenu leurs langues. Amphélis et Héloïse ne pouvaient laisser leur père accuser Aubert, qui avait été jeté au cachot, sous le donjon, alors qu'elles savaient que la confusion était née de sa ressemblance avec Avit. Nul doute ne subsistait après les confidences de ce dernier, le jour de la Saint-Robert, chez Isabeau. Elles étaient sûres de sa culpabilité et s'en étaient ouvertes, au petit matin, à leur père, le persuadant de l'innocence du pauvre Aubert. Aussi, ce qu'il venait d'apprendre méritait cette hâte et cette excitation.

« Un fils brigand, un gueux ! » Gaspard n'en revenait pas. Il avait à peine jeté un regard à son fils, accusé à tort, qui sortait du cul de basse-fosse où il l'avait jeté, hirsute, les cheveux emmêlés de toiles d'araignées, et s'était précipité au village.

– Millediou, tonna Gaspard, pour convaincre ses interlocuteurs perplexes. Si j'avais pu penser qu'un de mes fils puisse devenir un brigand... un crocheteur de malheur, un damné vendangeur, un desrocheur, un beffleur, un fourbe...

Toujours outrancier, Gaspard multipliait les mots, qui sifflaient dans sa bouche édentée, mais avaient, tous, le même sens, enfonçant un peu plus le coupable, tout en lui cherchant aussitôt des excuses :

– Depuis qu'il a fait cette guerre contre l'Anglois, il n'est plus le même. Millediou, je prends à témoin tous vos saints et la Vierge, et aussi mon fils tué pendant cette misérable bataille de Crécy, que même si je n'ai pas un sou, je ne suis pas un brigand, n'est-ce pas l'abbé ?

Étienne Malet n'appréciait pas qu'on l'appelât de façon aussi peu respectueuse et protocolaire ; il n'avait guère de sympathie pour Gaspard, le seigneur pourtant le plus proche de La Chaise-Dieu. Un homme à histoires, qui avait toujours quelques dettes avec le monastère et sur qui l'on ne pouvait pas compter !

– C'est donc quand même un de vos fils..., répondait, près de lui, d'un ton dédaigneux le plus jeune des Charreton.

– Mais je vois qu'il ne vous a pas tout pris, ajouta celui-ci, en évaluant sous ses doigts la serge de laine de la cotte de Grégoire Charreton.

Vital le toisa. Son vêtement élimé, d'un vert pisseux, et ses chausses, effilochées au-dessus de ses bottes éculées, donnaient une triste allure au seigneur de Montagnou, pour lequel il n'avait que mépris. Lui, le drapier prospère, habitué aux beaux tissus et aux précieux effets, face à cet homme dont la famille avait, peut-être, eu ses heures de gloire, mais qui vivait comme un paysan dans son château.

– Pas si malin que cela votre fils ! affirma le marchand avignonnais, en éclatant d'un grand rire qui attira l'attention de tous sur le marché.

– Vieux bouc, tu ne gardes pas tes moutons ! lança une femme au pauvre Gaspard qui ne baissa pas les yeux, mais s'esquiva la tête haute, se jurant qu'il se vengerait.

Les Charreton, qui avaient fait coudre dans leurs petits linges une sacoche de tissu où ils avaient dissimulé des florins, se moquaient de Gaspard sans pitié, oubliant le but de leur voyage. Ils ne pouvaient que se réjouir de leur astucieux stratagème. Cette réserve secrète bienvenue, déjà entamée chez le fripier à l'instant même, leur servirait à acheter des montures pour rentrer de toute urgence en Avignon.

L'abbé passa son chemin, laissant Gaspard à ses démêlés et à ses colères, et les autres à leur transaction. Mais à peine avait-il quitté le marché et son animation que son attention fut attirée par des cris. Une femme qui vendait des volailles, installée au pied de la croix de granit, à la croisée des rues du village, vociférait :

– Deux grands, gros, gras… j'en ai jamais vu de comme cela !

Ses mains, dont la peau brunie et ratatinée et les ongles noirs trahissaient bien du labeur, esquissaient un geste aussi large que son buste.

– Mais quoi, ma pauvre Pasquine, tu as vu le diable ou quoi ? répondait sa voisine, dont les paniers regorgeaient de craponnes[1] et de fourmes.

1. Fromage qui tire son nom de la ville de Craponne en Haute-Loire.

– Fais ta maline, avec ta tête de guigne cuite au soleil, quand ils vont s'attaquer à tes fromages, tu riras moins !

– Mais qui, ils ?

– Des rats énormes !

– Des rats ?

Le mot s'était propagé immédiatement. Beaucoup savaient maintenant, par la rumeur, que les rats propageaient la pestilence. Le danger s'approchait-il ?

Étienne Malet frissonna, et se promit de relire la grande litanie que le pape Grégoire le Grand avait composée, lors d'une grave épidémie à Rome. Il la ferait réciter pour la Saint-Grégoire, le 3 septembre, songea-t-il en traversant la place où se mêlaient les activités du chantier et celles du village, particulièrement intenses les jours de marché. De loin, il reconnut la silhouette de Gilles le Vieux de Haumont, qui venait à lui. Tout bouillonnant de rage, ses joues et ses pommettes rouges formaient un bel écrin aux yeux clairs qui fulminaient. Il s'écria :

– Messire l'abbé, il faut faire régner l'ordre !

– Régner l'ordre ? répondit Étienne Malet, l'œil écarquillé par l'étonnement.

Que lui voulait le vieux seigneur descendu du mont, où son château jouait les vigies depuis des siècles ? Respectueux des hiérarchies et des convenances, généreux, l'homme avait toujours entretenu de parfaites relations, ou presque, avec l'abbaye. L'abbé était plus critique vis-à-vis de son fils qu'il avait fait relâcher sous la pression du chanoine collecteur, mais qu'il soupçonnait de n'être pas du même bois que son père. Celui-ci aurait pu, d'ailleurs, le remercier pour sa clémence à l'égard de son fils. Mais connaissait-il seulement sa mésaventure ? Le garçon n'avait pas dû s'en vanter !

– Que voulez-vous dire ? demanda l'abbé dubitatif.

– Ma belle-fille a été enlevée ! hurla l'homme en colère.

– Enlevée ? Mais par qui ? où ?

– Elle a disparu en tout cas ! Il faut nous débarrasser de ces brigands qui infestent nos bois. On dit qu'avec Justin le Défroqué, il y aurait un fils de ce satané Montagnou !

L'abbé connaissait la haine ancestrale des Haumont et des Montagnou qui empoisonnait le voisinage.

– Vous ne le soupçonnez pas, tout de même ? demanda-t-il.

– Peut-être, répondit le vieux seigneur laconiquement, en insistant sur l'importance qu'il attachait à l'affaire. Antonia ne m'a pas encore donné d'héritier, sans doute parce que mon fils, j'en prends le ciel à témoin, court d'autres lièvres ! Enfin quand je dis lièvres, comprenez-moi.

Habile et toujours digne, l'abbé cilla à peine. Était-il censé connaître les affaires du monde ?

« Tiens, tiens, se dit-il, plus avisé qu'il n'y paraissait. Ne racontait-on pas, en effet, que Haumont était allé chercher bien loin une femme pour son puîné, avec beau trousseau, terre et deniers, mais que Gilles le Jeune avait la tête ailleurs ? »

– Tenez-moi au courant ! lança-t-il précipitamment, juste à l'instant où Gaspard approchait.

Avec la meilleure volonté du monde, aurait-il pu empêcher l'affrontement ? Les deux hommes étaient incapables de se croiser sans se défier. Avec toute la morgue de grand seigneur qu'il savait affecter, Gilles de Haumont toisa Gaspard de Montagnou, en l'apostrophant :

– Le Montagnou a quitté son château branlant !

– Le Montagnou dit merde au Basmont.

Gaspard avait toujours ironisé sur le nom de son ennemi.

– Haumont te rend ton merde ! Mauvais sang ne saurait mentir, dis-moi plutôt si ton fils est un de ces brigands qui infestent nos forêts ?

– On dirait deux coqs, commenta une voix derrière Gilles.

– Deux vieux coqs…, précisa une autre, rigolarde.

– Tu veux dire qu'il y a une histoire de poules ? interrogea un troisième, provoquant rires et quolibets.

Autour d'eux, à l'affût de la rixe inévitable et espérée, camelots et chalands avaient cessé leurs conversations.

Plus méprisant que jamais, Gilles de Haumont haussa les épaules et fit mine de partir, quand deux mains s'abattirent sur ses épaules, l'obligeant à faire face à son agresseur qui le prit aussitôt à la gorge. Surpris, rouge, Gilles se débattit, mais en vain. Gaspard l'aurait sans doute étranglé si frère Barthélémy, usant de sa force hors du commun, ne s'était interposé pour séparer avec violence les deux combattants. L'un s'effondra lourdement dans les fromages d'une marchande, l'autre sur l'étal d'un pâtissier ambulant.

Abasourdi, l'abbé regardait la scène jouée par ces deux vieux acteurs, presque comiques.

– Si tu savais, Montagnou, cria Gilles, pas vraiment décidé à céder, en réajustant sa cotte maculée de fromages, avant de remettre dignement son chaperon qui avait roulé dans la boue.

– Si tu savais…, répéta-t-il, en se frayant un chemin parmi les badauds.

– Quoi encore, s'il savait quoi ? marmonna l'abbé, las, en s'éloignant de la scène du pugilat, où les commerçants, furieux du gâchis, donnaient maintenant de la voix, en réclamant réparation pour les dommages causés par ces « cocus » et ces « fils de bâtards ».

Étienne Malet avait hâte de retrouver son cloître, même si la paix n'y était plus la même depuis le début du chantier. Mais, pris de remords, il pénétra dans le bâtiment en construction. Les voûtes, couvrant chaque jour davantage le chœur et la nef, y créaient une sainte pénombre, où les chants des moines pourraient s'élever avec bonheur. Comment, alors que cet édifice était bâti à sa gloire, Dieu pouvait-il faire preuve de tant de colère et châtier les hommes par cette immonde pestilence ?

Étienne Malet s'arrêta quelques instants dans le chœur majestueux, imaginant le futur tombeau de Clément VI. Le sol portait déjà le tracé de son emplacement. Plus personne ne doutait du choix du pape, qu'il ne tarderait pas à annoncer officiellement. Alors qu'il tentait d'évaluer la manière dont la lumière viendrait jouer sur les pierres, marbre et albâtre, déjà livrées pour le mausolée, l'abbé perçut des éclats de voix venant de la chapelle où les peintres travaillaient d'habitude, en toute quiétude, derrière une tenture qui les isolait du reste du chantier.

L'abbé leur rendait volontiers visite. Il appréciait le sérieux de cette équipe insolite, et avait, depuis longtemps, jeté aux orties ses préventions concernant la présence d'Isabeau. Il la savait en rébellion contre son père, ce qu'il ne pouvait approuver en tant que représentant de l'ordre, mais Gaspard ne le méritait-il pas ? Il savait aussi que la jeune fille avait refusé d'entrer au monastère de Comps, qui avait accueilli, sans dot, deux de ses sœurs, or jamais il n'avait consenti aux vocations forcées. Il ne faisait pas partie de ces clercs misogynes qui ne voyaient dans les femmes que deux fissures, la bouche dont elles usaient souvent mal, et le sexe, source de péchés ! D'ailleurs, des femmes travaillaient sur le chantier. Peu nombreuses, elles fournissaient cependant une contribution non négligeable : tresser des cordes pour les engins de levage, préparer le mortier et surtout approvisionner les hommes en nourriture. Elles aussi apportaient leur pierre à la grande œuvre du pape.

– Quel est ce tapage ? demanda l'abbé, en découvrant les deux hommes, à l'accent chantant, qui avaient marchandé des chevaux quelques minutes plus tôt et avaient eu maille à partir avec le père d'Isabeau.

Jamais timide, cette dernière répondit aussitôt du haut de son échafaudage en plantant ses yeux noirs dans le regard fuyant de l'abbé :

– Ces messires veulent emmener Paolo !

Moins à l'aise qu'avec les prieures des dépendances qui lui devaient obéissance, l'abbé évitait de fixer la jeune femme. Mais là, avec son pinceau teinté de bleu, le tableau était charmant. « Un ange », songea Étienne Malet, qui se voyait déjà au paradis et se signait intérieurement pour conjurer la tentation – un ange avec ce chapeau à bec[1] posé hardiment sur une abondante chevelure brune dont les mèches s'échappaient librement jusqu'aux épaules, une cotte bleue dont les pans étaient pris dans une ceinture de chanvre, et surtout ces chausses rouge flamboyant, assorties aux estivaux de toile. Une vision enchanteresse, à damner un saint.

– Impossible, messires ! dit d'un ton péremptoire l'abbé, reprenant ses esprits. Paolo travaille pour la grande œuvre du pape.

– Nous avons chevauché dix jours pour chercher ce garçon ! répliqua, d'un ton tout aussi sec, Grégoire Charreton.

– Que lui voulez-vous ?

– Une affaire d'honneur ! dit Vital Charreton. Ce garçon a outragé notre famille !

– Diable ! Et cela doit-il contrarier les projets du pape ?

– Que votre pape soit damné et ses artistes aussi. Moi, je ramène ce garçon pour qu'il épouse ma fille.

---

1. Ses bords relevés sur les côtés forment une pointe devant.

– Il l'épousera quand ces tableaux seront finis !

– L'enfant aura alors des années…

– L'enfant ? murmura Paolo qui avait pâli. Quel enfant ?

Résolu, Grégoire Charreton avait avancé d'un pas et agrippé l'échelle de l'échafaudage qu'il fit trembler.

– Laure, que tu as souillée de manière ignominieuse, va avoir un bébé. Alors l'abbé, qu'en pensez-vous ?

– Faut-il croire votre fille ? Quand une jeune fille se laisse approcher par un garçon, ne le fait-elle pas avec d'autres ?

– Messire l'abbé, estimez-vous heureux d'être un homme d'Église… dans le cas contraire, je vous aurais fait ravaler vos abjectes paroles avec cette épée.

Grégoire brandissait l'arme qu'il venait d'acheter pour se prémunir contre les dangers du retour.

Indifférent, l'abbé préféra changer de sujet :

– Dites-moi plutôt si la pestilence continue à sévir dans votre ville et assurez-moi que vous ne l'apportez pas avec vous.

C'était la question rituelle. Étienne Malet la posait à tous les visiteurs et le groupe de pèlerins, arrivés du Sud la veille et accueillis à l'hôtellerie de l'abbaye, n'avait pas manqué d'être interrogé.

– Nous sommes sains de corps et d'esprit, répliqua Grégoire Charreton qui contenait mal sa fureur. Paolo, descends plutôt, et à cheval !

15

En cette fin d'après-midi de Saint-Louis, après les vêpres, dont la grand'cloche sonnait encore le terme, alors que le soleil, très chaud pour une fin du mois d'août, chauffait les pierres de la nouvelle façade qui sortait lentement de terre, un homme vêtu de blanc, surgi de nulle part avec un grand bâton noueux, au sommet duquel flottait une oriflamme blanc et rouge, se mit à haranguer les ouvriers.

D'abord indifférents, manœuvres et maîtres, qui avaient souvent vu passer des bavards et des faiseurs de mots, poursuivirent leurs tâches. De loin, certains prirent l'homme, aux cheveux blanc jaunâtre et hirsutes, pour un dominicain venu prêcher sur les terres de ses rivaux, les bénédictins. Ce ne serait pas le premier à dénoncer l'entreprise de ces moines orgueilleux, plus occupés à se contenter eux-mêmes qu'à satisfaire Dieu dans l'humilité.

La belle affaire ! Maçons, verriers ou charretiers avaient d'autres chats à fouetter que ces histoires de moines.

Mais l'homme avait déjà escaladé une échelle d'échafaudage au milieu de la nef et haussait le ton, en brandissant sa bannière.

– Mécréants, vous qui travaillez à l'œuvre du diable, écoutez-moi !

Les rires fusèrent. Les gestes, signifiant que l'homme semblait dérangé, se multipliaient, preuve qu'il avait déjà capté l'attention.

– Mécréants, écoutez-moi, vous allez tous mourir !

– Pour une nouvelle, c'est une nouvelle, ricana un tailleur de pierre, une main sur la hanche, l'autre tenant encore le ciseau avec lequel il affinait une tête d'ange dans la fameuse pierre de Volvic apportée par Maître Pierre de Cébazat.

– Mécréants, la malignité est arrivée d'Orient dans l'air et les autres éléments. Appelez-la pestilence, trousse-galant, mal chaud, ou encore mal des aines, ne vous y trompez pas, c'est le courroux, que dis-je le grand courroux du ciel, qui anéantira les pécheurs. Et des pécheurs, vous en êtes !

– Et toi ? cria un maçon toujours perché sur son échafaudage, la truelle en main. Avec tes yeux francs comme un âne qui recule, et ta mine tout encombrée de maléfices !

– Alors on ne mangera plus de poisson ? interrogea un autre à la mine ravie. Il faisait partie de ceux qui déploraient les jours si nombreux où le poisson remplaçait la viande, selon les prescriptions de l'Église.

Imperturbable, l'autre reprit :

– La malignité est partout dans l'air et les autres éléments, elle remue les humeurs grossières, elle cause un trouble étrange dans la nature…

– Qu'est-ce que c'est ?

Hugues Morel et Pierre Salciat revenaient de la carrière de sable la plus proche, au bord de la Senouire, et découvraient le désastre, le chantier arrêté, malgré le scepticisme.

– Faites le taire ! Et vous autres au travail, lança l'architecte fulminant.

– Mécréant, vous refusez, à ces hommes, le droit de savoir.

L'homme pointait un doigt accusateur en direction du perturbateur qui l'avait interrompu, avant de poursuivre :

– Mécréants, vous serez damnés. Ce n'est pas parce que vous ignorez le mal qu'il vous épargnera !

Hugues Morel soupira. La stratégie de dissimulation qu'il avait adoptée en accord avec l'abbé était ruinée. La peur et toutes ses conséquences néfastes allaient-elles s'installer sur le chantier ?

– Au travail, répéta-t-il, mais sans conviction. Sinon, votre paie sera réduite !

– Nous voulons savoir, cria alors un maître verrier. Ici à part la rumeur, nous sommes coupés de tout !

– Toi, tu es peut-être déjà sauvé, dit l'homme. Et vous l'abbé, voulez-vous être sauvé ?

Frère Barthélémy avait couru chercher Étienne Malet, qui conversait dans la salle du chapitre avec Guillaume Duriane, le procurateur, occupé à établir, avec soin, les derniers comptes.

– Taisez-vous hérétique, répondit l'abbé avec autorité. Et partez, ou je vous fais jeter en prison.

– Qui est ce fou ? demanda Guillaume Duriane.

– Faites le descendre ! ordonna Hugues Morel.

Timidement, un homme escalada l'échelle qui menait à l'échafaudage.

– Recule Satan ! dit l'autre, son bâton brandi vers la poitrine de l'intrus qui n'insista pas.

L'homme poursuivait sa harangue pendant que le frère Barthélémy s'avançait à son tour.

– Qui saura sera protégé ! L'abbé, as-tu idée de la conjonction des trois corps supérieurs, Saturne, Jupiter et Mars ? Elle a eu lieu l'année qui a suivi l'arrivée de ce pape de malheur, pour lequel vous travaillez tous. Ce pape qui préfère Avignon à Rome.

– Il nous fait vivre ton pape de malheur ! rétorqua un charretier, les poings sur les hanches, près de son tombereau de pierres, attelé à deux bœufs puissants.

Mais rien ne pouvait l'interrompre. En jetant un regard circulaire, vaguement las, Hugues Morel constata que tous avaient le visage tendu vers lui. Faire cesser le discours par la force se retournerait contre lui. Alors, il décida de laisser faire.

Tenant visiblement son auditoire, de plus en plus exalté, le prêcheur criait d'une voix rauque et forte :

– Les traités d'astrologie disent que ces conjonctions annoncent des choses aussi considérables qu'étonnantes. Un changement de roi, l'Anglais s'en occupe ! La venue de prophètes, me voici ! Et des pestes mortelles, elles sont à Marseille, en Avignon, peut-être demain ici.

– Et que pouvons-nous y faire ? répliqua Barthélémy, dont le visage rougi par le soleil luisait de sueur.

– N'avez-vous pas vu des rats ? interrogea l'homme, imperturbable.

– Si, j'en ai chassé deux et des gros, répondit un maçon, pas les petits noirauds de par chez nous !

– Et moi, j'ai même été mordu, ajouta son voisin, en montrant son mollet.

– Une de ces sales bêtes a bouffé mon pain ! renchérit un troisième.

– Le mal rôde, reprit l'autre, qui semblait soudain à court d'arguments.

Autour d'Étienne Malet, quelques moines s'étaient groupés, auxquels vint se joindre frère Guilhem, tout juste revenu de sa cueillette de gentiane.

– Et que faut-il faire à ton avis ? lança le moine médecin. Toi qui sais tout !

Le « prophète » ne releva pas la provocation. Manifestement satisfait du désordre semé en quelques minutes, il empoigna, très leste, le haut de l'échelle, après avoir jeté son oriflamme qui l'encombrait, et descendit dignement.

La foule des ouvriers massés s'ouvrit pour le laisser passer. Il récupéra son bâton et disparut, laissant derrière lui des hommes médusés. Étienne Malet et les architectes ne l'étaient pas moins, imaginant aisément qu'il faudrait maintenant parler aux manœuvres de ce mal, un sujet que personne n'osait aborder ouvertement. Comme si en parler, c'était l'attirer inexorablement.

Et alors se produisit un événement qui échappait aux principes d'ordre de ce monastère où tout était réglé depuis si longtemps. Des rites imprescriptibles auxquels personne n'aurait osé déroger. Intrigués, Isabeau et Benedetto n'avaient pas résisté à la tentation et avaient rejoint les autres auxquels ils se mêlaient rarement. Comme tous, ils virent le moine que chacun connaissait ici, toujours là quand il y avait une chute, une blessure, un malaise, avec ses onguents miraculeux.

– Frère Guilhem ! murmura Isabeau en joignant les mains. Que peut-il dire, après cet exalté ?

Le médecin, au froc maculé par la terre après ses travaux de la journée, avait, à son tour, escaladé l'échafaudage. Isabeau remarqua que l'abbé le regardait presque avec effroi, mais restait immobile, figé peut-être par la stupeur.

– Mes amis, ne croyez pas ce fou ! Oui, la pestilence est là peut-être aux portes de nos remparts, mais j'ai fait belle moisson d'une plante qui la guérit et nous nous défendrons contre le mal. Dieu n'a pas plus de courroux contre nous aujourd'hui qu'hier, et ne veut pas notre malheur. Voici quelques conseils. Soignez votre corps, évitez la faiblesse et les obstructions, nous ferons des saignées et purifierons l'air par le feu, en brûlant des plantes odoriférantes. Et si par malheur l'un d'entre vous a la fièvre, qu'il le dise aussitôt, nous nous occuperons de lui. Et s'il a ces pustules qui peuvent être rouges, noires ou cendrées, qu'il le dise aussi ! Mes amis, conjurez la peur. Dieu nous protège !

D'un pas décidé, Étienne Malet s'avança alors et déclara au pied de l'échafaudage auquel sa fonction l'empêchait de monter :

– Prions, je vous en supplie.

Frère Guilhem comprit que son initiative était approuvée. Soulagé, il quitta son estrade de fortune et vint se mettre à genoux, les bras jetés devant lui dans la pose la plus humble. Il devait invoquer Dieu, car il fallait bien l'avouer, il avait fanfaronné : ce n'était pas les recettes qu'il avait dénichées dans les traités de sa petite librairie qui les sauveraient, si le mal s'abattait sur l'abbaye. Il avait, cependant, grande confiance dans cette gentiane dont l'extraction l'avait épuisé, mais lui avait aussi donné la force de ce discours improvisé, dont l'abbé ne semblait pas lui tenir rigueur. Étienne Malet ne s'opposerait sans doute pas à une nouvelle expédition dès le lendemain, pour augmenter les provisions de la précieuse plante jaune ébouriffée. Le temps pressait.

Quelques minutes plus tard, l'abbé poussait la porte aux solides pentures du jardin de Guilhem. Il y venait rarement. Et pourtant quel calme, quelle régularité dans ces carrés tenus avec rigueur, à l'intérieur de plessis qui délimitaient allées et plantations autour du parterre central où du genévrier était disposé à la manière d'une croix de Saint-André. Guilhem lui avait expliqué, un jour, que cette plante rouge, symbolisant la passion et le sacrifice du Christ, était indispensable dans un jardin monastique.

Rien n'était laissé au hasard, ces règles, les bénédictins les respectaient depuis des lustres, que ce fut pour le verger, le potager ou le jardin médicinal. Le verger constituait le plus grand espace et comportait une dizaine d'espèces d'où le pommier, l'arbre du péché, n'était plus banni, contrairement aux principes ancestraux. Lauriers, poiriers, pruniers y voisinaient avec cognassiers, châtaigniers, noisetiers et amandiers. Les plates-bandes du potager, disposées en deux rangées de neuf, distillaient des parfums que l'abbé humait avec bonheur et humilité. Il aurait été bien en peine d'identifier ces espèces, si Guilhem n'avait affiché leur nom sur des petits fragments de lauzes. Aneth, radis noir, bettes, poireaux, cerfeuil, persil, laitue, panais, chou, ail…

Étienne Malet trouva Guilhem armé d'un chante-pluie[1], dans le petit jardin médicinal.

– Frère Guilhem, votre intervention…

– Pardonnez-moi, mon père, dit aussitôt le frère, cerné par la sauge et la menthe.

– Je n'ai rien à pardonner, reprit vivement l'abbé, avec un grand sourire. Je devrais prononcer en public un blâme, sinon vos frères ne comprendraient pas, mais je vous sais gré d'avoir fait barrage à cette peur qui pourrait tenailler certains. Imaginez que les ouvriers quittent le chantier…

– Oui, mon père.

– Croyez-vous vraiment pouvoir endiguer ce mal terrifiant ?

Guilhem soupira.

– Je mets tous mes espoirs dans cette gentiane, mais aurai-je le temps de traiter toutes ces racines ?

Tout en appliquant ses mains au creux de ses reins, malmenés par la maudite pioche qui n'avait jamais aussi bien

1. Arrosoir.

porté son nom de « fourche du diable », il désignait la moisson de sa journée, posée sous le préau qui donnait sur le jardin.

– Et dans vos livres ?

Guilhem haussa les épaules. Les manuscrits apportant des solutions étaient en nombre si réduit !

– Voyez plutôt, dit-il, en montrant un pupitre où il avait posé, grand ouvert, un manuscrit volumineux.

Étienne Malet s'approcha en ajustant ses lunettes sur son nez aquilin. Les deux pages présentaient, en lignes serrées et bien calligraphiées, une longue litanie de noms dont il ignorait pour la plupart l'existence.

– Avant de réunir tout cela, nous serons tous morts, dit dans son dos Guilhem avec un petit sourire contraint.

– Oui, oui… mais croyez-vous que le mal puisse arriver ici, où nous sommes loin de tout ?

– Il est peut-être déjà là, laissa tomber Guilhem, fataliste.

– Il n'y a plus qu'à prier, répondit Étienne Malet, en se dirigeant vers la porte à grandes enjambées qui faisaient aller drôlement son froc, frôlant parfois les plessis des plates-bandes.

Il était droit comme un I et le resterait face à une adversité qu'il imaginait terrible. Lui, qui pensait avoir déjà traversé beaucoup d'épreuves, savait qu'il n'était pas au bout de ses peines.

Absorbé par ces sombres perspectives, il ne vit pas les rats qui s'étaient glissés sous la porte.

– Nous avons bien travaillé. Du pain contaminé, un mollet mordu, quelques souillures ici ou là, nous pouvons être fiers.

– Fiers, fiers… voilà bien les mâles. Cette pestilence ne nous apportera rien de bon.

– Si, des macchabées ! rétorqua Mino, en virevoltant dans les allées à un rythme que Mina avait du mal à suivre, jusqu'à ce qu'il plonge dans un massif en criant : L'aneth, j'adore l'aneth.

– Moi je préfère la menthe, répliqua Mina.

– L'aneth m'excite… On est bien ici ! Viens Mina !

– Bas les pattes.

– Tu ne peux pas me refuser cela, nous avons fait du beau boulot.

– Mais ces petits que je ferai, je ne pourrai pas les abandonner ici.

– Et si on restait, l'air est bon, et on a de quoi se régaler.

– Tu ne veux pas repartir avec les Charreton ?

– On a jamais dit qu'on repartirait tout de suite.

– Oh les mâles, on devrait jamais les écouter.

– Viens Mina, ici, on sera heureux, je te le promets.

– Les promesses des mâles !

– Écoute l'orage… N'aie pas peur !

Mino se serra contre Mina. Elle était chaude, il avait envie d'elle, mais si ce n'était pas aujourd'hui, ce ne serait pas grave, n'avait-elle pas ses chaleurs tous les quatre jours ?

Un éclair zébra le ciel, comme un signe que chacun, humain ou animal, pouvait interpréter à sa façon. Des nuages denses, gris comme les lauzes, suspendaient une autre menace sur le village.

Isabeau n'avait pas prié quand Étienne Malet avait invité tous les ouvriers à supplier le ciel d'épargner La Chaise-Dieu. Sa colère était trop grande contre Paolo, parti retrouver cette fille qui avait surgi soudain, par le truchement de ces deux hommes vêtus de noir, sévères et résolus. Comme elle en voulait à l'abbé d'avoir cédé à leur insistance et d'avoir autorisé Paolo à abandonner le chantier, le temps d'aller épouser cette Laure qu'elle détestait déjà.

Ne l'avait-il pas convaincue, la veille, de le suivre dans la soupente, où il logeait sous le toit de l'auberge de Rigobert ? La conclusion inéluctable à ces semaines d'apprivoisement, tout au long de ces heures de travail, la délectation s'exacerbant au fil des jours. Certes, au début, Paolo avait balayé, avec agacement, les plaisanteries de Benedetto sur ses bonnes fortunes. Comme en Avignon, le peintre avait fait des ravages dans le village et n'avait-on pas raconté qu'Élisabeth, l'épouse de l'architecte, rôdait en minaudant sur le chantier pour croiser le jeune homme aux yeux de turquoise ? La jalousie d'Hugues Morel avait mis bon ordre à l'affaire ! Élisabeth n'était plus revenue voir les progrès des tableaux consacrés à la vie de saint Robert.

Toute à son amour pour Gilles, Isabeau avait lutté contre une inclination qu'elle refusait, tout en goûtant les délices d'un regard échangé, d'un frôlement de mains quand ils se tendaient un pinceau ou un godet de couleurs. Comment nier que sa présence lui donnait des frissons ? Et pourtant lorsque Paolo, délaissant ses conquêtes faciles, la pressait un peu plus de succomber, elle résistait, en pensant à Gilles et à cet amour qui ne pouvait finir. Son premier amour, le vrai ? Et qu'elle avait trahi !

La veille, il y avait eu une fête des brandons que l'abbé avait autorisée, même si c'était un douloureux rappel des divers incendies qui s'étaient produits sur le chantier, les semaines précédentes. Mais pour la vigile de la Saint-Louis, l'abbé avait accepté des réjouissances, les ouvriers y avaient légitimement droit.

Des repas en commun s'étaient improvisés dans la soirée, suivis d'un grand feu et surtout de jeux et de danses qui avaient duré jusqu'à l'heure du guet. Rigobert avait vu, sans déplaisir, quelques buveurs s'installer dans sa salle et jeter avec entrain des dés, pendant que d'autres se lançaient dans des farandoles à travers le village, autour des arbres, des croix et des fontaines.

Paolo s'était saisi d'autorité de la main d'Isabeau et l'avait entraînée dans une carole endiablée. La jeune femme n'avait pas eu le temps d'enlever ses chausses rouges et ses estivaux de toile lui donnaient grâce et légèreté. Comme les autres couples, ils s'avançaient simplement l'un vers l'autre, puis quand ils se trouvaient nez à nez, ils approchaient brusquement leurs bouches selon la règle et devaient aussitôt s'éloigner à l'instant où l'on aurait pu croire à un baiser.

Des musiciens avaient constitué un orchestre, et leur chef scandait la musique et les mouvements des danseurs, criant haut et fort en tapant dans ses mains :

– Et on s'approche, et bec à bec, mais on se sépare… Non, damoiselles et damoiseaux, on n'embrasse pas ! Et on recommence…

L'homme était malicieux. Il savait bien, pour avoir souvent joué à ce jeu, que les jeunes filles étaient incitées à pécher par le contact des mains, les doux mots que susurraient certains, les regards alanguis. Son œil allait d'un couple à l'autre, évaluant les chances des uns ou des autres, et quand un damoiseau enlevait soudain sa damoiselle loin du terrain de jeu, il se comparait volontiers au diable ! Mais que pouvait faire, contre le diable, le ciel qui envoyait de tels châtiments, comme cette pestilence, que chacun essayait d'oublier ce soir-là ?

– Bec à bec… mais on se sépare…, clamait toujours le maître de la danse dont les musiciens avaient imperceptiblement accéléré le rythme.

Tendre séducteur, Paolo avait à peine posé ses lèvres sur celles d'Isabeau, qu'il lui murmura :

– Viens !

Décidé, il lui tenait fermement la main. Isabeau n'avait pas résisté. Docile, elle l'avait suivi, n'ayant ressenti de l'hésitation qu'au moment d'entrer dans l'auberge.

– Viens, avait répété Paolo.

Son regard la ferait damner.

Ni les buveurs ni les joueurs, parmi lesquels se trouvait Benedetto, n'avaient prêté attention à eux lorsqu'ils avaient gravi l'escalier de bois menant à la soupente où dormaient Paolo et Benedetto.

Paolo avait bloqué la porte avec un petit escabeau sur lequel était posée une cotte maculée de couleurs. Il s'était approché d'Isabeau. Elle lui avait offert ses lèvres, comme elle le faisait avec Gilles, et il l'avait prise en douceur, en lui chuchotant des mots qu'elle ne comprenait pas, avec cet accent inimitable venu d'ailleurs.

– *Amore, amore…*

Amore ! Elle remâchait sa colère. Comment avait-elle pu trahir Gilles aussi facilement ? Elle en voulait à la terre entière… Elle s'en voulait, elle en voulait à Paolo et surtout à Gilles qui avait disparu, en l'abandonnant sans nouvelle.

16

Le prophète s'était volatilisé comme il avait surgi, évanoui dans la forêt, et chacun avait achevé sa journée en ruminant ses prédictions – la prière n'en avait pas atténué vraiment la gravité ou la fatalité. Après le départ de Paolo, qui devait rentrer trente jours plus tard selon les maudits hommes en noir, Isabeau et Benedetto avaient travaillé, en échangeant peu de mots, sinon ceux nécessaires à leur tâche.

– J'ai besoin de bleu, disait Benedetto, à voix basse.

– Et moi de rouge, répondait Isabeau, en posant son pinceau teinté de vert dans un pot de terre en équilibre au bout de l'échafaudage.

– Pourrons-nous continuer sans lui ? s'était interrogée tout haut Isabeau.

Benedetto avait haussé les épaules, avec ce petit ricanement moqueur dont il usait pour railler gentiment Paolo. Isabeau n'avait pas insisté et lorsque la pénombre était arrivée, elle avait été presque heureuse de quitter le chantier, où d'habitude elle aimait s'éterniser. Le charme était rompu. Tenait-il donc à la seule présence de Paolo ? Elle l'imagina, galopant entre ses deux « ravisseurs », qui devaient le presser, et rêvant peut-être d'elle sur la paillasse d'auberge où ils finiraient bien par s'arrêter.

Et quand, comme chaque soir, frère Barthélémy vint rôder dans la chapelle à l'instant où elle descendait de son échafaudage, elle n'y prêta pas attention, tant son esprit était occupé par les événements de la journée. Mais lorsqu'il leur cria, en écartant les bras d'un geste que sa stature impressionnante rendait théâtral :

– La pestilence ne passera pas !

Isabeau le regarda, effrayée. Ses yeux semblaient jeter des flammes.

Il faisait très chaud. Le moine repoussa la tenture qui fermait la chapelle et s'éloigna de son pas lourd. Au loin, l'orage grondait.

D'un pas décidé, sans un regard pour le chantier, devenu familier, elle rentra chez elle.

La porte de la petite maison, au vieux bois patiné, à peine refermée, elle quitta ses chausses et laissa choir sa cotte jusqu'à ses chevilles, selon les règles de la décence et de la bienséance en usage. Redevenue une jeune fille comme tant d'autres, elle roula sous son bras les parchemins avec les recettes destinées à l'apothicaire, et partit les livrer. Elle avait achevé la dernière copie la veille.

– Depuis que la pestilence est arrivée en Occident, chaque médecin rédige sa recette, dit Maître Anselme. En écrivant, ils s'imaginent peut-être oublier leur impuissance…

Fataliste, l'homme ne semblait guère se faire d'illusion sur les pouvoirs des médecins qu'il fréquentait depuis longtemps.

– Tant qu'on ne saura pas comment nous sommes faits à l'intérieur, nous n'avancerons guère, ajouta-t-il d'un air entendu, un doigt pointé sur une bedaine qui avouait son goût pour la bonne chère.

– Et comment faire ? interrogea Isabeau.

Elle n'entendait rien à l'affaire.

– Observer les cadavres, les couper, les ouvrir…

– Quelle horreur ! Ne tourmente pas Isabeau !

L'épouse de Maître Anselme avait aperçu la grimace de la jeune femme, qui demanda encore avant de partir :

– Vous y croyez à cette herbe du frère Guilhem ?

– Il faut faire feu de tout bois, nous serons bien contents de l'avoir ! J'en traite aussi…

Un observateur impartial aurait sans doute perçu une pointe d'agacement dans les propos de Maître Anselme. Partout et toujours, les apothicaires des villes luttaient contre la concurrence des apothicaires des couvents. Et les relations entre Guilhem et Anselme étaient délicates, surtout quand le premier enlevait au second les blessés et les malades du chantier. Mais Anselme était résigné. Il lui restait une belle clientèle, d'autant plus qu'il vendait aussi des épices et que son épouse officiait comme confiturière et cirière[1]. Et en ces temps d'épidémie, il y aurait du travail pour tout le monde…

– En attendant, rentrez vite chez vous, conseilla Anselme, en scrutant le ciel. L'orage gronde, voilà les premières gouttes de pluie.

En effet, l'eau imprimait déjà le sol poussiéreux de ses ronds humides. Puis un éclair illumina, tout près, un chêne à l'instant où un énorme coup de tonnerre retentissait. Puissant, tonitruant, assourdissant. Un craquement impressionnant fit trembler le grand volet de l'apothicairerie. Isabeau sentit comme un souffle qui l'oppressait. L'arbre agitait ses branches, tel un désespéré qui adresserait des signes de détresse à un interlocuteur invisible, exhibant, telle une blessure, une longue bande d'écorce arrachée de la racine au sommet.

---

1. Un cirier est un fabricant de bougies, de chandelles et de cire pour les sceaux.

– Rentrez vite maintenant, répéta Maître Anselme, en prenant le bras d'Isabeau.

Autour d'eux gisaient des fragments d'écorce brune, qu'éclaira un nouvel éclair, mais un roulement de tonnerre, plus lointain, indiquait que l'orage était déjà ailleurs.

– Il est sur Haumont, commenta l'apothicaire, en fronçant les sourcils.

– Sur Haumont, murmura, songeuse, Isabeau qui ne se décidait pas à partir.

– Voilà la grêle, dit Dame Pauline, en entendant crépiter sur les toits les grêlons qui pouvaient tout détruire en quelques instants.

Une bourrasque se leva soudain, impétueuse. Pas rancunier, le grand chêne blessé participa à la tourmente ; ses rameaux accompagnèrent le vent dans un mouvement orgueilleux, puis s'apaisèrent.

– Il y a déjà un bout de ciel bleu, annonça Maître Anselme. L'orage aura seulement mis le feu à la terre, sans arroser vraiment, dommage pour le jardin.

– Je rentre, dit Isabeau.

– Ne voulez-vous pas plutôt manger avec nous, j'ai de la soupe et des galettes de seigle, que nous agrémenterons de cameline. J'en ai fait hier...

– Dame Pauline la réussit très bien, ajouta son mari, déjà acquis à l'aimable proposition de son épouse. Et vous savez, pour résister à la pestilence, il faut bien se nourrir. Croyez-moi !

C'est ce dernier argument qui avait fait céder Isabeau. Une heure plus tard, elle regagnait sa maison, presque gaie. Le repas avait chassé ses idées noires. Dame Pauline avait été une merveilleuse hôtesse, et elle repartait avec la recette de la cameline qu'elle réaliserait, peut-être, un jour.

– Du pain blanc rôti sur le gril, puis trempé dans du vin clairet et du vinaigre…, chantonnait-elle. Et cannelle, gingembre, graine de paradis…

Comme beaucoup d'apothicaires, Maître Anselme était aussi épicier à ses heures. Il passait pour un magicien aux yeux de certains. Le vin aidant, devenu bavard, ne lui avait-il pas conté que la cannelle venait du nid du Phénix, cet oiseau extraordinaire, qui renaît de ses cendres et symbolise l'éternité ? Ou encore que des serpents gardaient le lieu où croît le poivre ?

– Du poivre, de la muscade… J'en oublie…, chuchota-t-elle soudain, dégrisée.

Aurait-elle jamais une maison accueillante comme celle de Maître Anselme, ou les moyens d'acheter toutes ces épices ?

Elle jeta un œil au chêne, aperçut la morsure de la foudre dans l'écorce sombre et rugueuse, balafre claire offerte aux rais indiscrets de la pleine lune. Après l'orage qui avait à peine rafraîchi l'air, la nuit était claire et le ciel pur et lumineux. Maître Anselme lui avait montré les étoiles, « ces pierres précieuses serties d'or », et avait soupiré :

– Si c'était à refaire plutôt que mes herbes et mes onguents, j'aurais aimé être astrologue.

– Astrologue ? avait répété la jeune femme.

– Étudier les prodiges du ciel, qui annoncent toujours quelque chose d'extraordinaire, avait répondu l'homme, en levant les yeux vers cet infini fascinant que d'autres tentaient d'explorer et d'expliquer.

Les cloches de l'abbaye sonnaient complies, la dernière prière de la journée pour les moines. Claires et légères, elles déchiraient le silence qui régnait sur le village endormi dans une douce quiétude après l'orage. Isabeau hâta le pas.

– Qui va là ? demanda une voix dans son dos.

La lumière d'une torche joua sur les murs de granit et de terre du pignon voisin, et l'éblouit.

– Isabeau de Montagnou, l'écrivaine.

– Et que fais-tu à cette heure ?

– Je rentre chez moi…

– Dépêche-toi ! dit l'homme, rassuré, en rebroussant chemin.

Il faisait partie de l'arrière-guet, que l'abbé avait mis en place pour assurer une meilleure sécurité du chantier et du village et lutter, espérait-il, contre les incidents.

Isabeau pressa encore le pas. Un instant plus tard, elle poussait la porte de la petite maison. À cette heure, les insectes avaient déserté la vigne vierge.

– D'où viens-tu ?

– Gilles, tu m'as fait peur !

– Oui, ton cœur bat… Est-ce de me voir ?

Il avait plaqué une main sur sa poitrine qu'Isabeau arracha avec fureur.

– Tu disparais pendant des jours et des jours, et réapparais comme un diable de la hotte d'un colporteur ! Crois-tu que je passe mes journées à t'attendre ?

– Non, je le sais, tu les passes sur ton échafaudage avec ce beau Paolo qui te fait les yeux doux, et tu aimes ça !

– Oui, j'aime ça ! répliqua Isabeau, avec cette insolence qui plaisait tant d'habitude à Gilles.

Mais, cette fois, c'en était trop pour les nerfs à vif de son amant.

– La damoiselle est rebelle, mais j'ai de quoi la calmer ! dit-il en lui saisissant les bras avec force. As-tu vu ton bâtard de frère ?

– Laisse mon frère ! Crois-tu que les Haumont soient meilleurs ? N'êtes-vous pas aussi assis sur votre cul ?

– Et grossière ? Mais peut-être curieuse, j'ai une nouvelle qui pourrait t'intéresser.

– Laquelle ?

Isabeau était intriguée.

– Ah, tu voudrais bien savoir… Je te la dirai là-haut, viens !

Gilles s'était déjà engagé sur les marches irrégulières, qui ressemblaient davantage à une échelle qu'à un escalier. Il lui avait pris une main.

– Viens, je te dirai, tu ne seras pas déçue ! murmura-t-il. J'ai tellement rêvé de ce moment.

Comment résister à l'homme qui lui avait tout appris ? Ces mains dont les doigts s'enlaçaient aux siens. Comment avait-elle pu oublier leur pouvoir ?

– Je t'aime, Isabeau, lui déclara-t-il à voix basse.

Quand Héloïse et Amphélis arrivèrent, ce matin-là, sur la place qui servait au marché hebdomadaire, elles eurent la surprise de découvrir un attroupement devant la maison d'Isabeau. Malgré les gros paniers de prunes qui leur pesaient au bout des bras, elles se précipitèrent.

– Qui a pu faire cela ? disait Hugues Morel, arrivé sur les lieux quelques instants plus tôt. Personne n'a rien entendu ? Cela a dû faire du bruit pourtant.

Héloïse et Amphélis cherchèrent à se frayer un passage entre les ouvriers et les moines qui s'étaient agglutinés, en cercle, autour d'une charrette dont le contenu avait été apparemment renversé.

– Nous allons chez notre sœur, expliqua timidement Héloïse, en jouant des coudes.

– Vous ne risquez pas d'y aller ! Regardez plutôt ! dit un moine, dont la stature impressionna les filles qui avaient posé leurs paniers sur la terre humide.

– Et pourquoi ?

– Quelqu'un a versé une charrette et c'est dangereux, c'est du verre, cela coupe ! Regardez plutôt damoiselle Isabeau qui est prisonnière. Elle est à sa fenêtre…

Les filles levèrent la tête et aperçurent celle de leur sœur, tendue vers la minuscule lucarne du galetas qui lui servait de chambre à l'étage.

– Frère Barthélémy, vous qui gardiez la loge des outils cette nuit, n'avez-vous rien remarqué ?

Accouru, après prime, l'abbé avait découvert le désastre, comme la plupart des ouvriers arrivant sur le chantier.

– Cela fait un joyeux mélange, constata l'architecte, en contemplant les morceaux de verre éparpillés, des rouges, des bleus, des incolores, des jaunes, des verts… Mais quel gâchis d'argent et de temps !

– Quel gâchis ! répéta un homme près de lui. Je n'aurais jamais dû laisser cette charrette-là, c'est la faute de cet illuminé qui nous a tourné les sangs !

Laurent Lauzel était un des maîtres verriers chargés d'approvisionner le chantier. Et quel chantier ! Avec les quatorze baies de l'abside, la nef offrait de belles perspectives ! Il avait déjà acheté, à Montpellier, une centaine de livres de plomb, soixante livres d'étain et les sacs de verre bleu concassé qui, refondu avec du sable fin, donnerait le saffre, un colorant d'un bleu intense essentiel. Il avait aussi fait livrer du bois de chêne à débiter afin d'alimenter les fours pour travailler le verre composé et peint. Quant au verre lui-même, il en avait convoyé une première charrette la veille depuis La Chalm-de-Raphaël, à vingt-cinq lieues environ de La Chaise-Dieu. Un transport périlleux et coûteux, car la marchandise était fragile et soumise, durant les cinq jours aller-retour, aux péages et aux impôts qui venaient s'ajouter au prix d'achat !

Au milieu des tessons répandus sur le sol, gisaient les couches de paille ou d'osier, et les cordes qui avaient servi à protéger le chargement.

– On aurait voulu bloquer la porte de la damoiselle qu'on ne s'y serait pas pris autrement ! commenta un ouvrier.

– Quelle idée ! répliqua l'architecte, dont les nerfs étaient encore une fois mis à rude épreuve.

Il ne voulait surtout pas imaginer un complot contre cette fille imposée par le peintre du pape, c'eût été lui faire trop d'honneur.

– Nous pourrons toujours réutiliser les morceaux, se consolait le maître verrier.

L'architecte acquiesça à contrecœur. L'artisan disait vrai : le verre brisé, récupéré et pilé, pouvait faire, en effet, l'objet d'un commerce régulier.

– Ce sera un moindre mal, observa l'abbé, tout aussi dépité. Faites en tout cas dégager tout ça le plus vite possible, afin de délivrer damoiselle Isabeau. Déjà que Paolo s'en est allé vers Avignon pour réparer le tort fait à une jeune fille…

Un « oh » moqueur des ouvriers salua en chœur la nouvelle, qui s'était déjà abondamment propagée la veille.

– Les tableaux de la vie de notre saint fondateur n'avanceront guère, si nous n'avons plus qu'un peintre ! poursuivit l'abbé, avec un petit sourire désabusé.

Déjà trois ouvriers s'attaquaient, à l'aide de pelles, au tas informe, pendant que l'attroupement se dispersait, laissant seules Héloïse et Amphélis avec leurs paniers.

– Nous reviendrons quand nous aurons tout vendu ! lancèrent-elles à leur sœur.

Isabeau les regarda s'éloigner vers la petite place où quelques marchands et commères, indifférents aux affaires de l'abbaye, s'installaient pour écouler leurs volailles, légumes, grains ou fruits.

En butte à des sentiments contradictoires, elle quitta son observatoire et se jeta sur la couche dont la courtepointe et le drap gisaient en désordre, depuis que Gilles les avait rejetés, lorsqu'ils avaient entendu le vacarme. Ils venaient juste de s'assoupir enfin, après que Gilles eut répété pour la énième fois :

– Je dois te quitter, ce n'est pas prudent, avec cette lune…

Il faisait presque jour et Gilles avait ainsi pu admirer Isabeau. Il ne se lassait pas d'effleurer sa peau si blanche, ses formes si parfaites.

– Tu mets toujours tes maudites chausses rouges ? avait-il murmuré, en caressant ses jambes douces et longues.

– Oui, tu ne voudrais pas que tout le monde voie mes petits linges et comment pourrais-je monter sur l'échafaudage ?

– Tu as réponse à tout, mais je t'aime ainsi…

Docile, oubliant ses rancœurs, Isabeau aurait suivi son amant au bout du monde, de ce monde que la lune éclairait à l'envi, de ce monde de terreur que le prophète avait décrit, complaisamment, comme une promesse d'apocalypse.

Exténués, ils regardaient, par la lucarne, les étoiles. Isabeau pensait à l'apothicaire et à sa vocation ratée, quand Gilles avait demandé soudain :

– Alors, tu veux la savoir cette nouvelle ?

Isabeau s'était retournée vers lui, la tête dans sa main, ses cheveux en cascade, le bras appuyé sur le coude qui creusait la paillasse. Comment avait-elle pu oublier ?

– Tu me fais tourner la tête…

– Antonia a disparu…, dit alors Gilles, en détachant les mots qui parurent résonner sous la charpente.

– Que dis-tu ? interrogea Isabeau.

Elle n'était pas sûre d'avoir bien entendu.

– Antonia a disparu ! répéta Gilles, d'un ton un peu plus appuyé.

– Disparu ?

– Oui, il y a quelques jours, semble-t-il. Nous l'avons appris en rentrant hier !

– Alors tu es libre !

« Libre », se disait maintenant Isabeau avec une moue désabusée. Elle se souvenait, en effet, de la réponse que Gilles avait laissé tomber sans illusion :

– Libre, sauf devant Dieu, et encore moins devant mon père...

C'était à cet instant qu'un bruit énorme les avait jetés hors de leur couche.

Gilles avait dévalé les marches et constaté le désastre par la petite fenêtre qui éclairait sa table de travail.

– Il y a une charrette renversée, cela brille ! cria-t-il. La porte ne s'ouvre plus. Nous sommes prisonniers... Quel est le maudit qui a fait cela ?

À plat ventre sur le lit, la tête tournée vers le petit coffre où elle rangeait ses maigres effets, elle sourit. Les fameuses chausses rouges y gisaient sur le couvercle avec le drap qui avait servi à Gilles pour s'échapper de leur prison improvisée. Il s'en était fait une corde pour descendre le long de la vigne vierge.

– Libre..., répéta-t-elle.

Elle jeta un œil par la lucarne. Le chantier s'était animé, Benedetto avait dû s'attaquer au fond d'un nouveau tableau. Elle réalisa qu'elle avait oublié Paolo. Songeuse, elle fit à peine attention à la charrette de frère Guilhem qui contournait le chantier. Sans doute, allait-il cueillir encore sa fameuse plante.

Au-dessous, les pelles raclaient la terre sans fin. Et parmi les ouvriers accourus, il y avait ce Barthélémy, dont les pelletées semblaient légères tant il était costaud.

Libre, l'était-elle vraiment ? Et qu'en ferait-elle de cette liberté ? Gilles avait fui une nouvelle fois, Paolo était loin. Pour elle, la liberté consistait, et ce n'était pas si mal, à travailler dans cette chapelle où, chaque jour, le projet défini par Matteo Giovannetti prenait forme. Elle eut soudain une pensée pour ses sœurs enfermées au couvent de Comps sous la tutelle de leur prieure, après avoir subi toute leur existence l'autorité paternelle. En dépit des incertitudes, son sort lui semblait plus enviable.

– Damoiselle Isabeau, damoiselle Isabeau !

La jeune femme se pencha à la fenêtre.

– Vous êtes libérée !

Appuyé sur sa pelle, frère Barthélémy semblait tout heureux de lui annoncer la bonne nouvelle qu'il assortit de ce rire qu'Isabeau détestait.

Planté là, il semblait même l'attendre, quand, houspillés par leurs maîtres, des bœufs, huit par attelage, débouchèrent à quelques pas de là, leur lourd chargement de pierres amarrées sur des charrettes dont les roues ferrées s'enlisaient dans la terre amollie par la pluie. Résignées, habituées à l'effort, les bêtes soufflaient bruyamment. Elles arrivaient tout droit de la Senouire, la rivière voisine qui avait creusé depuis des siècles de larges passages dans le granit.

Enfant, Isabeau se rappelait avoir souvent observé les carriers s'attaquer aux falaises qui appartenaient alors à son père. Oubliant le moine, toujours planté au-dessous, la jeune femme frissonna. Elle se remémorait soudain une autre peur qui l'avait marquée, quand ses frères l'avaient entraînée dans une galerie de la carrière et l'avait abandonnée lâchement. Depuis, dès qu'elle se trouvait enfermée, elle avait des angoisses et ne se calmait qu'une fois à l'air libre. Tout un symbole pour elle !

Elle dévala, alors, son petit escalier et ouvrit sa porte à l'instant où Pierre de Cébazat, l'un des trois maîtres d'œuvre, donnait avec autorité des ordres aux charretiers.

– Vous, là-bas, avancez jusqu'à l'échafaudage, contre le mur nord. Et vous, allez vers la façade…

Dans la première charrette, les pierres étaient marquées au charbon de bois, dans la seconde elles étaient gravées de dessins géométriques ou estampillées au minium. Ces signes précisaient pour les initiés, sans contestation possible, la destination de chaque pierre.

– Et toi, frère Barthélémy…, ajouta-t-il, en se retournant vers le moine qui, immobile, tenait toujours sa pelle.

À regret, le moine, qui, comme à l'accoutumée, avait serré le bas de son froc dans une large ceinture de chanvre, détourna enfin son regard d'Isabeau et approcha.

– Tu aideras à décharger les pierres qui serviront à l'escalier devant la façade, dit Pierre de Cébazat d'un ton qui ne pouvait souffrir la désobéissance. Oui, elles sont plates et lisses…

L'homme avait avancé la main et caressait une pierre. Un instant, ses doigts semblèrent y trouver du plaisir et ses yeux rieurs dévisagèrent le moine dont l'ombre, dessinée par le soleil levant, semblait impressionnante.

« Une force de la nature… », songea Pierre de Cébazat, en regardant Isabeau, si frêle à côté, se frayer un chemin au milieu des charrettes et des hommes qui approvisionnaient le chantier, comme chaque jour.

Ses yeux la suivirent quelques instants et quand elle fut happée par la grande muraille qui formait le mur gouttereau de l'église, ils s'élevèrent jusqu'au toit du chœur dont les lauzes avaient belle allure. Une bouffée d'orgueil le saisit.

« Je pourrai dire à mes enfants : j'y étais », pensa-t-il.

Un peu plus loin, Barthélémy avait déjà chargé une pierre sur son épaule.

Entre ses jambes passa une nuée de rats qui s'éparpillèrent, semant la panique. Le moine lança une bordée d'injures. Depuis quelques semaines, les rats avaient envahi le chantier, où ils trouvaient de quoi remplir leurs ventres bien dodus. Quand ils ne s'en prenaient pas aux mollets des hommes.

Ils filèrent vers le chantier où, la veille, avait été abattu un des derniers pans de mur de la vieille église, témoin ultime d'une époque bientôt révolue. Une noria de bouviers s'avançait déjà pour enlever pierres et gravats. Bâtir était un vrai pari, mais évacuer les matériaux de l'ancienne construction en était un autre, qui occupait beaucoup les architectes. Le tri des pierres, soigneusement opéré, permettait d'en remployer heureusement certaines. Pour le reste, déblayé au plus vite, les charretiers faisaient diligence pour les transporter hors les murs, ce qui n'allait pas sans récrimination pour les riverains !

17

La foule… Comment rêver un tel rassemblement ? Antonia n'avait pas assez d'imagination. Ce n'était pas dans la campagne de son enfance qu'elle aurait pu voir autant de monde, même si le monastère voisin drainait, à Moissac, des pèlerins en route pour Saint-Jacques-de-Compostelle. Et depuis son mariage, recluse à Haumont, elle n'y voyait venir que peu de visiteurs, en dehors des sœurs de Gilles et de leurs familles.

Elle serra un peu plus la main d'Avit, dont la paume chaude la rassurait. Il la regarda, vaguement étonné. Il ne savait que penser de ses sentiments pour la jeune femme, depuis qu'il l'avait ramenée au camp de Justin. Son enlèvement avait été presque un jeu d'enfant. Leurs quelques rencontres, plus ou moins fortuites, avaient suffi à créer des liens. Antonia n'était pas sauvage, et sa tristesse avait ému Avit dont les intentions n'étaient pas claires. Mais aujourd'hui, il balançait, encore, entre rudesse et séduction, chacune ayant leurs avantages. Violenter une femme d'une famille honnie était une vengeance délectable, mais la séduire et se l'attacher présentait d'autres attraits épicés pour sa rancune coriace depuis l'affaire du collecteur.

Pressés l'un contre l'autre par la foule où se mêlaient bourgeois de la ville, pèlerins et badauds pour apercevoir le prince Jean, dont la venue imminente était annoncée dans la cité dédiée à la Vierge Marie, Antonia et Avit se dévisagèrent. Le garçon avait toujours, dans l'œil, un brin d'insolence ; elle songea que ses cheveux drus prenaient des reflets roux au soleil, comme ceux de Gilles. Il n'était pas beau, avec son nez un peu trop long et ses narines qui frémissaient à la moindre émotion, mais son sourire, qui découvrait des dents mal rangées, était inimitable, vaguement enfantin.

– N'oublie pas de travailler ! murmura Blaise, aux côtés d'Avit. Regarde…

Il exhiba discrètement une aumônière dont il venait de couper le cordon. Il vida promptement son contenu dans la sacoche de cuir qu'il serrait contre lui. Quelques pièces tintèrent, un bruit imperceptible, tant, autour d'eux, le tintamarre était indescriptible. Des cris d'hommes ou de femmes qui s'interpellaient au pied des maisons répondaient aux braillements des enfants, eux-mêmes couverts par les ordres des cavaliers qui allaient et venaient… Un peu plus loin, un groupe dépenaillé offrait, à lui seul, tout un spectacle, attendant avec impatience de déposer, aux pieds de la Vierge Mère, toute la misère du monde : un ouvrier au crâne sanguinolent, sans doute tombé d'un échafaudage, l'œil hagard, un cul-de-jatte installé dans une brouette, un aveugle, une femme délirant, une autre portant un enfant peut-être déjà mort… Qu'attendaient-ils tous ? Un miracle, comme il arrivait parfois, dont la nouvelle se répandrait alors jusqu'aux confins de la contrée et au-delà, apportant un peu de rêve.

Blaise saisit le regard mélancolique d'Antonia. La jeune femme se détourna pudiquement, et fixa le clocher de la cathédrale qui dominait la ville. Dans quelle aventure se trouvait-elle embarquée ? Comment avait-elle pu avoir assez d'audace pour suivre Avit ? Il fallait qu'elle fût bien seule pour accepter cette promenade à cheval qui l'avait menée loin de Haumont, loin de la vie tracée par ses parents et de ce mariage qui ne la rendait pas heureuse. Sans nouvelle des deux Gilles, son beau-père et son mari, elle se languissait tant !

Après ce coup de folie, elle avait ouvert les yeux sur un monde inconnu. Tout était si neuf… Passée du château de son père à celui de son beau-père, sans rien connaître de l'existence, elle avait plongé, en quelques heures, dans un univers dont elle ignorait tout, et, même si Avit avait multiplié les attentions, pour elle l'expérience était rude. Se venger de son mari indifférent valait-il d'avoir pris de tels risques ?

Elle n'oublierait sans doute jamais son arrivée au camp de Justin le Défroqué qui, depuis son « trône », l'avait accueillie en des termes qui tintaient encore à ses oreilles :

– Belle pute ! L'as-tu essayée, messire qui a fait la guerre contre les Anglois ?

Terrorisée, elle avait frissonné. Mais, rassurant, Avit n'avait pas bronché.

Elle chercha dans la foule la lourde silhouette du moine défroqué. Il avait engagé la conversation avec deux hommes. « Pour mieux les détrousser », songea-t-elle, résignée.

Dès leur arrivée au camp des gueux, Avit avait démontré son autorité. Ainsi avait-il répondu avec insolence à la question indiscrète de Justin :

– Non…

Et c'était la vérité. Mais l'autre avait hoché la tête qu'il avait accrochée à un cou énorme. Comment l'affreux Justin aurait-il pu croire que le garçon l'avait respectée ?

– Et si l'un de vous touche à un seul de ses cheveux…, avait continué Avit d'un ton sans réplique.

L'épée à la main, visiblement déterminé, il avait menacé chacun des gueux qui faisaient cercle autour d'eux, avec une curiosité malsaine. Antonia ne savait pas encore que, lorsque

Justin faisait allusion à la guerre contre les Anglois, il était de bonne humeur. Elle l'avait vu par la suite autrement furieux, la rage au cœur. Et elle avait eu peur.

– N'avons-nous pas toujours tout partagé ? avait protesté l'un des gueux, en avançant d'un pas tout aussi décidé vers Antonia.

Elle se souvenait encore de son haleine fétide où se mêlaient ail et vin.

– Tu lui fais peur ! avait commenté Justin, qui avait perçu le dégoût d'Antonia, mais avait aussitôt ironisé avec un rire tonitruant :

– Il faudra bien qu'elle baise le cul du Christ !

– Elle ne baisera pas le cul du Christ ! avait crié Avit, qui voulait éviter cette humiliation à Antonia.

Celle-ci consistait pour tout visiteur à se prosterner devant Justin et à embrasser le fameux christ, qu'il portait sur une grosse chaîne d'or, tête en bas.

– Comme tu voudras, avait répondu Justin. Mais elle ne sera pas des nôtres !

– Moi, je l'ai bien fait !

Un homme aux cheveux blancs avait surgi d'un fourré, avec une oriflamme blanc et rouge.

– Prophète de malheur, va plutôt terroriser les moines et leurs suppôts ! avait jeté Justin avec une hargne mauvaise. Nous t'avons déjà entendu…

– Comme tu veux, je pars, à grandes enjambées, « évangéliser » d'autres misérables. Quand le péril sera là, vous me rendrez peut-être grâce, avait répliqué l'autre, presque résigné, en martelant les fougères de son bâton. Je pars semer mes petits cailloux…

– Au diable !

– Maudits, soyez damnés, avait-il encore lancé, peut-être davantage à l'adresse des oiseaux qui échangeaient encore quelques pépiements, avant que l'obscurité ne s'emparât doucement de la forêt.

« Ce péril fait peur... », songeait Antonia, les yeux rivés sur la grosse tour dont les cloches sonnaient maintenant à toute volée. L'image de ce drôle d'homme avait hanté ses nuits. Comme celle des gueux...

Elle les chercha dans la foule où ils s'étaient égaillés, mais ne vit que Gilette. Cela n'avait pas été le moindre de ses étonnements de découvrir une présence féminine parmi ces rustres. La grande silhouette blanche à l'entrée de la grotte, soulevant d'un geste théâtral la tenture rayée jaune, rouge et vert, qui prit une pose avantageuse entre ses deux lévriers, composa une apparition extraordinaire qu'elle n'oublierait jamais ! Avit avait pourtant été brutal à son endroit :

– Laisse ! Mêle-toi de tes chiens ! Et écoutez-moi plutôt, j'ai un beau projet, aller au Puy. Le prince Jean y est annoncé, en route pour le Languedoc. Il vient y prier pour que la pestilence épargne le royaume.

– Nous irons tous au Puy pour y fêter dignement le prince. Beaucoup de monde y sera, avait aussitôt dit Justin, tout heureux de cette occasion.

– Et la pestilence aussi ! avait encore crié l'homme à l'oriflamme, toujours tapi dans les fougères, dont le cercle constituait comme une frontière autour du camp des gueux.

– Ta gueule ! Nous irons au Puy où il y aura beaux linges et aumônières, sans oublier les églises qui y sont nombreuses, et que nous pourrons piller. Rançonner les voyageurs, rafler les vases précieux, voilà du travail pour nous tous, n'en déplaise à messire Avit...

Justin avait fait un clin d'œil au garçon qui n'avait pas relevé l'allusion à peine voilée à ses origines.

– Et je m'occuperai du chanoine Gervais..., avait seulement ajouté Avit en brandissant un manuscrit, qu'il dissimulait habituellement sous sa cotte, tel une seconde peau !

– À ton aise ! avait répondu Justin. Après tout si ton plan de merde réussit, nous en profiterons ensemble.

Voilà comment Antonia s'était installée chez les gueux.

Gilette avait croisé son regard et esquissé un petit sourire. Si elle lui avait fait promettre, avec méfiance, dès le premier jour, de ne pas lui prendre ses bijoux, la femme avait été son alliée et l'avait toujours protégée pendant les absences d'Avit.

Et maintenant, ils étaient au Puy. Contournant la rivière et les pitons rocheux qui surprenaient toujours les visiteurs de la cité sainte, ils étaient entrés dans la ville basse, en passant par le rempart où des manœuvres travaillaient encore d'arrache-pied afin d'évacuer les détritus. Inquiets devant la rumeur persistante de la pestilence qui rôdait, les édiles avaient accéléré la cadence pour assainir la ville où la foule ne manquerait pas de déferler à l'occasion de la visite princière. Il ne s'agissait, le plus souvent, que de déplacer le problème un peu plus loin, la réduction de la puanteur suffisant à donner bonne conscience aux autorités ! Des autorités qui, comme partout, maîtrisaient difficilement le curage des voieries ou le traitement des aisements dans les maisons. La topographie de la cité, toute en pente, provoquait inévitablement les débordements de la ville haute du clergé et des plus nantis, vers la ville basse des couches modestes de la population, notamment les artisans. Avit connaissait bien les rues Courrerie où l'on fabriquait des courroies, Chenebouterie où régnaient les faiseurs de cordes de chanvre, ou celle des Farges dans laquelle Justin avait conduit son cheval chez l'un des maréchaux-ferrants ou forgerons qui jalonnaient la ruelle pittoresque.

– Mon chanoine doit plutôt habiter là-haut, dit Avit, en regardant vers le rempart qui enfermait le groupe cathédrale.

Il n'avait jamais abandonné l'idée d'échanger le fameux manuscrit contre une bonne somme d'argent. Un projet autrement digne d'un fils Montagnou, qui répugnait parfois à jouer les tire-laine besogneux comme Blaise.

Ses yeux détaillèrent les arbalétriers princiers, aux cottes fleurdelisées, qui occupaient les tours du rempart ; ils surveillaient la foule vers laquelle ils dirigeaient leurs carreaux. Bien plus lourdes que les arcs, qui avaient fait leur preuve lors de la fameuse bataille de Crécy, deux ans plus tôt, les arbalètes restaient plus faciles à manipuler, d'où leur usage dans le cadre de ces gardes. Avit eut une pensée pour son frère Aubert féru de cette arme qu'il maniait avec dextérité. Son frère, sa mère, sa petite sœur qu'il ne connaissait même pas, que tout cela était loin !

Des trompes le sortirent de sa rêverie. Elles retentissaient au-delà des remparts. La foule se calma, chacun retenant son souffle. Tous fixaient la porte où le prince devait apparaître bientôt. Blaise avait presque rempli son sac de cuir et quand, dans le voisinage, une femme porta soudain les mains à son cou en criant : « Mon collier ! », le gueux se précipita pour lui porter secours, en interpellant les voisins, en les faisant s'écarter pour chercher à terre le bijou, pendant que la dame larmoyante s'apitoyait, en prenant les badauds à témoin qu'il était bien obligeant. Un numéro de comédien qui amusait Antonia et dont tout le monde se désintéressa quand une voix hurla :

– Les voilà !

Montés sur des chevaux blancs pommelés, les sonneurs de trompes et porteurs de hampes aux oriflammes bleues fleurdelisées précédaient le prince dont la jument noire semblait nerveuse. Avec habileté et autorité, Jean, le fils aîné du roi, la maintenait dans le sillage des cavaliers, qui avançaient lentement au milieu d'une foule soudain assagie et respectueuse.

– Il est beau, murmura Gilette. Un beau rouquin !

– Oui, mais quel grand nez ! répondit sa voisine, et ces poils au menton, ce n'est pas très joli.

– Regardez plutôt nos bourgeois qui viennent faire des cadeaux, comme si c'était déjà le roi, maugréa un homme.

Celui-ci, apparemment connaisseur, s'offusquait de voir une pratique normalement réservée au roi étendue, ce jour-là, au prince.

– Il sera bientôt roi, dit la dame qui avait critiqué le nez de ce Jean dont la réputation était encore bien ténue, mais dont l'escorte attestait son importance.

– Faut voir, rien n'est écrit, et avec cette maladie, tout peut arriver !

– Parlez pas de malheur, répliqua la femme, heureusement que notre bonne mère veille là-haut !

– Vous y croyez ?

– Mécréant !

La femme se signa avec ostentation, tout en levant le menton vers la cathédrale où trônait la « sainte image », comme on disait, la statue miraculeuse de Marie, à qui habitants et pèlerins par milliers venaient, sans cesse, confier leurs misères.

Le prince avait mis pied à terre et devant lui se prosternaient les bourgeois venus en délégation, accompagnés de quelques enfants qui portaient de petites bannières colorées. Leurs cottes rouges, plus ou moins assorties, selon le désir des édiles, qui n'avaient cependant pas osé exiger un uniforme, comme c'était parfois le cas, formèrent un écrin autour de Jean, en bleu semé de fleur de lys. Il portait un pourpoint en velours à la dernière mode, qui tranchait avec la cotte longue démodée des notables. Le vêtement moulait le buste du prince, avantageusement gonflé par un rembourrage savant, et une longue rangée de noyaux[1] qui se retrouvaient aussi le long des manches étroites. Enfin, ses chausses collantes, du même bleu azur, lui dessinaient de longues jambes.

D'une voix forte, en se tournant vers les badauds qui jalonnaient la place devant la porte fortifiée, le prince lança les quelques mots attendus. Il jura, au nom de son père, de faire respecter les droits de l'Église locale et de la communauté laïque.

Des mots salués par des « hurrahs », puis par les trompes des soldats qui sonnèrent longuement, pendant que le prince remontait à cheval.

– Viens !

Avit avait saisi la main d'Antonia et l'entraînait déjà, faussant compagnie aux autres. Blaise ne les vit même pas s'éloigner, il avait beaucoup trop à faire pour profiter de l'inattention des badauds distraits par le prince et pratiquer assidûment son art de tire-laine.

– Il est temps de rendre visite à notre chanoine…, murmura Avit.

Antonia ne savait pas qui était ce clerc dont son compagnon semblait tant attendre. Elle le suivait, tout apeurée à l'idée de se retrouver seule dans la foule, et quand ils débouchèrent place des Tables, elle découvrit les premières maisons tendues de grands draps de couleur pour faire honneur au prince.

C'est la place des orfèvres, observa Avit. Gilette va mourir d'envie !

1. Les noyaux sont des boutons.

Mais, prudemment, les marchands avaient relevé les volets de la plupart des échoppes. Avit, tenant toujours fermement la main d'Antonia, entreprit de gravir la rue qui montait dur. La foule, mal contenue, s'agglutinait en grappes au pied des maisons dont les étroits pignons présentaient des encorbellements où flottaient des pans de couleurs variées. Progressant difficilement, ils arrivèrent enfin à l'escalier monumental qui conduisait à la porte de la cathédrale. Les clercs y formaient une haie continue d'aubes et de dalmatiques qui menait jusqu'à l'évêque trônant au sommet.

La voie dégagée par ses soldats, le prince avait avancé plus vite et, abandonnant sa jument qui lança un hennissement furieux, il monta rapidement les cinq volées de marches pour saluer le prélat. À peine arrivé au dernier palier et installé dans une cathèdre imposante sous un dais fleurdelisé, il put contempler, montant à son tour à l'assaut de l'escalier, une procession hétéroclite. Celle-ci était menée par des hommes, dissimulant leurs traits sous des cagoules, et vêtus de larges braies blanches. Leurs tuniques leur permettaient d'exhiber les blessures qu'ils s'étaient infligées avec un fouet dont les nœuds étaient armés de pointes de fer. Et toutes les deux marches, ils poursuivaient le supplice en se flagellant avec ardeur. Ces pratiques étaient apparues depuis quelques mois pour juguler la crainte de l'épidémie. Reconnaître ses péchés publiquement, n'était-ce pas la meilleure manière d'invoquer la miséricorde divine ?

– Quelle horreur ! dit Antonia, vaguement dégoûtée, alors qu'elle n'apercevait pourtant le spectacle que de loin.

– Quelle horreur ! répéta, dans son dos, une voix familière.

– Gilles ! s'écria la jeune femme, que fais-tu là ?

– À mon tour de te poser la question…

Les yeux écarquillés, Avit n'avait pas réagi. Prisonnier qu'ils étaient d'une foule de plus en plus pressante, il aurait eu du mal à fuir et il sentait, dans ses côtes, deux poignards qui se faisaient de plus en plus menaçants. Les Haumont, père et fils, l'encadraient ; il était fait.

– Suis-nous, sale gueux, souffla Gilles le Jeune.

– Montagnou de malheur, tu ne nous échapperas pas, bâtard, bouffon !

– Ne lui faites pas de mal, supplia Antonia.

– Et toi, la traînée, tais-toi ! ordonna, d'une voix péremptoire, Gilles le Vieux que l'affaire semblait ragaillardir.

– Mon père, vous voilà bien méchant, je n'ai rien fait de mal !

– Partir avec le fils de mon pire ennemi... ma pauvre fille, te voilà souillée à jamais !

– Et ton fils, ne craint-il pas de se souiller avec ma sœur ? lança alors Avit.

– Montagnou, tu déraisonnes ! Ou alors, explique-toi !

Toujours friands d'incidents, oubliant déjà prince et procession, les badauds les encerclaient.

– C'est simple, cria d'une voix forte Avit. Ton fils couche avec ma sœur. Dieu m'est témoin que je dis la vérité, comme je jure n'avoir pas touché Antonia.

Abasourdi par ce nouveau coup du sort, Gilles le Vieux parut pétrifié. Avit, impitoyable, ajouta :

– Et ton fils a-t-il pris la peine de te raconter sa nuit en prison ?

Accablé, le vieux seigneur de Haumont avait perdu de sa superbe.

Autour d'eux, la foule frémissait. Peu importait la visite de ce prince venu se recueillir devant la Vierge qui en avait vu bien d'autres ! Quand le royaume de France n'allait pas bien, les rois accouraient pour implorer la bienveillance d'un ciel auquel on attribuait toutes sortes de pouvoirs. Mais là, c'était du spectacle vivant et de la haine, entre trois prota gonistes, qui promettaient drame et sang.

Vif, Avit avait déjà compris le parti à tirer de l'effet produit par ses révélations. Il savait combien le vieux était attaché à l'honneur, à cet honneur que les Montagnou avaient perdu au fil d'années d'incurie. Mesurant la situation en un clin d'œil, il saisit la main d'Antonia et l'entraîna avec vigueur. Ils franchirent le rang des badauds et tombèrent nez à nez avec la jument du prince dont un écuyer tenait les rênes. D'un coup d'épaule, Avit le jeta à terre et sauta sur le cheval, avant de hisser Antonia jusqu'à lui.

– Allez ma belle ! lança-t-il.

Nul n'aurait pu savoir s'il s'adressait à Antonia ou à l'animal.

– Allez ma belle, répétèrent les badauds, battant des mains, ravis de la diversion.

Après un hennissement aussi joyeux que désespéré, excitée par quelques coups secs d'éperons, la jument se jeta dans la descente, arriva à la place des Tables où stationnaient les sonneurs de trompes princiers.

– Mais c'est la jument du prince ! cria l'un des sergents royaux.

– Où vont-ils ?

– Ce n'est pas le prince !

– Qui est-ce ?

– Suivez-les ! hurlait l'écuyer qui avait lui aussi dévalé la rue. Suivez-les, au voleur !

Serrant Antonia contre lui, le cavalier donnait toute sa mesure à l'animal qui semblait plus à l'aise au galop qu'au pas lent de la parade. Qui aurait pu s'interposer ? Avit eut peur, un instant, des arbalétriers qui guettaient sans doute encore au sommet du rempart, mais c'était compter sans l'effet de surprise. Ils franchirent la porte sans encombre. En se retournant, Avit vit pourtant que des cavaliers s'étaient lancés à leur poursuite. La jument était, heureusement, très rapide, en dépit de la double charge qu'elle portait. Leur avance était suffisante et, quand ils passèrent devant l'église Saint-Laurent, Avit dirigea avec autorité la jument noire vers le rocher où se dressait la chapelle dédiée à saint Michel. Quelques instants plus tard, ils étaient dissimulés dans un bois, attendant, en vain, le passage des cavaliers qui avaient dû se décourager.

Aux aguets, ils mirent pied à terre. Autour d'eux, le paysage mouvementé déployait ses pics curieux. Soudain des craquements de bois mort les alertèrent. Une vieille femme émergea d'un sentier, menant devant elle une chèvre qui vint vers eux.

– Laisse les amoureux, dit la femme, en se saisissant de la longe de chanvre qui traînait derrière l'animal. Vous n'êtes pas allés voir le prince ?

Elle n'attendit pas la réponse et s'enfonça aussitôt dans un taillis, en serrant contre elle le fagot de branches qu'elle venait de ramasser. Antonia frissonna.

– Tu as froid ? murmura Avit.

– Qu'allons-nous faire ? répondit la jeune femme, mesurant soudain l'étendue du désastre.

Qu'allait-elle devenir ? Son avenir lui faisait peur…

18

– Maître !

Benedetto s'était retourné pour poser la grosse brosse à poils drus et denses qui servait à couvrir les fonds, et regardait ses doigts teintés de rouge. Il les essuya négligemment sur son tablier. Portée sur sa cotte, la toile grossière, qui en faisait office, simple rectangle de tissu noué dans le dos, offrait un échantillon bariolé de toutes les couleurs utilisées par le peintre. Et Dieu sait qu'il ne rechignait pas à inventer les nuances les plus variées.

– Maître ! Paolo !

Isabeau détacha alors les yeux des fleurettes stylisées. Elle avait créé un semis jaune et rouge au bas du panneau qui les occupait depuis plusieurs semaines.

– Vous voilà, enfin !

Benedetto avait déjà sauté de l'échafaudage. Isabeau posa à son tour son pinceau et s'empara lestement du barreau supérieur de la petite échelle. En un instant, elle avait mis pied à terre. Ses yeux croisèrent ceux de Paolo.

– Nous voilà, tout crottés, dit Matteo. Cette route me damnera !

Il désignait ses chausses qui avaient dû être bleues, mais étaient maculées de boue.

– Alors tu es marié ? interrogea Benedetto en souriant.

Si l'affaire dans laquelle s'était fourré Paolo l'avait amusé, son départ précipité l'avait empêché de railler son compagnon de travail. Ses moqueries lui avaient manqué.

– Non, répondit sobrement Paolo.

Le ton était triste. Isabeau le regarda. Le garçon avait changé. Il n'y avait plus de flamme dans ses yeux émeraude dont les longs cils lui semblèrent humides.

– J'apprends votre retour !

La tenture qui fermait la chapelle s'ouvrit pour laisser passer l'abbé. Derrière lui entra aussi le vacarme du chantier qui battait son plein au début de l'après-midi. Les peintres n'avaient pas reçu la visite d'Étienne Malet depuis une semaine. Comme il trouvait que leur travail avançait très lentement, il préférait espacer ses « inspections », comme disait Isabeau, afin de mieux en mesurer les progrès.

– Nous voici en effet ! répondit Matteo.

– Je suis heureux de voir Paolo revenu, dit aussitôt l'abbé. Maître, que ces peintures sont longues à réaliser !

Matteo perçut un ton de reproche et, même si la lassitude du voyage était grande, il n'entendait pas donner à l'abbé l'occasion de montrer son impatience.

– Évidemment, poser une pierre, puis l'autre dessus, même en la jointoyant avec soin, pour un maçon, cela fait un mur en quelques heures. Mais notre travail est minutieux. Il doit sa perfection à l'élaboration des couleurs, au choix du meilleur pinceau, à la finesse du trait et à l'éclat d'une teinte. Et il faut aussi compter avec l'inspiration !

Matteo soupira. Au cours des semaines précédentes, il avait dû faire face à l'agacement du pape, qui n'en finissait pas de réclamer de nouveaux décors, et se plaignait de ne pas obtenir aussitôt satisfaction… et voilà que maintenant l'abbé s'y mettait ! Qu'avaient-ils tous ? Ne prendraient-ils pas le temps de mourir ? Et peut-être plus tôt qu'ils ne le croyaient. L'abbé ignorait qu'en Avignon les gens mouraient chaque jour par centaines.

– Regardez plutôt, Maître, comme nous avons bien travaillé !

Isabeau se sentait pousser des ailes tout à coup. Matteo, qui lui avait fait confiance, était revenu !

L'abbé la toisa un instant, presque avec mépris, mais se reprit aussitôt. Ne devait-il pas reconnaître que la peintresse, comme il la désignait, était assidue ?

Même si, il n'était pas dupe, sa présence pouvait déranger. Comment oublier tout à fait ses chausses rouges qui lui dessinaient les hanches et galbaient finement ses jambes ou ses cheveux, s'échappant joliment de la cale de toile blanche où elle s'évertuait, il en convenait, à les emprisonner ? Mais plus que son aspect encore, il craignait ses reparties dont plus d'un avaient fait les frais !

Étienne Malet se souvenait des vives remontrances que lui avait adressées Pierre Gervais, le collecteur, le jour où il avait découvert la jeune femme sur le chantier. Il avait résisté, au nom de l'efficacité. La fin justifiait-elle les moyens et avait-il eu raison ?

Vaguement résigné, l'abbé regarda Matteo gravir un par un les barreaux de l'échelle, qui permettait d'accéder au bon niveau de l'échafaudage pour être à hauteur du panneau presque achevé. C'était le deuxième. On y voyait, esquissée, la chapelle que saint Robert avait fait construire à l'emplacement même de la nouvelle abbatiale. Pensant que sa dignité serait entamée, l'abbé n'avait jamais voulu monter sur l'échafaudage, prétextant que les peintures étaient évidemment faites pour être vues du sol, et qu'il n'avait pas besoin de cet artifice pour se faire une idée. Il devait admettre que le résultat lui semblait satisfaisant. Mais combien de temps faudrait-il encore pour raconter la vie de saint Robert, comme l'exigeait le saint-père ?

– Viens voir, Paolo ! Ils ont bien travaillé !

Faisant presque fi de la présence de l'abbé, Matteo appelait son élève. Comme à regret, celui-ci se décida à rejoindre le maître. Il n'avait pas échangé un regard avec Isabeau.

– Je vous ai amené des visiteurs ! lança Matteo à l'abbé, qui leva la tête, la mine interrogative.

– Des visiteurs ?

– Oui, ils viennent surtout pour voir frère Guilhem.

– Frère Guilhem…, murmura Étienne Malet, qui avait déjà empoigné la tenture de laine écrue et s'apprêtait à rejoindre le chantier.

– Père, des visiteurs…

Frère Barthélémy venait justement à sa rencontre. Avec empressement, il retint la tenture pour laisser passer l'abbé, jeta un regard furtif en direction des peintres, et s'en retourna, balançant sa haute stature entre les engins et les matériaux qui encombraient encore le chœur, bien qu'il fût presque achevé.

– Vite, il y a eu un accident à la forge ! cria alors un ouvrier.

– Appelez frère Guilhem ! répondit l'abbé, en pressant le pas.

Du bruit, des cris, de la précipitation… le chantier vivait et c'était ce qui lui importait. Il eut une pensée pour le pape Clément, en frôlant au passage les grandes pierres destinées à son tombeau. Sa dépouille serait-elle jamais ramenée à La Chaise-Dieu ? Il n'y croyait guère, prêt à subir comme toujours… Il soupira ; il avait encore dans la bouche le goût du miel qui avait conclu le maigre repas des moines. Guilhem, qui recueillait chaque année, avec passion, le fruit du travail des abeilles dans les bois alentours, leur en vantait avec ardeur les vertus.

Ce dernier était déjà à la forge quand l'abbé y arriva. Pons, le forgeron, était étendu sur le sol bosselé de terre battue. Il portait encore son tablier épais de mégis qui l'isolait du contact des sabots des chevaux, une peau tannée qui avait curieusement conservé presque la forme de l'animal et qui s'achevait en lanières.

– Ce n'est pas grave ! dit Guilhem en levant la tête. Avec cet onguent, il n'y paraîtra plus rien, dans deux jours.

Soulagé, l'abbé observa l'homme à terre, une force de la nature, et le contraste avec Guilhem, si frêle, mais si efficace. Cette recette pour soigner les plaies, dont beaucoup avaient déjà bénéficié, faisait merveille. Le moine lui en avait un jour décrit les ingrédients : du chou rouge, de la giroflée, du coq-des-jardins[1], de la semence de chanvre qu'il mettait en pot avec du vin. Il s'était empressé de les oublier.

– Putain de jument, sale carne ! murmura le forgeron qui paraissait déjà soulagé. Et surtout putain de rat… Si je tenais celui qui a détalé entre les pattes de la jument !

Près de lui gisaient la pince et le fer qu'il s'apprêtait à poser quand l'incident était survenu. L'abbé était toujours surpris par le désordre régnant dans cet endroit qui avait tout de l'enfer. Dans le foyer où, de part et d'autre, un apprenti guettait le moment propice pour actionner un énorme soufflet, le feu ronflait furieusement, menaçant de ses flammes les visiteurs imprudents. Ce n'était pas pour rien que, lors du lancement des premiers travaux, il y avait déjà cinq ans, un puits avait été creusé dans l'enceinte conventuelle, destiné aux forges et au mortier. Et encore, personne

1. Barbotine ou balsamite.

n'avait imaginé, alors, qu'il servirait aussi à éteindre ces incendies qui émaillaient toujours la vie du chantier.

– Regardez !

Guilhem, ajustant soigneusement le couvercle du petit pot d'onguent qui devait faire merveille, désignait un trou près du four.

– Encore un rat ! Il y en a partout et des gros, comme on n'en a jamais vu ! dit-il, ajoutant d'un ton préoccupé :

– Ils mangent tout !

– Et ils peuvent apporter la pestilence...

Étienne Malet et frère Guilhem se retournèrent d'un même mouvement pour découvrir deux inconnus.

Celui qui venait de parler répéta en hochant la tête :

– Ils peuvent apporter la pestilence... Foi de médecin !

– Qui êtes-vous ?

– Je suis Simoni et mon compagnon est Ruffolo. Nous arrivons d'Avignon, c'est le médecin du pape, Castellomata, qui nous envoie. Nous avons voyagé avec Matteo Giovannetti et son aide, le jeune Paolo. Et depuis votre prieuré de Bourg-Argental, nous avons cheminé en compagnie de vos architectes, Pierre Salciat et Pierre de Cébazat.

L'abbé avait vu arriver tant d'hommes d'Avignon pour voir le chantier qu'il n'était guère étonné. Il nota le retour des deux maîtres d'œuvre, qu'il n'avait pas encore croisés, et se contenta de demander :

– Et que nous vaut votre visite ?

– Nous voudrions en savoir plus sur cette plante magique qui éloignerait les dangers de la mort noire.

Étienne Malet frissonna. Ce Simoni n'avait-il pas d'autres discours que parler de cette maudite maladie ? L'abbé se détourna des visiteurs et prêta de nouveau attention au blessé.

– Et à qui appartenait l'animal ? ajouta-t-il, afin de ne pas céder au malaise.

– À Messire de Haumont, il revenait du Puy, mais il ferait bien de se séparer de sa carne ! répondit le maréchal-ferrant, qui avait repris des couleurs, mais restait sous le coup de l'émotion.

– Messire de Haumont ? Où est-il ?

– Il court après sa jument !

Guilhem ne riait guère, mais il avait souvent le sourire aux lèvres, comme s'il était vraiment habité d'une joie intérieure naturelle, et depuis qu'il avait tenu tête au prophète de la Saint-Louis, il avait pris une autorité nouvelle. Aussi l'abbé ne fut pas surpris quand il déclara aux deux visiteurs, sans même l'avoir consulté :

– Que voulez-vous savoir sur notre gentiane ?

Mino et Mina aimaient se retrouver dans ce trou qui avait dû être creusé par des congénères, bien avant qu'ils ne soient arrivés à La Chaise-Dieu. Il faisait chaud dans la forge, et c'était là que Mina avait mis au monde ses derniers petits. Lors de l'orage de la Saint-Louis, Mino était arrivé à ses fins. Depuis leurs enfants, bien nourris, s'étaient répandus sur le chantier ; hargneux, agressifs, ils savaient mordre un mollet ou voler un quignon de pain. Mino et Mina étaient fiers de leur progéniture, et le soir, tous se regroupaient dans la forge. Ni Mino ni Mina ne parlaient plus de retourner au pays. Il n'en était pas question en tout cas, avant que la maladie se fût déclarée ! Et cela tardait à leur goût...

– Simoni et Ruffolo arrivent d'Avignon pour cette gentiane. Eh bien moi, je déteste cette plante ! dit Mina.

– Moi, j'aime bien, elle me grise ! répliqua Mino. Je vais me promener sur le marché, histoire de faire crier la marchande de volailles.

– Celle des fromages hurle encore plus fort !

– De toute façon, s'il y en a une qui commence, tout le monde s'y met. Et regarde bien, je vais m'offrir un petit passage entre les jambes de l'abbé.

– Un rat !

Étienne Malet fit un écart, en soulevant légèrement son froc. Il avait senti le frôlement soyeux des poils contre ses pieds nus dans les sandales à lanières de cuir.

– Vous voyez ! dit le forgeron qui s'était remis debout. Si j'en tiens un, je le tue…

– Messire l'abbé, voulez-vous voir la gargouille que nous venons de finir ?

– Dites-leur d'en faire avec des têtes de rats, souffla, derrière lui, le forgeron qui avait ramassé ses pinces, prêt à en découdre avec l'animal qui avait provoqué son accident.

Gilles de Haumont avait, enfin, récupéré sa jument. Fougueux, l'animal avait semé la terreur, quelques instants, au milieu des étals du marché, puis avait cédé à son maître aidé de quelques garnements. Comme ceux-ci l'avaient espéré, il leur avait jeté une poignée de menue monnaie. Puis, remâchant son ressentiment contre le forgeron, il avait attaché le cheval enfin calmé à l'un des anneaux fichés dans le mur de l'auberge de Rigobert.

Sa venue au village n'avait cependant pas comme seul objet la remise en état des sabots de la bien-nommée Frénésie… Aussi traversa-t-il, à grands pas, l'espace qui séparait l'auberge du chantier, n'ayant cure de l'agitation provoquée par l'arrivée d'un convoi de verres autour duquel s'affairaient déjà des ouvriers. Gilles le Vieux reconnut l'architecte qui le salua. L'homme était déjà venu à Haumont en vue des travaux projetés pour moderniser le donjon. Mais Gilles lui répondit à peine. Il contourna le dernier pan de mur de la vieille abbatiale encore debout, puis croisa le grand moine qu'il avait aperçu plusieurs fois en pleine action sur le chantier. Il le vit grimper avec ardeur un plan incliné et déposer, aux pieds d'un maçon, la grosse pierre taillée qu'il transportait sur l'épaule, comme s'il s'agissait d'une plume, avant de redescendre tout aussi rapidement.

Gilles le Vieux ne prêtait pas attention à toute cette activité qui lui semblait, comme à la plupart de ses voisins, disproportionnée. Quelle affaire que ce chantier qui n'existait que par le caprice d'un homme dont le corps redeviendrait poussière, même dans le plus beau des tombeaux, le plus luxueux des écrins !

De son pas toujours décidé, il avança dans le chœur où des verriers, perchés sur un échafaudage, fixaient les barlotières qui donneraient la rigidité nécessaire à la vitre colorée posée contre le mur. Mais, bien trop préoccupé, Gilles ignora le chatoiement du verre qui imprimait ses couleurs sur les pierres ; en quelques secondes, il atteignit l'entrée de la chapelle que lui avait indiquée son fils. Il en souleva la tenture et y pénétra sans bruit. Balançant encore sur la conduite à tenir, il observa et écouta.

Les peintres lui tournaient le dos. Fixant tous la paroi où apparaissait, dans un cadre fileté de rouge et de jaune, et sur fond bleu azur, un personnage principal accompagné de deux autres, tous vêtus comme des moines, ils étaient attentifs à la leçon que semblait donner le plus âgé d'entre eux. Gilles chercha à identifier celle qu'il cherchait. Il la reconnut vite à ses chausses rouges que son fils lui avait décrites et à ses cheveux qui, s'échappant de la cale de toile blanche, tombaient sur les épaules. Des mèches noires légèrement ondulées.

– La maudite ! murmura-t-il. Qu'ai-je fait au ciel ?

Levant les yeux vers la voûte, il fixa un instant la clé ornée d'une grosse couronne de feuillages stylisés.

– Vous avez bien travaillé ! dit Matteo Giovannetti, en conclusion de ce que certains auraient presque nommé un conciliabule.

– Oui, vous pouvez le dire !

Improvisant soudain, Gilles de Haumont était intervenu spontanément, provoquant l'étonnement des peintres qui se retournèrent d'un seul mouvement et lui firent face.

Si Matteo Giovannetti et ses deux élèves regardaient maintenant le visiteur avec des mines interrogatives, Isabeau avait déjà compris.

– Oui, ils ont bien travaillé, et votre peintresse aussi, reprit le vieux seigneur dont Isabeau mesurait la ressemblance avec son amant.

Même stature, juste un peu plus voûté, même chevelure abondante, devenue presque blanche, même visage aux traits réguliers autour d'un long nez, même regard ardent, même voix avec ce petit voile imperceptible…

– Oui, merci, je suis un maître heureux, répondit Matteo, loin d'imaginer le tumulte qui s'était emparé d'Isabeau. Heureux de voir que ses élèves progressent et seront bientôt à même de le remplacer. Ainsi va la vie !

– Et la fille aussi ? interrogea Gilles le Vieux, avec une hargne soudaine qui surprit enfin Matteo.

– Et Isabeau aussi, à qui nous avons tout appris des couleurs et de leur fabrication, répliqua Matteo, qui ne voyait pas où le visiteur voulait en venir.

– Je pourrais vous demander de venir dans mon château peindre quelques belles images, comme l'a fait faire mon voisin. Les amours de Tristan et Yseut, cela vous dit quelque chose ? Ah le peintre n'a pas ménagé sa peine ! Moi, je n'ai pas besoin de commander de tels tableaux, puisque chez moi, on vit les amours de Gilles et d'Isabeau, ou encore les amours d'Avit et d'Antonia !

– Mais, messire, je ne comprends rien à vos paroles…

– Elle, elle comprend !

D'un geste du menton qu'il avait légèrement en galoche, Gilles de Haumont avait désigné Isabeau, en y ajoutant un doigt vengeur.

– Cela ne vous dérange pas de travailler avec une traînée, de plus pour faire des images religieuses… Il est temps que l'abbé mette de l'ordre dans son église, et celle du pape ! Regardez-la avec ces chausses rouges qu'elle a empruntées à un homme et qui lui serre le cul ! Alors, toi…

Le vieux seigneur, dont les traits étaient durcis par la haine, s'était approché d'Isabeau qui lui tenait tête, avec sa belle effronterie coutumière. Il la dévisagea, puis ses yeux s'attardèrent sur sa poitrine qui pointait sous la cotte ajustée.

– Oui, toi, reprit-il en la fixant d'un regard où Isabeau aurait aimé retrouver la fièvre amoureuse de Gilles. Oui, toi, traînée, si tu revois mon fils, je mets le feu à la ruine des Montagnou ; et si ton frère ne ramène pas Antonia, la femme de mon fils devant Dieu et les hommes, j'extermine tous les Montagnou.

Un énorme éclat de rire retentit derrière eux. Surpris, Gilles de Haumont se retourna. Une pierre sur l'épaule, frère Barthélémy retenait, du plat de sa main épaisse, la tenture qui fermait la chapelle, et barrait le passage de sa haute stature.

Un instant hésitant, maintenant qu'il avait jeté ses menaces, le vieux seigneur fit face au nouveau venu. Satisfait, il s'apprêtait à repartir. Il adressa un signe péremptoire au moine immobile, solidement planté sur des jambes écartées, ce qui lui donnait une envergure impressionnante.

– Laisse-moi passer !

Le ton était autoritaire. Mais frère Barthélémy ne céda pas.

– Laisse-moi passer ! répéta Gilles le Vieux, en brandissant la courte épée qu'il portait dans sa ceinture de cuir.

Mais le moine était beaucoup plus grand que lui. Campé sur ses grandes jambes et massif, il ne bougeait toujours pas. Et quand Gilles le Vieux fit mine de forcer le passage, il étendit le bras, celui qui était libre, car l'autre retenait toujours la grosse pierre de granit taillé.

– Non !

– Pour qui te prends-tu ? demanda Gilles le Vieux, en levant la tête, position inconfortable pour un homme qui avait plutôt l'habitude de toiser et de mépriser les autres.

– Jure ! rétorqua l'autre.

– Jure quoi ?

– Que tu ne toucheras pas à un seul de ses cheveux !

– À qui ?

– À elle !

– Tu es fou… Un moine qui défend une traînée, on aura tout vu.

– Jure !

– Frère Barthélémy, que faites-vous ?

– Il me tient prisonnier et veut m'arracher des promesses étranges ! rapporta aussitôt Gilles le Vieux. Messire l'abbé, vous feriez bien de lui faire entendre raison.

– Voilà, voilà, je vais porter cette pierre, mais messire, aurez-vous le courage de répéter vos menaces à notre père abbé ?

– Des menaces, mais de quoi s'agit-il ?

Étienne Malet était un peu las. Les histoires des Montagnou et des Haumont l'insupportaient. N'avait-il pas mieux à faire ? Il y avait eu encore un incendie pendant la nuit. Il était né dans un tas de boulins que les charpentiers avaient extraits la veille des murs des deux nouvelles travées achevées. Entreposés un peu plus loin, à proximité des murs qui prenaient forme en direction de la façade, ces derniers avaient constitué une belle proie pour les flammes qui les avaient léchés avec ardeur. L'abbé avait piqué une colère froide. Encore une fois, le maudit Barthélémy, préposé cette nuit-là au gardiennage de la loge des outils, avait dû s'endormir.

19

Que de choses ils avaient à se raconter ! Matteo avait emmené son équipe à l'auberge où la grosse Florine et Audine, la souillon, les accueillirent sans joie. La première bougonnait à son habitude, la deuxième voyait toujours avec déplaisir l'arrivée de clients. Installés au fond de la salle basse, dont la voûte avait été reblanchie récemment par Rigobert pour effacer les noircissures dues à la cheminée, ils s'assirent sur des bancs autour d'une table de bois brut.

– Les histoires d'Isabeau ne nous regardent pas ! dit aussitôt Matteo pour rassurer la jeune femme, qu'il avait fallu prier pour qu'elle acceptât de se joindre à eux.

– Alors, tu vas être papa ? demanda Benedetto.

– Non ! répondit laconiquement Paolo.

Vaguement incrédule, Isabeau tourna la tête vers lui.

– Que voulez-vous ? Je vous apporte ma bonne soupe… ou si vous préférez ma langue…

– Florine, si tu crois que ces messires vont vouloir de ta langue de vipère !

Rigobert riait déjà de ce qu'il considérait comme un bon mot, mais comme ses clients ne semblaient pas participer à son humeur joyeuse, il ajouta précipitamment, en s'essuyant les mains :

– C'est de la langue de bœuf, elle a bouilli et rebouilli dans un grand chaudron d'eau parfumée au laurier et à l'oignon, et maintenant, elle rôtit à la broche.

– Je préfère la soupe, déclara Benedetto, vaguement dégoûté.

– Une belle soupe de gourdes[1] qui ont bien ramolli dans l'eau bouillante, j'en ai une pleine marmite.

De sa main aux ongles noircis par l'épluchage des légumes, Florine désignait la cheminée où était suspendue, par des chaînes au-dessus du feu, une grosse marmite ronde.

– Et pour vous, damoiselle ?

L'aubergiste jouait les aimables. Elle se forçait pour donner du damoiselle à celle qu'elle appelait plutôt « cette traînée de Montagnou », englobant toute la famille dans un vrai mépris. C'était une revanche pour elles et les siens qui avaient toujours été considérés comme des petites gens !

– Je n'ai guère faim…

– Il faut manger, je vous sers aussi de la gourde…

En un instant, chacun eut devant lui une écuelle, remplie à l'aide d'une louche bosselée d'un liquide fumant et odorant.

– Alors, tu n'es pas marié ? reprit le curieux Benedetto.

– Tu veux que je raconte ? interrogea Matteo, en regardant Paolo dont la détresse faisait pitié.

– Non…, dit le garçon.

Matteo se demanda ce qu'était devenu l'éclat de celui qu'on surnommait « l'archange » et qui lui avait inspiré tant de portraits.

– Non, je ne suis pas marié, Laure est morte la veille de mon arrivée.

---

1. Gourde ou calebasse, plante potagère consommée fraîche comme légume.

– Morte ! répéta Benedetto.

– Oui, murmura à voix basse Paolo les yeux rivés sur Isabeau.

– Tu sais, Benedetto. Nous sommes mieux ici. Si tu savais comme la pestilence a changé cette belle ville d'Avignon ! Ceux qui ne meurent pas deviennent fous à l'idée que leur tour viendra bientôt…

– Alors pourquoi allez-vous y retourner ? demanda Benedetto, en dévisageant son maître de ses grands yeux globuleux, qui formaient deux billes dans ses joues rebondies, auxquels le bon air casadéen avait donné des couleurs.

– J'ai des engagements avec le pape qui ne peuvent pas attendre !

– Et quand vous serez mort, il sera bien avancé, le pape !

Rompant soudain avec la tristesse ambiante, Matteo éclata de rire. Paolo lampait doucement sa soupe. Les premières cuillerées lui avaient paru brûlantes, puis à peine moins chaudes, les suivantes lui apportaient une sorte de tiédeur dont il avait besoin. Isabeau avait avancé la main et l'avait posée sur sa main gauche, dans une caresse bienfaisante.

Depuis qu'il avait découvert le corps de Laure déjà recouvert d'un linceul, prêt à être jeté avec tant d'autres cadavres dans ces grandes fosses qui entouraient désormais la ville, c'était son premier instant de douceur.

Des images, depuis ce drame, se bousculaient dans sa tête – plus qu'il ne pourrait, sans doute, en peindre durant toute sa vie, dût-il vivre jusqu'à cent ans. Plus qu'il ne pourrait raconter…

– Regardez…

Paolo avait sorti de son pourpoint une feuille de parchemin. Il la lissa, sur la table, à l'envers avec la paume de la main, puis la retourna.

– Qu'est-ce que c'est ? questionna Benedetto, en plissant les yeux, un tic qu'il avait lorsqu'il fixait, en prenant du recul, un détail qu'il venait de réaliser pour en juger la qualité.

– Un monstre avec des flèches…, laissa tomber la jeune femme, dont le regard était, à son tour, capté par l'image.

– Oui un dragon, précisa Paolo, paraissant enfin s'animer.

– Il est horrible, dit Benedetto.

– Je lui ai fait des dents de fer noir et si j'y mettais des couleurs ses yeux seraient des étoiles d'or. De son nez crochu s'échappent des flammes et sa bouche d'où pend la langue crache des flèches. Je vais entourer mon monstre de personnages qui recevront tous une flèche… Ce sera ma manière de représenter la maladie qui n'épargne personne !

Paolo avait débité ses explications sans respirer. Et quand il s'arrêta, il était presque essoufflé.

– C'est une belle idée, commenta Matteo. Tu pourras exprimer ta peine.

Isabeau, qui avait posé sa cuillère près de l'écuelle, avait presque oublié Gilles de Haumont. Et résistant à sa première impulsion, qui aurait été de se précipiter à Montagnou pour alerter sa famille, elle avait renoncé à cette idée. Qu'aurait-elle dit à sa mère, ou même à son père ? Leur aurait-elle révélé ses turpitudes et celles d'Avit ? Elle imaginait la colère de Gaspard, toujours prompt à s'emporter.

– Saleté de rat !

Armée d'un balai, Florine s'était précipitée vers un angle de la salle.

– Si c'est pas dieu possible, j'ai jamais vu autant de ces sales bêtes. Audine, viens voir, regarde donc dans ce trou !

Accourue aussitôt, la servante se jeta à genoux pour scruter l'interstice entre les pierres.

– Je vois rien, dit-elle.

– Regarde mieux ! ordonna Florine. Il est peut-être parti derrière la chaudronnerie… Regarde donc.

D'un léger coup de pied, la tenancière de l'auberge fit rouler deux des ustensiles de cuisine accumulés sur une étagère basse. Une marmite, à panse ventrue et à anses angulaires, offrit aux regards son cul cabossé noirci par les flammes ; un chaudron plus petit tinta en arrivant au sol.

– Chassez-le ! dit dans son dos Matteo. Les rats apportent la maladie.

Isabeau frissonna.

– La maladie ? Quelle maladie ? demanda Florine en haussant les épaules. Parle pas de malheur !

– Si elle arrive ici, il faudra bien en parler, répliqua Matteo.

– Ici, ça risque pas, on est loin de tout, alors la maladie… L'air est trop bon !

– Comme tu veux, Florine.

Matteo soupira. Après tout, que cette femme garde ses illusions ! Lui, ses souvenirs étaient trop terrifiants. Certaines images resteraient gravées dans sa mémoire de façon indélébile. Pourrait-il continuer à peindre les félicités du ciel comme le voulait le pape, bien résolu à ne pas céder aux misères de la terre ? Qu'elle soit l'œuvre des corps célestes ou de la colère divine, la pestilence envoyée aux mortels était la pire chose qu'il ait vécue.

– Tu verras Florine, quand tu auras le corps couvert de taches bleuâtres ou noires, tu feras pas la fière !

Paolo s'était levé. Il faisait face à l'aubergiste qui le regarda avec étonnement.

– Taches noires ?

– Oui grosses comme cela ! Comme des prunes ou des noix.

Paolo dessinait avec ses doigts les fruits. Mais devant ses mains se superposa l'image du linceul de Laure dont il n'avait revu que le visage. Celui-ci portait ces taches sur les pommettes. Il éclata en sanglots et sortit précipitamment.

– Nulle mesure de sagesse ou de précaution n'est efficace, je vous l'assure. Dans notre ville, tout a été essayé. On a purgé la cité de ses multiples immondices, on a interdit l'entrée à tous les malades, on a fait des processions, des personnes dévotes ont prié à longueur de journée… Rien n'y a fait, rien n'y fait.

Simoni parlait calmement. Petit et râblé, il jouissait d'une autorité naturelle que lui enviait son compagnon, plus timide. Mais il avait presque perdu sa volubilité habituelle, quêtant auprès de Ruffolo l'approbation de son discours, comme si les horreurs qu'il contait étaient trop terribles pour être crues par ses interlocuteurs. Le but étant de convaincre le moine, dont ils espéraient une solution miracle.

– Et il n'y a ni vertu de médecin, ni vertu de médicament qui tienne. Nous ne savons pas déceler l'origine du mal, ajoutait déjà Simoni, avec humilité en s'adressant cette fois à l'abbé qui venait de les rejoindre.

Étienne Malet hocha la tête. Que voulaient donc ces hommes ? Ce n'était pas parce qu'ils arrivaient d'Avignon qu'il fallait leur faire confiance, mais ils faisaient peur. Encore une fois, l'abbé songea à son engagement premier : vivre dans la prière loin du monde et de ses vanités. Le pape n'avait-il pas joué un mauvais tour à l'abbaye ? Il eut envie de courir se recueillir dans ce qui lui restait de cloître, mais le maudit Avignonnais poursuivait déjà :

– Certains mettent en cause les rats…

Un petit sourire aux lèvres, frère Guilhem observa l'abbé. Il se souvenait de la scène de la forge, le matin même, quand un rat avait jailli entre les jambes d'Étienne Malet. Son regard se perdit un instant vers le plessis de sauge. Il l'avait découvert la veille dévasté par des rongeurs. Même les branches entrelacées du plessis avaient été mangées. Et à côté, ils avaient aussi grignoté les tiges et les vrilles du calebassier qu'il se donnait tant de peine à faire grimper autour des arceaux d'une petite tonnelle. Il avait trouvé un fruit entamé par de petites dents qui signaient le forfait. Lui qui était si méticuleux, cela l'avait rendu fou de rage. Et avec le traitement de la gentiane, il n'avait pas le temps de s'éparpiller.

Caché derrière un chou, entre chicorée et cresson, Mino observait attentivement la scène. Distrait par une araignée noire qui suivait le chemin de crête de la corolle d'un liseron blanc, cherchant un point convenable pour se laisser tomber dans le vide au bout d'un fil imperceptible, il murmura :

– Ils savent maintenant ! Mais pourquoi cette maladie n'arrive pas ici ?

– Peut-être parce que l'air est trop pur, dit Mina, en léchant la petite plaie qu'elle s'était faite à la forge le matin. Ne t'inquiète pas ! Écoute-les plutôt, ces hommes de malheur qui ont dû faire bien du mal pour que leur Dieu nous confie cette mission !

– Tais-toi ! ordonna Mino dont les moustaches frémissaient d'émoi.

– Je file dans la sauge, j'adore ce parfum, dit Mina, qui traversa prudemment une allée, puis franchit le plessis de consoude aux fleurs délicatement teintées de rose, sur lequel le moine herboriste veillait jalousement, car il y puisait l'herbe aux vertus cicatrisantes pour soigner les petites blessures des ouvriers.

Elle n'eut que le temps de se faufiler dans le plessis voisin. Les visiteurs avaient fait quelques pas en direction de ce tas de racines que frère Guilhem conservait précieusement dans une petite resserre de bois. Mina y avait goûté, mais son amertume l'avait rebutée.

– La pestilence est d'autant plus forte, racontait Simoni, qu'elle se propage avec une étonnante soudaineté. Comme un feu s'en prend à du bois sec ! Même une simple conversation peut contaminer une personne saine, ou encore un objet qui aurait été touché par un malade… On raconte que deux porcs qui avaient trouvé, dans la rue, les haillons d'un pauvre homme mort de la peste et qui les avaient pris avec leurs groins, puis les dents, s'étaient mis à tituber une heure après et étaient tombés raides morts sur les vêtements maudits.

– Notre ville, comme beaucoup d'autres en Italie surtout, où le mal est très sévère, est sens dessus dessous, expliquait l'autre. Vous rentrez chez vous et vous ne trouvez plus personne ; dehors, vous ne croisez que des moribonds, ou des gens que les lois ont condamnés et qui se répandent dans les rues pour y faire régner une autre terreur !

– Alors la peur est partout et chacun imagine qu'en fuyant les gens et leurs affaires, ils se sauveront. Ah si c'était si simple ! S'il suffisait de n'entendre aucune nouvelle du dehors, de l'épidémie ou des malades !

Ruffolo leva les yeux au ciel. Il triturait de ses doigts nerveux son chaperon de drap piqueté par la pluie. Étienne Malet se retourna vers lui et l'observa comme il le faisait parfois, mettant presque à nu son interlocuteur qui pouvait en être gêné. Indifférent à cet examen, Ruffolo poursuivait déjà :

– D'autres, au contraire, pensent que le seul remède est de se donner du bon temps. Ils courent de taverne en taverne, boivent sans règle ni mesure, s'installent dans les maisons d'autrui souvent abandonnées, tout en fuyant autant que possible les malades… Mais ils sont souvent rattrapés à leur tour.

– Plus rien ne va…

– Vous voulez dire que personne n'en réchappe ? interrogea l'abbé d'une voix blanche, ne cherchant pas à cacher l'angoisse qui le tenaillait soudain.

– Je n'ai pas dit cela, répondit vivement Ruffolo.

– Des serviteurs avides réclament des salaires démesurés, continuait Simoni qui semblait plaider une cause. Des salaires que les malades donnent de peur d'être abandonnés. J'ai vu des dames très élégantes et belles supplier des hommes, peu accoutumés à ces tâches, d'être à leur service. Elles n'hésitaient pas à leur dévoiler des parties de leurs corps, comme elles le faisaient avec leurs servantes – j'en connais une qui a guéri et qui a perdu sa belle honnêteté avec l'homme qui l'avait soignée !

Bien que peu imaginatif, l'abbé voyait déjà les conséquences du mal s'il s'abattait sur le chantier. Des ouvriers morts par centaines, les autres qui boiraient, les maisons du village désertées, les femmes entraînées dans des vies déshonnêtes, le monastère abandonné…

– Il y en a une qui a guéri, dites-vous quand même…, remarqua Étienne Malet, heureux de souligner le seul point positif du récit terrifiant des deux médecins.

– Oui et c'est pour cela qu'il nous faut étudier tous les remèdes possibles. Le peintre Matteo a donné au pape la fiole de gentiane, c'est bien comme cela que vous nommez cette plante miraculeuse ? Notre Maître, Castellomata, nous a envoyés la chercher.

– Peut-être, répliqua Guilhem, mais moi je travaille pour mon abbaye !

Sans avoir même consulté son abbé, le moine élevait prudemment des remparts. Ces inconnus se disaient dépêchés par le pape, mais l'étaient-ils vraiment ? Ils n'avaient pas présenté les fameux parchemins porteurs du sceau pontifical dont se targuaient habituellement les émissaires avignonnais. Guilhem était méfiant et les récits des visiteurs montraient bien qu'il lui fallait plus que jamais être prêt pour faire face à l'épidémie. Une évidence dont il n'avait pas besoin de référer à l'abbé.

Les témoignages, que Pierre Salciat et Pierre de Cébazat firent à l'abbé au même moment, concordaient. Ils s'étaient refrénés afin de ne pas inquiéter encore davantage Étienne Malet. Ils préférèrent décrire leur visite au pape dont ils revenaient confortés. En effet, Clément VI avait été enthousiaste devant le dessin de la façade que lui avaient soumis les deux hommes. Au grand dam de l'abbé, les architectes lui en avaient réservé la primeur, montrant une fois de plus qui commandait vraiment sur ce chantier.

Étienne Malet ne le découvrait que maintenant, dans la chambre aux Traits[1] où il s'était réfugié pour échapper au tableau insupportable de la pestilence fait et refait par ces maudits médecins. Cette loge était un lieu abrité, un peu mystérieux, construit pour les maîtres d'œuvre afin qu'ils y préparent tous les modèles de fenêtres, d'arcades, ou le grand portail. À partir de leurs dessins, étaient conçus des gabarits en bois qui serviraient de patron à la taille des pierres dont l'appareilleur ferait l'assemblage définitif. Toute une série d'opérations fascinantes que l'abbé avait découvertes au cours des différentes phases du chantier.

Et s'il s'était écouté, il y aurait passé des heures à regarder chaque parchemin entassé en piles où, au gré de leur inspiration, parfois un peu délirante, les maîtres se laissaient aller

1. Petite loge où les architectes dessinaient leurs plans sur parchemin.

à des créations très diverses. Et pas seulement des dessins d'architecture !

Ainsi Étienne Malet avait-il découvert, un jour, un projet de chaufferette à mains qui l'avait fait rêver, et que Pierre de Cébazat espérait proposer au pape. Pour l'abbé, il était déraisonnable d'envisager un tel objet de confort, même s'il souffrait cruellement du froid lors des offices d'hiver. Il ne pouvait se permettre de transgresser la règle de saint Benoît !

– Une pomme de cuivre coupée en deux moitiés qui se referment autour des braises, entourée de six cercles qui diffuseront une douce chaleur, avait expliqué Pierre de Cébazat à l'abbé, qui n'avait pas compris toutes les subtilités de l'invention, mais avait jugé que le pape serait enchanté de l'essayer et peut-être de l'adopter.

– Voilà ! C'est le dessin que nous avons présenté au pape Clément. Il nous a dit sa satisfaction.

Pierre de Cébazat désignait une large feuille de parchemin. Étienne Malet hocha la tête. Le pape décidait de tout. Il y avait beau temps qu'il avait ravalé son amour-propre.

Il jeta un œil par la petite fenêtre ; les jours raccourcissaient vite et les journées de travail aussi. Vêpres allaient sonner. Il vit deux moines qui se hâtaient déjà vers la chapelle Sainte-Marie avec ces grosses lanternes que son prédécesseur avait commandées. Par économie, ils les allumeraient seulement au retour quand l'obscurité prendrait possession du chantier et rendrait le cheminement difficile au milieu des engins et des matériaux.

20

– Les voilà !

Le gueux souleva vivement la tenture aux rayures colorées et passa sa tête.

– Les voilà ! répéta-t-il, en secouant sa tignasse blonde.

Réveillé en sursaut Avit se dressa sur la couche où il somnolait depuis le début de l'après-midi. Antonia bougea à son tour, en s'étirant.

« L'heure de vérité », se dit Avit. Debout, il réajustait déjà son pourpoint serré à la taille par une ceinture de cuir fauve où pendait une aumônière. À peine avait-il tiré sur ses chausses qu'il entendit :

– Que faites-vous dans notre grotte ?

Justin avait l'œil mauvais, comme si Avit et Antonia avaient profané un sanctuaire.

– Nous nous reposions, répondit simplement Avit, bien décidé à ne pas se laisser impressionner.

– Vous reposer ? De ton travail au Puy peut-être ?

– La jument du prince… ce n'est pas négligeable, rétorqua aussitôt Avit.

– Certes, certes, une belle rosse, pour une jolie pagaye, mais regarde plutôt ce que nous, nous avons ! Blaise, montre à ton ami.

Attentif aux ordres, le garçon décrocha avec empressement les sacoches attachées aux selles des montures que les cavaliers abandonnaient peu à peu. La grosse Gilette, qui n'était pas très à l'aise à cheval, fut à son tour descendue de sa jument par deux gueux habitués à cette tâche ardue. Elle était lourde et empotée, et compliquait encore la situation en s'attifant d'atours volumineux peu compatibles avec l'équitation. Il y avait beau temps que Justin ne l'emmenait plus avec lui car leurs poids conjugués auraient tué n'importe quel animal ! Justin lui-même, de moins en moins leste, supportait mal, maintenant, ces longues virées qui le fatiguaient.

Il s'était laissé tomber, lui aussi, de son cheval qui parut soulagé, et regardait, avec délectation, s'entasser à ses pieds le fruit de leur expédition. Encore quelques sorties semblables, et il pourrait quitter ce territoire maudit et aller s'installer pour une nouvelle vie dans le château dont Gilette rêvait. Avec un colombier, un four, des granges et même une chapelle, comme le réclamait Gilette, ce qui faisait hurler de rire le Défroqué.

– Et un jardin bouquetier ! ajoutait alors sa grosse Giletoune, comme il disait.

Elle n'en était pas à une exigence près et se souvenait avec nostalgie de la châtelaine, dont sa mère était la servante, et qui passait ses journées au milieu des fleurs.

– Regarde ! s'époumona le Défroqué, en ouvrant une sacoche de cuir neuf. Nous avons dû acheter ce sac, tant nous avions de marchandises.

– Ton ami Blaise aura sa part, pas toi ! dit Gilette dans le dos de son compagnon.

– Peu me chaut, rétorqua Avit avec mépris.

Gilette remarqua ses doigts violacés. Il avait dû cueillir des mûres dans les bois alentour qui en regorgeaient à cette saison.

– Le Montagnou cueille des mûres, peut-être même des myrtilles ! observa Justin à qui le détail n'avait pas échappé. Chacun son affaire ! Nous, nous cueillons des bijoux, et des beaux ! Cette croix d'argent pèse au moins quatre marcs[1], belle prise, n'est-ce pas ?

– Tu peux te la mettre sur le bide ! ricana Avit, en fixant le crucifix que Justin arborait toujours sur son froc noir.

– Et ce collier ! De l'or émaillé de noir et de violet, poursuivait Justin sans relever la provocation.

– Et cette coupe en or ! Et ce lot d'aiguillettes d'or. Et ces perles !

Joyeuse, Gilette plongeait ses mains dans la sacoche béante.

– Range-moi tout ça ! ordonna soudain Justin. Faut que je parle avec le Montagnou.

Avit savait que lorsque Justin l'appelait ainsi, c'était mauvais signe. Il ne plaisantait pas.

– Et ta pute, elle a aussi couché dans notre lit ? demanda le Défroqué qui cherchait à humilier Avit.

Avançant d'un pas, celui-ci ne cilla pas, mais rappela fermement :

– Te souviens-tu de ma promesse ? Celui qui touche un cheveu d'Antonia, je le tue !

Comment avouer à Justin que ses relations avec Antonia avaient évolué depuis leur retour du Puy ? La jeune femme s'était donnée à lui avec fougue. Leur chevauchée sur la jument noire du prince avait été longue ; il avait serré contre lui la jeune femme, qui, n'en finissant pas de remâcher l'algarade avec son beau-père, avait d'abord sangloté sur le malheur qu'elle s'était attiré. Jamais elle n'avait mis en cause Avit.

1. Un marc vaut environ 250 grammes.

Puis elle s'était détendue et quand enfin, au bout de deux jours, ils avaient rejoint le campement de Justin, épuisés, ils s'étaient abattus sur la couche du Défroqué et de Gilette, fous de désir.

Avit n'avait jamais connu une telle ardeur, sinon pour la première petite souillon qui l'avait déniaisé bien avant son départ pour la guerre. Il entendait protéger Antonia comme jamais.

– Celui qui touche un cheveu…

Comme le jour où il avait amené Antonia, il refit le tour des gueux qui observaient la scène, en les menaçant un par un. Goguenards, ils le regardaient avec amitié, car ils lui savaient gré de tenir tête à Justin. Et ils n'étaient pas loin d'imaginer la suite. Justin et Avit ne pourraient rester longtemps ensemble et chacun se demandait qui il suivrait. Aspirant à d'autres horizons, le jeune maître avait les faveurs de la majorité, lasse des brutalités de Justin. Mais, tiraillés entre les deux, beaucoup espéraient aussi que la situation actuelle perdurerait.

– Et toi, ma belle, tu l'as vraiment trompé ton mari ! Tu verras, après la première fois, on peut recommencer…

Furieux, Avit se retourna et avança à grands pas vers Gilette.

– Et toi, laisse-la tranquille…

– Je dois lui dire aussi que tu fais bien l'amour ? murmura-t-elle, trop bas pour que Justin entendît.

– Laisse-la tranquille ! répéta Avit en hurlant.

– Blaise, apporte le collier émaillé de rouge et de bleu, dit Gilette en guise de réponse. Une si belle gorge ne peut rester nue.

Blaise avait couru à la sacoche restée à terre. Fouillant dedans, il en tira le collier : c'était celui qu'il avait dérobé au moment où le prince Jean entrait dans la ville du Puy. Il eut une pensée pour la femme qui l'avait si chaleureusement remercié de l'aider à chercher son bijou. Il le tendit à Gilette. Elle le passa affectueusement au cou d'Antonia, en lui caressant la joue.

– Tu vois bien qu'on ne lui veut pas que du mal ! maugréa Gilette à l'adresse d'Avit qui avait rangé son épée. Et nous vous offrons même le gîte dans la grotte… De vous entendre, cela donnera peut-être des ardeurs à Justin ! En attendant, faites rôtir les poules que nous avons apportées.

« Voleur de bijoux, voleur de poules, voilà ce que je suis devenu ! », songea Avit.

Le gueux qui avait gardé le campement avait pieusement entretenu un feu. La veille il avait régalé Avit et Antonia avec un lapin pris au piège d'un collet habilement disposé dans les fougères. Quelques fagots jetés sur les braises ranimèrent les flammes prêtes à s'attaquer aux volailles embrochées.

La lumière déclinait déjà. Les jours raccourcissaient imperceptiblement et tous, fascinés par la flambée, firent cercle autour du foyer improvisé. Antonia aimait regarder scintiller les flammèches qui crépitaient sans fin, attisées par la graisse dégoulinante des poulets. L'odeur de la viande grillée emplit la clairière et quand un souffle d'air aviva encore le feu, la fumée piqua les yeux des spectateurs. Antonia sentit des larmes couler sur ses joues et elle passa vivement la main pour en effacer la trace. Avit la regarda. Le collier brillait à son cou, ce long cou qui lui donnait un port de tête particulier. Il réalisa soudain comme elle en jouait quand elle écoutait, inclinant la tête d'un côté, puis de l'autre, pour mieux fixer celui qui lui parlait.

Il était heureux, si heureux. Et malheureux aussi que le cours de la vie fût stupide. Que faisait-il là avec les gueux ? Que faisait-il là avec la femme d'un autre ?

– J'ai faim ! clama près de lui Justin, toujours impatient. Il avait déjà fait honneur au tonneau de vin rapporté du Puy en engouffrant des tartines grosses comme ses mains. Elles avaient été taillées dans les miches dérobées sous la menace d'un poignard au boulanger le plus proche.

– Moi, je suis rompu, j'ai trop sommeil, dit Blaise, assis tout près d'Avit.

Surpris, Avit le dévisagea. Ce n'était pas dans les habitudes du garçon d'être fatigué.

– J'ai peut-être le trousse-galant ! ajouta Blaise, avant de s'endormir comme une masse, au pied d'un chêne dont les ramures, à peine rousses, trahissaient une arrivée précoce de l'automne.

Un grand rire couvrit un instant le crépitement des flammes. Avit l'aurait reconnu au milieu d'une foule de milliers de pèlerins. Inimitable ! Le garçon se demanda si le Défroqué s'adonnait déjà à cet exercice, qui s'éternisait parfois en cascades aussi grasses que burlesques, lorsqu'il était au couvent.

– Le trousse-galant ! finit par dire Justin, quand il s'arrêta enfin de glousser. Parle pas de malheur !

C'était au Puy qu'il avait appris ce mot qui semait la terreur. Des prières avaient été adressées à la Vierge Mère pour solliciter la clémence divine. Devenu mécréant, Justin ne pouvait croire que ces simagrées empêcheraient la maladie de s'abattre sur le monde. Mais comment le trousse-galant pouvait-il arriver dans cette clairière coupée du monde ? Là, le Défroqué ne pouvait le croire.

– Parle pas de malheur, répéta-t-il, subitement redevenu sérieux, comme pour conjurer le sort.

– Les poulets sont prêts ! cria alors le gueux qui avait tourné avec application la grande broche.

Il avait été hasteur chez les Mercœur et savait y faire.

– Sortez la vaisselle d'argent ! ordonna Justin. Nous allons jouer les princes ! Dommage que Blaise dorme.

C'était lui, en effet, qui avait habilement raflé une pile d'assiettes en argent chez un orfèvre de la place des Tables au Puy.

Dans un fracas métallique, ailes et cuisses de poulets apparurent dressées sur des morceaux de pain dans des assiettes à reflets brillants.

– Des princes, répéta Justin, en plantant ses dents dans une cuisse de poulet parfaitement grillée.

– Et ta princesse, qu'est-ce que tu lui dis ? minauda Gilette.

– Mange ! cria Justin, la bouche pleine.

Avit avait faim soudain. Il tendit à Antonia une aile. La jeune femme lui sourit ; il réalisa qu'il ne vivait plus que pour cela. Près de lui, Blaise s'agita et gémit. Vaguement inquiet, Avit se retourna et l'observa un instant. Près de lui, négligemment appuyée sur sa hanche, Antonia croquait dans le blanc de la volaille. Oubliant son ami, il posa sa main sur celle de la jeune femme. Surprise, elle le fixa de ses yeux sombres.

– Je t'aime, murmura Avit en rougissant.

C'était la première fois qu'il s'aventurait à faire une telle déclaration. Antonia répondit par un sourire béat ; ses lèvres bien dessinées s'entrouvrirent, offrant à la vue une jolie dentition. Au cours de leurs journées d'intimité, Avit avait découvert que la jeune femme mettait un soin infini à se laver les dents. Elle l'avait envoyé à la recherche d'escargots dont elle avait pilé avec soin les coquilles pour les frotter avec ardeur et le résultat était éclatant.

Gilles n'en finissait pas de hurler en tambourinant contre la porte. Puis, épuisé, il se laissait tomber contre le mur gluant d'humidité. Désespéré… Prisonnier, il était prisonnier depuis l'algarade avec Avit de Montagnou. Il s'en voulait d'avoir accompagné au Puy son père qui souhaitait le présenter au prince Jean. Certes, cela avait été à contrecœur pour ne pas décevoir le vieux seigneur convaincu que les rois n'attendaient que lui pour les servir. L'ancienneté des services de la famille n'était, certes, plus à démontrer, mais Gilles n'avait pas de telles ambitions.

Furieux des révélations d'Avit sur les relations de son fils avec la fille de son pire ennemi, Gilles le Vieux n'avait plus jugé utile de rencontrer le prince Jean, balayant en quelques minutes bien des espoirs nourris pour l'avenir de sa famille. Gilles regrettait amèrement d'avoir obéi à son père et subi ce retour précipité.

Mais désobéir pour aller où ? Pour se jeter dans les bras d'Isabeau et peut-être se cacher chez elle ? Une retraite où son père n'aurait pas manqué d'aller le dénicher. Ou au moins pour se réfugier chez des voisins amis ?

Il n'avait jamais imaginé que son père pût le traiter ainsi. Lors de leur chevauchée depuis Le Puy, il avait plutôt subodoré une vengeance contre les Montagnou à laquelle il serait associé de force. Cela faisait au moins trois jours qu'il était enfermé dans ce cul de basse-fosse du donjon. Aux aguets, il écoutait les allées et venues, réduites à quelques serviteurs et à son père qui se faisait amener un cheval chaque jour et partait, il ne savait où. Que méditait-il ? Avait-il ameuté le voisinage et sa parenté ? Avait-il ébruité leur déshonneur ? Préparait-il une expédition contre les Montagnou ? Il en était capable certes, mais pas tout seul, et comment pourrait-il se passer de son fils, qui était, après tout, le cocu ?

– Cocu… Sale et puant, une barbe de plusieurs jours qui me démange…

Gilles ressassait, sans fin, la situation dans laquelle il s'était fourré.

Avec une seule obsession, comment sortir de là ? Il avait pensé circonvenir un serviteur, mais les ordres étaient clairs : aucun ne lui parlait.

Une fois par jour, un homme venait hâtivement lui apporter une maigre pitance et son père, ce vieux retors, pensait à tout : connaissant l'attachement des hommes et des femmes qui servaient la famille depuis des générations, et leur affection particulière pour l'unique héritier mâle, il exigeait, chaque fois, que ce fût un serviteur différent, pour tuer dans l'œuf toute tentative de corruption.

Gilles le Vieux était trop fine mouche pour ne pas avoir perçu la désapprobation de ses gens qui espéraient sa clémence. Après tout le garçon n'avait-il pas perdu sa femme, une traînée partie avec un autre ? La maisonnée ne connaissait pas les tenants et les aboutissants de la haine ancestrale des deux familles. Tout cela était si loin !

Il se murmurait aussi que le jeune Gilles allait voir la fille des Montagnou, qui vivait au village. Ce n'était pour beaucoup qu'une affaire de jeune coq qui tenait bien son rôle, et bien peu plaignaient dame Antonia dont la mélancolie ne suscitait guère la pitié. Les femmes de la famille la considéraient plutôt comme une intruse !

– Gilles n'est pas là !

– Alors où est-il ?

– Oui, où est-il ?

Gilles s'était précipité contre la porte. Il avait reconnu ses compagnons de chasse. Ses amis de toujours. Ceux qui l'accompagnaient le jour où il avait secouru le collecteur.

– À l'aide ! à l'aide !

– Je reconnais sa voix, observa Urbain de Lamotte, en tendant l'oreille. Messire de Haumont, dites-nous où il est.

– Non, il a déshonoré notre nom, dit Gilles le Vieux. Partez, je ne plierai pas.

– Savez-vous donc de quoi est fait demain pour être aussi dur ? Je reviens de Villeneuve-lès-Avignon, où j'ai séjourné chez mon oncle, le cardinal. Ils ne passent même plus le fleuve. Le pont Saint-Bénezet est barré à cause de la pestilence, mais moi qui vous parle, je l'ai peut-être déjà, cette maladie.

Gilles le Vieux avait instinctivement reculé d'un pas. Urbain observa la grosse clé qu'il portait suspendue à sa ceinture. Le vieux seigneur orgueilleux saisit son regard, mais ne cilla pas, toisant le garçon avec mépris. Il n'allait pas se laisser impressionner, même s'il avait de l'affection pour lui. Son père était l'un de ses compagnons d'armes et il avait toujours vu d'un bon œil l'amitié qui le liait à Gilles. C'était l'aîné d'une grande fratrie et, depuis plus de deux siècles, les aînés de la famille portaient le nom d'Urbain, en souvenir du pape, le deuxième du nom, qui avait passé une nuit dans leur donjon entre La Chaise-Dieu et le Puy, lors de son périple auvergnat où il avait lancé le fameux voyage outremer. L'ancêtre d'Urbain était parti avec enthousiasme, et était revenu après des aventures que ses lointains descendants racontaient encore par le menu.

– Libérez Gilles, je vous en prie, messire !

– Non, partez !

Urbain et ses camarades obtempérèrent. Ils savaient que le vieux ne céderait pas.

21

Le chantier battait son plein. Hugues Morel voulait gagner du temps avant l'arrivée des intempéries qui pouvaient être soudaines à l'automne. Ils avaient bénéficié jusque-là d'un temps exceptionnel : aucune pluie n'avait perturbé les travaux depuis le fameux orage du 15 août. Pourtant, il était méfiant. Il avait tout connu depuis qu'il était arrivé à La Chaise-Dieu – un été qui n'en finissait pas ou de la neige, quelques jours seulement après la Saint-Michel, une douceur infinie ou du gel pour fêter tous les saints !

Outre le travail sur le chantier qui pouvait être perturbé par le mauvais temps, Hugues Morel avait le souci de l'approvisionnement. Certes les carrières étaient proches, mais les charrois avaient vite fait de s'embourber et de patiner. Récemment, il avait obtenu de l'abbé l'achat de charrettes à pièces métalliques qui en renforçaient la solidité. Celles-ci réduisaient le nombre de convois immobilisés à décharger, puis à recharger, une fois la panne vaincue. Mais ces matériaux très lourds creusaient les chemins d'ornières à la moindre pluie. Il fallait utiliser des rondins de bois pour limiter ces dégâts. Ce qui occasionnait des dépenses en hommes faisant cruellement défaut sur le chantier.

Aussi la veille, avait-il fait le tour des carrières et, au milieu des pioches et des brouettes, il avait renouvelé ses recommandations aux ouvriers :

– Dégrossir pour laisser à la carrière tout ce qui ne sera pas utilisé sur le chantier.

Et il avait pu constater, avec satisfaction, les progrès en quelques années. Désormais, grâce à un système de gabarit, les pierres arrivaient prêtes à l'emploi dans des dimensions parfaitement calibrées. Que de temps gagné ! Et le temps, comme disait le pape… Hugues Morel sourit. Le pape avait réussi. Il avait fait de lui un homme pressé.

L'architecte avait inspecté la forêt avec les bûcherons. Les réserves en bois s'épuisaient lentement. Il avait encore vérifié récemment les piles de pièces entassées horizontalement, séparées par des cales. Ce serait bientôt le moment idéal pour l'abattage quand les arbres sécrétaient le moins de sève. Ils avaient choisi des chênes surtout, l'essence la plus propre à soutenir et à porter, et seulement quelques hêtres et châtaigniers dont il connaissait la regrettable capacité à la vermoulure. Abattus dans les prochaines semaines, à la bonne lune, les arbres seraient immergés selon l'habitude.

Une légère brise se leva. Hugues Morel observa le ciel où quelques nuages se profilaient à l'Occident. Le beau temps n'avait pas que du bon, lorsque la pluie ne chassait plus les immondices. Et ce n'était pas la moindre de ses préoccupations que de gérer les déchets des ouvriers. Ne serait-ce que les excréments qui jonchaient le sol alentour où chacun se débrouillait avec des feuilles ou du foin. Ils n'avaient pas besoin de l'étoupe de lin ou de chanvre que réclamait son épouse dans les latrines construites dès leur arrivée !

– Cela sent décidément bien mauvais ! murmura Hugues Morel, alors qu'un ouvrier cria près de lui :

– Gare, gare, la poulie est cassée !

Dans un grand bruit, un seau de mortier s'écrasa au sol. Hugues Morel eut juste le temps de reculer pour éviter les éclaboussures. Un ouvrier avait déjà sauté de l'échafaudage pour ramasser les morceaux.

– Combien de poulies nous aurons usées ? soupira l'architecte que son collègue Pierre Salciat avait rejoint.

– Les comptes le diront ! dit celui-ci, presque indifférent à cet incident de routine. S'il n'y avait que ces affaires de poulie, le chantier serait une longue histoire tranquille ou presque.

La poulie apparaissait comme un élément prépondérant des engins de levage qui constituaient l'essentiel de la machinerie du chantier. Là un treuil, ici un cabestan, ailleurs une chèvre ou une sapine. Tous les modèles existaient sur le chantier.

– Maître, venez vite !

Un maçon gesticulait un peu plus loin.

– Que se passe-t-il ?

– Regardez !

La cage à écureuil installée à proximité du pan de mur sud de la travée en cours de construction était immobile. Et dans le grand tambour de bois, l'homme qui la faisait mouvoir gisait, inanimé.

– Sortez-le ! ordonna Hugues Morel à deux manœuvres qui observaient la scène, les bras ballants.

– Vite, c'est Cyprien, dit une voix de femme dans son dos. Mon Dieu, que lui arrive-t-il ?

Les incidents dans les deux cages à écureuil n'étaient pas rares. Le tambour, tournant autour d'un axe et d'un mât surmonté d'une poulie, était actionné par la seule marche de l'homme enfermé dans la cage. Certes, il paraissait mû sans effort, même lorsqu'il s'agissait de soulever des charges qui pouvaient aller jusqu'à quatre cents livres[1], mais l'exercice

1. Une livre vaut environ 400 grammes.

était fatiguant et assez fréquemment, l'ouvrier perdait l'équilibre et chutait, sans dommage la plupart du temps.

Là, roulé en boule, Cyprien ne bougeait plus.

– Allez chercher frère Guilhem ! cria l'architecte, et aussi Barthélémy pour qu'il le récupère.

Le moine, qui n'était pas loin, arriva aussitôt. Il peina à faire entrer son corps massif dans l'écureuil où travaillaient plutôt des hommes minces et vifs. Mais en jouant des épaules, il parvint à se faufiler jusqu'au malade qu'il prit sous les aisselles afin de le tirer. Subitement revenu à lui, l'autre se mit à hurler tellement fort que Barthélémy le lâcha.

– Il est très chaud ! dit le moine, en essuyant de la manche de son froc la suée que l'effort avait fait perler sur son front.

– Laissez-moi, haleta l'homme.

– Que se passe-t-il ?

Frère Guilhem les rejoignit, suivi de Simoni et de Ruffolo. Ces deux derniers firent aussitôt un bond en arrière, les yeux exorbités.

– Voici votre premier cas, dit Simoni. Je veux bien être damné si ce n'est pas la maladie. Regardez sur ses tempes les taches bleuâtres.

– Il ne veut pas qu'on le touche ! Je l'ai pris sous les bras, il a hurlé.

– La voilà bien la malignité ! Observez ces bubons. À vous d'essayer votre élixir !

Ruffolo s'adressait à frère Guilhem, d'un ton vaguement condescendant. Avec son humilité coutumière, le moine dévisagea l'abbé qui avait assisté à la scène sans mot dire. Visiblement inquiet à l'instant de passer à l'action, il quêtait une approbation. Étienne Malet eut le temps de réaliser que le moment tant redouté était arrivé. La maladie était là. Il se retourna et embrassa du regard le chantier où, déjà alertés par l'incident, certains attendaient, pétrifiés par une terreur qui montait lentement mais inexorablement dans les esprits.

Mesurant le désastre, l'architecte courait déjà de l'un à l'autre ; rassurant, exhortant, encourageant ou grondant, il cherchait la conduite à tenir. Non, la maladie ne le ferait pas reculer, non, la maladie n'arrêterait pas ce chantier, l'œuvre de sa vie.

Il ne voulait déjà plus penser à Cyprien, promptement installé sur une civière. Autour de lui, d'autres s'affairaient et il espérait que la précieuse recette de frère Guilhem fît un miracle. Il voulait croire au miracle, lui l'homme de peu de foi. Il se retourna et aperçut l'abbé qui paraissait pétrifié. Espérait-il aussi ce miracle ?

Nonne sonnait. Étienne Malet se tourna vers le clocher qui appelait ses moines à la prière. D'abord hésitant, il parut enfin se décider et marcha à grands pas en direction de la chapelle. Chacun son métier ! Si l'architecte veillait à son chantier, lui avait comme première mission de prier et d'implorer Dieu pour qu'il accorde sa clémence à ces hommes, qui travaillaient à sa gloire.

– Que se passe-t-il ?

Dans son dos, il reconnut la voix de Guillaume Duriane, le procurateur. Le moine avait abandonné gestion et coffre-fort pour assister à l'office, qu'il oubliait parfois quand ses comptes le préoccupaient trop. Mais il avait besoin d'abandonner ses lignes et colonnes lorsque les chiffres se troublaient sous ses yeux fatigués.

Bien conscient de la charge qui pesait sur ses épaules, Étienne Malet était indulgent. D'un œil presque moqueur, il l'observa. Le procurateur avait encore dans les mains ces jetons et ces billes qui l'aidaient à compter pour payer les ouvriers.

– Je suis désolé, dit Guillaume Duriane, à la vue du regard réprobateur de son abbé et en cachant vivement les objets du délit, peu appropriés à la prière. Sans eux, je me sens perdu !

– Nous avons bien d'autres soucis, répliqua l'abbé, en reprenant sa marche décidée vers la chapelle. La pestilence est arrivée. Jamais il n'a été aussi urgent de prier avec ardeur. Alors si vos jetons vous y aident, Dieu ne doit pas en avoir cure !

Les cloches cessèrent leur tintamarre au moment où ils pénétrèrent dans la chapelle et s'avancèrent vers l'autel. Sous le granit qui en tenait lieu, brillait la châsse où étaient contenues les reliques de saint Robert. Des pierres précieuses scintillaient à la lumière des cierges.

– Saint Robert, priez pour nous ! lança avec emphase l'abbé.

– Saint Robert, priez pour nous ! répétèrent les moines, en levant leur visage vers la voûte.

Puis se tournant vers une statue de la Vierge qui présentait, devant elle, un Enfant Jésus hiératique bénissant de la main droite, il implora le secours de Marie qui n'avait jamais failli depuis la fondation du monastère.

Dehors, le travail reprenait lentement. L'écureuil tournait à nouveau, mû par un remplaçant qui l'activait avec zèle. Le malade avait été transporté à l'infirmerie où les médecins avignonnais avaient préconisé de l'isoler. Il était au plus mal et frère Guilhem doutait maintenant de son élixir, dont il avait administré une gorgée au malade qui avait grimacé et recraché le précieux liquide.

– Cela devrait au moins calmer la fièvre ! avait-il dit pourtant à Simoni et Ruffolo qui l'avaient suivi.

– Vous devriez en distribuer à chacun des ouvriers ! avait conseillé le premier d'un ton docte qui agaçait prodigieusement le moine.

– Peut-être, avait-il admis à contrecœur.

– Vous avez beaucoup de fioles ?

Là, le médecin dépassait les bornes, frère Guilhem n'entendait pas dévoiler ses réserves.

– Beaucoup, beaucoup, cela dépend de ce qu'on appelle beaucoup, avait répliqué le moine, finaud, bien décidé à ne pas se laisser intimider.

Puis il avait entraîné les deux hommes dans le jardin où étaient entreposées les racines de gentiane. La seule concession possible était de leur exposer le mode de traitement des plantes qu'il espérait encore magiques.

– Voilà, vous voyez comment cela se présente... Ce ne sont pas les hampes majestueuses de la plante qui nous intéressent, expliqua-t-il, en montrant les calices à cinq lobes ou les feuilles immenses qui jonchaient la terre tout autour. Ce sont les racines, elles pèsent jusqu'à quinze livres. Voilà la fée jaune !

Frère Guilhem s'était saisi d'une racine qu'il brandissait sous le nez des Avignonnais.

– Montre-nous comment tu fais !

Le moine avait ainsi interpellé un jeune frère lai qui, armé d'un long couteau plat, hachait en fines lamelles une racine au-dessus d'une large cuve remplie d'eau.

– Elle va fermenter...

Vif, le moine avait déjà dévalé la petite pente qui conduisait à la cave où il entreposait les cuveaux des jours passés. Il y en avait deux. Et au fond, dans la pénombre, étaient alignées les cruches contenant le précieux élixir préparé les années précédentes.

– Venez, voilà la première cuvée de la saison ! Goûtez !

Guilhem avait plongé un doigt dans l'eau et le léchait, imité par les deux médecins.

– Hum, c'est amer, dit Simoni.

– Cela va en faire des fioles, commenta derrière lui Ruffolo.

– Oui, l'année prochaine, dit le moine.

– L'année prochaine ? siffla Simoni.

– C'est long, certes, admit Guilhem, mais l'impatience est mauvaise conseillère !

– Mais alors, vous avez les fioles des années d'avant ?

– Oui, celles qui me restent, car j'en use beaucoup, contre les maux de ventre, les fièvres et même les morsures de serpent !

– Nous pouvons en acheter ?

– Non, je les garde, répondit d'un ton sans appel frère Guilhem.

– Même pour le pape ?

– Ni pour le pape, ni pour le roi... Mais la gentiane appartient à tous. Vous pouvez en cueillir si cela vous chante ! Voilà la fourche du diable !

Guilhem tendait déjà le fameux instrument qui lui avait donné du cal aux mains. Un rat se faufila entre ses jambes, suivi d'un autre.

– Les voilà bien excités, aujourd'hui, observa-t-il.

– Il faut les tuer, dit Simoni. Ce sont eux qui vous ont apporté la pestilence.

– Tu les entends ? dit Mino, content de son petit effet, bien que le moine apothicaire n'ait pas bougé d'un pouce. Le Simoni connaît bien nos grandes œuvres. Et cette fois, nous avons encore bien travaillé. Leur malade, je l'avais mordu, il y a quelques jours. Il avait ameuté ses amis et montré la marque à tout le monde.

– Bien, Mino, mais leur élixir va les sauver.

– Taratata, il n'est pas né celui qui trouvera un remède à la peste, nous avons de beaux jours devant nous.

– Où sont les enfants ?

– Ma pauvre Mina, il faut que tu t'habitues, ils vivent leur vie et pas un ne doit rentrer s'il n'a pas mordu un mollet ou un pied.

– Je vais me consoler avec cette mélisse !

Mina avait jeté son dévolu sur un carré où était planté un poteau surmonté d'une roue garnie de feuillage, un des rares effets esthétiques que le jardinier apothicaire s'était autorisé en dépit de la réprobation de son abbé. Mina aimait circuler et se cacher dans les feuilles abondantes d'un vert franc dont les senteurs l'enivraient.

Mino plaisantait. Il savait, Mina ignorait d'où il tenait cette science, que la mélisse soignait les pâmoisons des femmes, un usage évidemment superfétatoire dans ce monastère de bénédictins. Mais Mino et Mina savaient aussi que le moine apothicaire faisait onguent ou élixir de tout. Et ce que Mino retenait surtout c'était que lorsque Mina avait dormi dans la mélisse, elle était plutôt bien disposée à son égard. Et justement, il avait quelques idées pour fêter leur premier pesteux !

22

Le plus grand chantier d'Occident… Ce n'était donc pas une fable. Simoni et Ruffolo n'en croyaient pas leurs yeux en quittant le jardin de frère Guilhem et en traversant cette place où s'affairaient tant d'ouvriers, au milieu de tant d'engins et de matériaux. Ce sont, pourtant, deux hommes dépités qui soulevèrent la fameuse tenture fermant la chapelle des peintres indiquée par un maçon. Ils avaient abandonné le moine apothicaire en maugréant sur sa mauvaise volonté, et avaient décidé de rendre visite à Matteo Giovannetti dont la réputation en Avignon était grande.

– Maître, nous venons voir vos chefs-d'œuvre, dit Simoni, qui tentait de faire bonne figure.

– Chefs-d'œuvre, chefs-d'œuvre… Et vous, avez-vous fait affaire avec frère Guilhem ?

– Hum, fit Ruffolo, je crains que non, surtout maintenant qu'il y a un premier cas de peste…

– Que dis-tu ?

Ébahi, un pinceau dans la main, Matteo n'en revenait pas. La pestilence était arrivée là, dans ce village perdu, au bout du monde. Près de lui, Paolo leva les yeux au ciel et se signa, un geste qui lui était peu coutumier, mais qui signifiait, sans comédie, l'impuissance des hommes face à la toute-puissance divine.

– Nous sommes maudits, murmura-t-il.

Le bon air de La Chaise-Dieu lui redonnerait-il un jour des couleurs ? Sa pâleur faisait peine à voir. Rien ne semblait pouvoir le distraire de son chagrin. Ni Benedetto, qui tentait en vain de renouer les liens de complicité existant depuis qu'ils avaient quitté leur ville natale et suivi Matteo, ni Isabeau, sensible pourtant à son désarroi, ne parvenaient à obtenir la moindre réaction. Paolo ne semblait plus vivre que pour ses pinceaux ou ses couleurs. Sans joie.

– C'est Cyprien qui est tombé dans l'écureuil, précisa Barthélémy, qui venait à son tour d'entrer dans la chapelle.

Matteo le dévisagea. Depuis son retour, il trouvait que le moine tournait beaucoup autour d'eux. Son visage trahissait peu d'émotion, mais ses petits yeux, qui scrutaient tout et partout, dans cette grosse face ronde dont il avait croqué un portrait à utiliser un jour ou l'autre, le mettaient mal à l'aise.

– Il a été transporté à l'infirmerie, ajouta Simoni.

– Tu es sûr que c'est la peste ? interrogea Matteo, tout en jetant un rapide coup d'œil à la paroi.

Il avait rectifié l'esquisse du quatrième tableau consacré à un miracle de saint Robert. Face à un homme assis dans un cercueil, le saint y apparaissait dans une chapelle dont le peintre avait recréé l'espace, en suggérant carrelage et murs percés de grandes baies. Il reproduisait presque fidèlement le schéma d'un panneau réalisé en Avignon, dans la chapelle du palais dédiée à saint Martial qui plaisait beaucoup au pape.

– Il n'y a malheureusement aucun doute, dit Ruffolo, d'un ton fataliste.

– Il a des taches sur les tempes, je le jure, clama Barthélémy, c'est moi qui l'ai sorti de l'écureuil.

Matteo fronça les sourcils et Isabeau se retourna en frissonnant. Ses yeux croisèrent le regard fiévreux du moine qui s'attardait, peu pressé de retourner sur le chantier.

– Maître, pourquoi avez-vous dessiné un cerf ici ? interrogea soudain le colosse en plissant les yeux.

Barthélémy désignait un dessin de l'autre côté de la baie centrale. On y voyait, en effet, un animal qui pouvait ressembler à un cerf.

– Ah, c'est toute une histoire, répliqua Matteo, amusé par la question du moine.

L'abbé s'était déjà enquis, le matin même, de ce qu'il avait appelé une fantaisie qui n'avait rien à voir avec l'histoire de leur saint patron dont il connaissait la vie par cœur. Posément, Matteo lui avait raconté les confidences du pontife, qui avait écrit, dans son testament, la volonté d'être enseveli dans une peau de cerf cousue.

– Et pourquoi ? avait demandé l'abbé, dont la curiosité était mise en éveil par ce qui lui paraissait une incongruité. Qu'avait donc à faire d'un cerf ce pape aux idées saugrenues ? Ne serait-il pas mieux habillé pour l'éternité d'un modeste froc de moine ?

– Le pape Clément m'a appris que le cerf était associé à l'image des chrétiens qui ont soif de Dieu, puisqu'il entretient des rapports privilégiés avec les sources et les fontaines.

Matteo avait ainsi démontré le bien-fondé d'une telle représentation, symbole de régénérescence et d'éternité, du baptême et de la résurrection. Dubitatif, l'abbé avait écouté les explications, et conclu :

– Et vous croyez vraiment qu'il sera enterré ici ?

– Vous connaissez l'homme, rien ne le rebute, rien ne lui résiste… Ni les hommes, ni les choses.

L'abbé s'en était retourné, le sourire aux lèvres. Matteo l'avait encore une fois vu méditer près des grandes pierres, marbre et albâtre, destinées au tombeau, comme s'il voulait se convaincre du retour de Clément VI à La Chaise-Dieu.

Le peintre hésitait à répéter son commentaire à Barthélémy quand Isabeau murmura :

– N'est-il pas temps de s'arrêter ? Il est déjà tard, on n'y voit plus rien.

– Vous repartez bientôt ? demanda Matteo, qui ne semblait guère décidé à quitter l'échafaudage.

– Pas tant que nous n'aurons pas obtenu ce que nous sommes venus chercher ! répondit Simoni, en regardant la jeune femme qui descendait avec application les échelons de bois et sautait au sol.

Elle était plaisante avec ses chausses rouges.

– À demain !

– À demain, répétèrent les autres.

Isabeau rentra rapidement chez elle. Le soleil, qui avait eu du mal à percer l'épaisse couche de nuages plombant le ciel depuis le matin, rayonnait enfin, jouant sur les pierres des murailles en construction, ce granit aux teintes grises, brunes ou jaunâtres. Des couleurs magnifiées par la boule en feu aux effets presque surnaturels.

Mais, bien que sensible à tout effet esthétique, Isabeau n'y prêtait guère attention. Lasse et légèrement fiévreuse, elle n'aspirait qu'à se jeter sur sa paillasse. Cependant, à peine avait-elle refermé sa porte, bien décidée à rejoindre sa soupente pour s'y reposer, que l'huis de bois clair s'ouvrit vivement.

– Gilles ?

– Isabeau, enfin !

La jeune femme, qui avait déjà gravi quelques marches, le regardait, médusée, mais quand il s'approcha, elle s'enfuit. Finissant de monter l'escalier, elle se réfugia près de la lucarne derrière le lit où la courtepointe, hâtivement repoussée le matin, était toujours repliée.

– Isabeau, enfin ! répéta Gilles, qui l'avait suivie.

– Laisse-moi ! ordonna Isabeau. Tu veux ma mort et celle de ma famille ? Ignores-tu les menaces de ton père ?

– Quelles menaces ?

– Pars ! Pars, tout de suite !

– Mais qu'ai-je fait ?

– Pars, c'est tout !

La voix d'Isabeau était devenue moins ferme. Son amant tendait les bras vers elle ; bientôt, il mettrait les mains autour de sa taille et elle subirait sa loi.

– Je t'en supplie ! souffla Gilles. Il y a si longtemps…

– Longtemps ?

– Oui, si longtemps que j'attends le moment où je te serrerais à nouveau dans mes bras. Une éternité…

– Des mots…

Adossée à la lucarne dont elle bouchait en partie la lumière, Isabeau regardait son amant. Elle balançait entre rire et pleurs. Rire de bonheur de l'avoir là, tout près, et de succomber, peut-être, à la tentation. Pleurs des malheurs qui pouvaient s'abattre sur sa famille.

– Je t'en supplie ! répétait Gilles, qui avait franchi en douceur les trois pas qui les séparaient.

Il en avait tant rêvé, de cet instant, aussi bien pendant sa chevauchée sur les terres de sa femme que sur le chemin du Puy, et surtout dans son cachot d'où il avait été enlevé par ses amis – ils avaient emprunté au forgeron du chantier une grosse barre de fer pour faire céder la serrure de la maudite porte. Caché pendant la journée qui avait suivi son évasion, lavé et habillé de neuf, il n'avait vécu que pour cette seconde.

– J'ai la fièvre, murmura Isabeau, ultime défense avant une reddition qu'elle espérait maintenant de tous ses vœux.

– La fièvre ? Moi aussi, j'ai la fièvre de te serrer dans mes bras.

Joignant le geste à la parole, Gilles l'attira à lui.

– Sais-tu que la peste est arrivée sur le chantier ? chuchota Isabeau, le nez dans le col de sa cotte au velours soyeux.

– La peste ? À La Chaise-Dieu ? interrogea Gilles, incrédule.

– Oui, je te le jure, et si j'ai la maladie, c'est le baiser de la mort que je t'offre.

– Je l'accepte avec passion, murmura Gilles, en prenant ses lèvres chaudes et colorées. Nous mourrons ensemble.

– Le gredin ! Je suis sûr qu'il est là !

– Ton père !

Isabeau s'était raidie dans les bras de Gilles. Des pas pesants retentissaient sur les marches de bois. Gilles de Haumont émergea de la pénombre et avant que son fils n'ait tenté de fuir par la lucarne, comme il l'avait déjà fait quand la charrette de verre avait été versée devant la porte, il cria.

– Je le tiens ! Aidez-moi…

À sa grande stupéfaction, Isabeau reconnut le frère Barthélémy dans le sillage du vieux seigneur. Le moine ceinturait déjà son amant d'une corde comme on en voyait sur le chantier pour mouvoir les treuils, les grues ou les cabestans.

– Voilà, annonça le moine en se retournant vers Gilles le Vieux.

– Les Montagnou me le paieront !

– Ne faites pas de mal à ma famille, hurla dans son dos Isabeau. Ils n'y sont pour rien.

– Tu as oublié ton frère ? répliqua le vieux seigneur, en la toisant avec ce mépris haineux dont Isabeau ne connaissait pas d'équivalent.

– Ne leur faites pas de mal ! répéta Isabeau à voix basse, comme si elle savait qu'elle n'empêcherait rien.

Par la lucarne ouverte, elle regarda les deux Gilles traverser la place encadrés d'une petite troupe. Le frère Barthélémy avait cédé la place à deux sbires de Gilles de Haumont qui, chacun, retenaient la corde infamante. Fallait-il que le vieux seigneur soit en colère pour afficher ainsi le déshonneur de son fils et de sa famille !

Isabeau soupira, puis se laissa tomber sur sa couche où elle resta prostrée, la tête dans les mains. Un souffle d'air entra par la lucarne dont le parchemin, qui l'obturait, frémit. Mais la jeune femme avait chaud. Épuisée, elle s'endormit, soudain, terrassée par une fatigue qui la submergeait.

Quand elle se réveilla bien plus tard, pelotonnée sur sa courtepointe de laine, elle aperçut des lueurs qui vacillaient. Elle se précipita à la fenêtre restée béante. Des silhouettes allaient et venaient au milieu des matériaux entreposés le long de la muraille neuve de la nef, où se dessinaient les baies dont les allèges et les piédroits étaient déjà bâtis. Toutes ces ombres, qui prenaient un relief particulier à la lumière des flammes s'échappant d'un tas de poutres, finissaient leur course avec un même geste : jeter le contenu d'un seau sur le brasier qui fut vite éteint.

Puis, après quelques conciliabules, chacun parut s'en retourner vers sa maison. Au même instant, les cloches de la chapelle Sainte-Marie sonnèrent matines. Isabeau reconnut les moines qui avançaient d'un pas rapide vers le petit bâtiment, abritant provisoirement le culte monastique depuis que l'antique basilique, démolie peu à peu, n'était plus utilisable. Une personne de grande taille se détacha du groupe. Isabeau la suivit des yeux jusqu'à l'entrée de la loge où étaient conservés les outils. Ce devait être le tour de frère Barthélémy d'en assurer la garde, comme souvent le dimanche.

Prise de vertige, Isabeau fit un pas vers sa couche où elle tomba lourdement. Un instant plus tard, elle voyait sa mère dévaler la petite passerelle de bois qui conduisait à la grande salle du donjon des Montagnou. Elle criait au feu. Isabeau leva les yeux et découvrit des flammes qui léchaient les créneaux déjà branlants de la grosse tour carrée.

– Roberte, il faut aller chercher Roberte ! Isabeau, c'est ta faute, vas-y !

Bousculant sa mère, la jeune femme pénétrait déjà dans le donjon empli de fumée. Suffoquant, toussant, la main sur la bouche, l'autre pinçant son nez, elle marchait jusqu'à l'escalier dont les marches étaient semées de braises.

– J'ai chaud, haletait Isabeau.

– Va chercher Roberte, hurlait sa mère. C'est ta faute.

– C'est ma faute, oui c'est ma faute…

Galvanisée soudain par cette culpabilité, Isabeau avança et aperçut enfin le berceau de l'enfant au milieu du brasier qui dévorait le plancher.

– C'est trop tard !

– Non ! criait Mathilde.

Réveillée en sursaut, sa cotte inondée de sueur, Isabeau comprit lentement qu'elle n'avait pas chuté avec le plancher et que la petite Roberte n'était pas dans ses bras. Mais où était-elle ? Pourquoi avait-elle aussi chaud ?

Elle crut un instant que sa maison était en feu. Regardant autour d'elle, tout n'était que pénombre et quiétude. Elle se traîna jusqu'à la lucarne pour y humer l'air frais du petit matin qui la fit frissonner. Elle entendit gratter dans la vigne vierge – ce devait être encore ces rats qui pullulaient depuis quelque temps. Isabeau se pencha un instant, mais sa tête était lourde, ses tempes brûlantes cognaient à la rendre folle, de la sueur dégoulinait entre ses seins. Ses paupières fermaient ses yeux malgré elle. Elle perçut, encore, un léger bruit de roulement et de sabots, rouvrit péniblement les yeux, mais ne vit rien.

– La peste, j'ai la peste…, murmura-t-elle, avant de sombrer une nouvelle fois dans un autre monde.

Un cerf venait boire à une source dont l'eau claire cascadait entre des pierres colorées. Un homme, grand, énorme, s'approchait et se saisissait d'une pierre qu'il soulevait comme une plume. Le cerf le regardait de ses grands yeux tristes et lançait un cri rauque et guttural. Le moine lui faisait face, l'observant de ses petits yeux qui découvraient, ébahis, l'extraordinaire perfection de ses ramures. En un instant, apparurent d'autres cerfs, tout aussi beaux, encerclant le moine qui jetait la pierre à ses pieds et murmurait en guise d'excuse :

– C'est pour le pape, il aime beaucoup les cerfs.

Tombé à genoux, il semblait implorer les animaux. Un immense brame répondit à sa prière, et les cerfs s'en retournèrent comme ils étaient venus. Abandonnant sa pierre, le moine se relevait pour boire à la source.

– Boire, boire, j'ai soif..., chuchota Isabeau.

23

– Abbé Étienne, abbé Étienne…

Étienne Malet se retourna avec agacement. Que lui voulait donc frère Guilhem ? N'avait-il pas mieux à faire que de courir sur le chantier avec son malade qui se mourait, et surtout le traitement de la gentiane ?

– Que se passe-t-il ? interrogea pourtant avec aménité l'abbé quand Guilhem l'eut rejoint.

– Les cruches ont disparu !

– Les cruches, quelles cruches ?

– Celles de gentiane.

– Mais où ont-elles pu disparaître ? Et comment ? N'étaient-elles pas enfermées dans le cellier sous l'infirmerie ?

– Oui, la serrure a été fracassée ! Ah j'oubliais, notre malade est mort !

– Paix à son âme ! murmura l'abbé, en se signant. Et qui pourrait avoir fait cela ? ajouta précipitamment Étienne Malet, en regardant autour de lui, comme s'il souhaitait éviter des oreilles indélicates.

S'il ne jugeait pas très convenable de ne pas s'attarder davantage sur la mort du pestiféré, il y avait des urgences dont le ciel ne lui tiendrait pas rigueur, il en était sûr. Il y avait longtemps qu'il avait dû prendre ses aises avec les convenances.

– J'ai idée que les médecins d'Avignon auraient pu..., murmura Guilhem, timidement, en observant les alentours.

– Quelle idée ! Des envoyés du pape ?

– Nécessité peut faire loi, répondit Guilhem.

– C'est impossible, voyons !

L'abbé ne pouvait croire à un tel forfait. Il ajouta, cependant, prudemment :

– Allons les voir à l'auberge, nous en aurons le cœur net !

Au même instant un charretier se présentait devant lui.

– Il me manque deux chevaux et une charrette, dit l'homme, en enlevant respectueusement son chaperon qu'il serra hâtivement sur sa cotte de laine gris bleu.

– Encore un vol... après l'incendie de la nuit, nous voilà comblés !

L'abbé leva les bras au ciel, d'un geste las et découragé :

– Ce chantier me fera damner !

– Les deux affaires sont peut-être liées, chuchota Guilhem, alors qu'ils se dirigeaient vers l'auberge de Rigobert. Il fallait une charrette pour emporter mes cruches.

– Certes, certes...

Rigobert et Florine furent catégoriques. Les deux médecins étaient partis tôt le matin, comme convenu la veille. Ils avaient préparé leurs chevaux et en avaient même acheté un supplémentaire la veille. Florine les avait entendus partir, un peu après matines. N'ayant pu se rendormir après l'incendie, elle avait guetté les bruits, pendant que Rigobert ronflait avec ardeur.

– Et vous avez entendu une charrette ? interrogea frère Guilhem.

– Une charrette ? Ils étaient à cheval !

Abandonnant vivement les aubergistes, perdus dans leurs pensées, les deux moines traversèrent de nouveau le chantier, sans se parler, l'un se dirigeant vers ce qui lui restait de cloître pour tenter d'y trouver un peu de sérénité, l'autre vers son jardin pour activer le traitement des racines de gentiane.

Encore une fois, l'abbé allait essayer de se concentrer sur l'essentiel. Avec les travaux, le monastère n'était plus isolé du reste du monde. Il se remémorait les mots de la règle de saint Benoît pour oublier son désarroi. « Le monastère doit être disposé de telle sorte que l'on y trouve tout le nécessaire : de l'eau, un moulin, un jardin et des ateliers pour qu'on puisse pratiquer les divers métiers à l'intérieur de la clôture. De la sorte, les moines n'auront pas besoin de se disperser au-dehors, ce qui n'est pas du tout avantageux pour leurs âmes. »

N'était-il pas devenu l'incarnation du moine dispersé, sans cesse à courir de l'un à l'autre, à régler une affaire puis l'autre ? Il finirait damné !

Et Guilhem n'était-il pas, lui aussi, pris dans un tourbillon qui l'éloignait de la lecture, de l'étude de l'Écriture et des Pères de l'Église ? D'un pas résolu, il entra dans la librairie, où frère Pierre calligraphiait avec soin un long texte, et prit sur un pupitre *La Cité de Dieu* de saint Augustin dont il lut avec avidité les premières lignes, comme il aurait bu l'eau d'une source.

Guilhem ne vivait pas les mêmes affres mais il le savait, désormais, il attendrait, dans la terreur, un nouveau malade. Les récits des médecins d'Avignon et ce qu'il avait pu lire ne lui laissaient aucune illusion. Heureusement, il disposait de quelques fioles du précieux élixir qu'il avait remplies les jours précédents et dissimulées dans un petit placard. Il était le seul à connaître son existence.

– Martin n'est pas là ? demanda le moine quand il arriva au bout du jardin dont le préau regorgeait des précieuses racines.

– Pas vu, ce matin, marmonna le frère lai qui débitait les racines au couteau, avec une ardeur décuplée par l'adversité.

Les morceaux de celles-ci tombaient directement dans un cuveau qu'il remplirait d'eau.

– Va le chercher ! ordonna, presque avec rudesse, Guilhem, visiblement agacé par cette nouvelle contrariété.

Denis s'exécuta, un peu surpris par le ton du moine. Guilhem, qui s'était saisi du couteau abandonné, le regarda déambuler entre les carrés soigneusement cultivés où les plantes avaient encore bonne figure. Bientôt la nature s'endormirait pour un temps que le moine apothicaire n'aimait pas. Il avait beau se dire que la nature reprenait des forces l'hiver, il n'appréciait pas cette saison.

– Tu en as mis du temps !

De mauvaise humeur, décidément, Guilhem, qui n'avait pas cessé un instant de couper les lanières de racines, apostropha le pauvre Denis revenu bredouille.

– Introuvable, j'ai cherché partout !

Derrière lui se profilait la massive silhouette de frère Barthélémy.

– Tu viens nous aider ? interrogea aussitôt Guilhem.

– Non, je crains qu'on ait un nouveau malade, enfin une malade, la peintresse n'est pas venue ce matin.

– Cela ne veut pas dire qu'elle est malade ! Tu sais les femmes…

Guilhem avait haussé les épaules. Oh, il n'était pas de ceux qui considéraient que les femmes n'avaient pas d'âme, mais il pensait que les femmes qui travaillaient sur le chantier, et il y en avait quelques-unes, n'étaient pas à leur place. Il avait toujours soigneusement évité toute rencontre avec la peintresse dont les chausses rouges et la poitrine provocante constituaient un véritable péril.

– Il faut aller la voir ! dit Barthélémy.

Ses petits yeux brillaient plus que de coutume.

– Aller chez elle ! Mais tu n'y penses pas !

Guilhem avait reculé d'un pas, comme si le diable était devant lui.

– Que les peintres aillent la chercher et nous verrons !

Comment Barthélémy aurait-il avoué qu'il avait déjà pénétré discrètement dans la petite maison dont la vigne vierge, rougie par les soleils d'automne, commençait à perdre ses feuilles ? Il avait gravi les marches et découvert la jeune femme gisant et râlant sur sa paillasse. Son sang n'avait fait qu'un tour ; il avait dévalé l'escalier et couru chercher l'apothicaire.

– Cela ne fait rien, je vais chercher Maître Anselme, lui, il se déplacera.

Piqué au vif, Guilhem, qui jalousait l'apothicaire du village, dévisagea Barthélémy. Pourquoi se mêlait-il de cette affaire ? Quelle mouche le piquait ?

– Il faut que tu la sauves avec ton élixir, insistait-il encore.

– Mon élixir ?

Guilhem hésitait. Puis, pris d'une soudaine inspiration, il entra dans l'infirmerie et revint avec un gobelet de verre qu'il tendit à Barthélémy.

– En voilà un peu… Apporte-lui si tu veux.

Un grand sourire illumina la face ronde du colosse. Il se saisit vivement de l'objet qu'il obtura de sa grande main, et le serra sur son cœur. Guilhem le vit traverser à vives enjambées l'espace qui les séparait de la porte du jardin. Il y croisa l'abbé qu'il faillit bousculer.

Le chantier battait son plein et nul ne prêta attention au moine lorsqu'il s'engouffra dans la petite maison. Montant les marches quatre à quatre, il arriva en quelques secondes au chevet d'Isabeau.

– Princesse ! Ma princesse ! chuchota-t-il, en courbant son grand corps au-dessus de la jeune femme.

Isabeau ouvrit à peine les yeux et les referma aussitôt.

– Princesse, il faut boire !

– Où suis-je ? murmura-t-elle.

– Dans ta maison, je vais te soigner... Bois.

D'une main précautionneuse, il lui souleva le dos pour l'obliger à s'asseoir et, quand elle fut redressée, il approcha de ses lèvres le précieux gobelet.

– Bois, je t'en prie.

Les lèvres étaient pâles et sèches, et les tempes présentaient ces taches bleues qu'il avait vues la veille sur celles de Cyprien.

– Bois, princesse...

Le liquide effleura sa bouche.

– Pouah, c'est amer ! gémit Isabeau, en se rejetant brusquement en arrière.

– Bois, princesse, répéta Barthélémy qui s'était agenouillé.

– De l'eau..., souffla Isabeau.

– Oui de l'eau, bois...

Les lèvres s'entrouvrirent enfin et lampèrent une gorgée. Le moine vit la gorge frémir, signe que l'élixir avait suivi son cours.

– Encore, murmura-t-il.

Isabeau obéit sans ouvrir les yeux. Puis repoussant le gobelet déclara :

– C'est bon !

– Oui, princesse, je vais te guérir.

Délicatement, il l'allongea au milieu des coussins ; elle dormait déjà. Il la contempla en ramenant sur elle la courtepointe de laine. Il se troubla lorsque l'image de deux corps enlacés se substitua à cette forme dissimulée sous le drap. Mais ce n'était pas le moment de se laisser envahir par une vaine jalousie. Sa princesse était là, toute à lui ; il allait l'emmener loin de ce lieu, qui serait bientôt celui du cauchemar, et la sauverait.

Debout ou presque, la soupente étant très basse, il la regarda encore un instant, renâclant à l'abandonner. Mais s'il voulait mettre à exécution son plan, il devait la quitter. Il plia sa haute taille, frôla de ses lèvres les cheveux qui formaient une tache sombre sur l'oreiller. Isabeau gémit et tourna son visage vers le mur. Elle semblait apaisée.

Soulagé, heureux et déterminé, il se rua dans l'escalier et sortit en prenant soin de bien refermer la porte. Puis il traversa à grands pas le chantier, évitant là un attelage de bœufs venu livrer du sable, ici une charrette chargée de lauzes, ailleurs deux hommes transportant une poutre récupérée sur le tas calciné par l'incendie de la nuit. Il pénétra dans l'église neuve et se dirigea vers le chœur. De là, il passa dans la chapelle où les peintres travaillaient en silence.

Benedetto préparait des couleurs, Paolo, armé d'une large brosse, finissait un fond bleu, alors que Matteo Giovannetti complétait la fameuse image du cerf par une belle fontaine qui rappelait celle du cloître.

Alerté par les bruits de pas, le maître se retourna et dit :

– Tu n'as pas vu Isabeau ?

– Non, mentit avec aplomb Barthélémy, se reprenant aussitôt : Ou plutôt si, elle est montée au donjon de son père.

– Elle aurait pu nous le dire...

Satisfait de la réponse malgré tout, Matteo reprenait déjà son esquisse.

– Chasse-les !

Deux rats couraient dans la chapelle d'un mur à l'autre. Armé d'un pinceau, Paolo en coursa un qui fuit en couinant sous la tenture.

– Tue-le !

Le gentil Benedetto se sentait pris d'une soudaine cruauté. On racontait tellement de choses sur ces sales bêtes. Il y en avait partout. La veille, il avait retrouvé, à moitié rongé, le quignon de pain qu'il gardait amoureusement pour grignoter après none, quand le ragoût de Florine ne lui tenait pas assez au ventre.

Barthélémy observa les deux garçons guetter leurs proies. Mais il fallait qu'ils fussent bien présomptueux pour s'imaginer venir à bout des rats, beaucoup plus malins. Un sourire étirait ses grosses lèvres. Était-ce cette situation cocasse ou son projet qui le réjouissait ? Il les suivait encore des yeux lorsqu'ils revinrent, après avoir couru en tous sens pinceaux au poing, découragés, à leurs couleurs. Puis jetant un dernier coup d'œil aux tableaux qu'il ne verrait jamais achevés, il souleva la tenture qui retomba derrière lui, comme un voile sur ce qu'il espérait une autre vie.

Poursuivant un objectif bien défini, il parcourut le chœur, puis la nouvelle nef dont les murs progressaient, chaque jour davantage, en direction de la façade qui, elle aussi, prenait forme peu à peu.

– Barthélémy, il nous faudrait des pierres…, dit un tailleur armé d'un long burin.

– Pas le temps, messire l'abbé m'attend !

Le moine remarqua l'écureuil où s'affairait le successeur de Cyprien. Une ombre passa dans ses petits yeux. L'élixir n'avait pas marché avec Cyprien, mais pour Isabeau, il était sûr du résultat. Il se signa, un geste rare chez lui, pour sceller cet acte de foi, puis se retrouva dehors. La journée serait longue, mais il avait besoin de temps pour tout préparer.

Cachée sous son froc, il sentait la petite bourse accrochée à sa ceinture de chanvre. Il y avait serré les florins que lui avaient donnés les médecins d'Avignon moyennant son aide pour le vol des cruches. Il avait accepté leur proposition à la condition cependant d'en garder une qu'il avait dissimulée dans le rempart. Il n'y avait plus qu'à se procurer une charrette et deux chevaux, et il pourrait fuir La Chaise-Dieu avec sa princesse.

Dehors, il faisait beau. Des corbeaux passèrent en croassant, plainte lugubre qui le fit frissonner. Il les observa un instant, en protégeant ses yeux du soleil. Il savait que l'oiseau des ténèbres était le messager de l'autre monde. Et si par malheur, ils se posaient sur le toit de la petite maison, ce serait le plus funeste des présages.

– Non, je ne vous l'abandonnerai pas, murmura le moine en serrant le poing. Allez voler ailleurs !

24

– Qui va là ?

L'homme leva sa torche à hauteur du visage du charretier qui se présentait à la porte à une heure où chacun était censé dormir. Il était méfiant. L'abbé avait réuni les responsables de la garde et du guet dans la journée pour les inciter à la vigilance. Comment, la veille, les deux médecins avignonnais avaient-ils pu quitter la ville avec charrette et chevaux sans être inquiétés par quiconque ?

La réponse avait été simple. Le principal guetteur avait été trouvé au petit matin, agonisant au pied du rempart sur la contrescarpe du fossé, victime d'un coup de pioche. Les deux autres, fiévreux, avaient avoué ne pas avoir tenu leur poste après l'incendie des poutres. L'apothicaire avait décelé deux nouveaux cas de peste, jetant l'émoi dans le bourg, où la pestilence, tant redoutée, était désormais installée.

– Qui va là ? répéta l'homme, dont le capuchon couvrait la calvitie naissante.

– Frère Barthélémy, répondit le charretier, d'une voix ferme.

– Frère Barthélémy ? À cette heure ? interrogea le guetteur, qui reconnaissait maintenant la stature impressionnante du moine.

– Oui, messire l'abbé m'envoie à Clermont chercher des pierres pour le portail. Il y a du chemin et cela presse ! Avec la pleine lune, je vais me débrouiller !

– Je t'ouvre ! Eh, viens aider !

Un autre guetteur, leur nombre avait été triplé pour augmenter la sécurité, dévala les marches qui conduisaient à l'étage de la tour abritant la porte principale du rempart de l'abbaye. Un troisième signifia de la main qu'il allait actionner la herse de bois qui remonta en douceur entre les deux rainures verticales en assurant le va-et-vient. Puis ce fut au tour de la porte aux lourdes pentures, qu'il fallut mouvoir pour qu'enfin frère Barthélémy pût lancer sa charrette sur le pont au-dessus du fossé.

– Merci, lança-t-il, en faisant un geste de la main aux gardiens qu'il avait trompés facilement.

Puis, quand la carriole eut dévalé la petite pente et rejoint la vallée de la Senouire, il murmura en se retournant :

– Princesse, nous voici en route, je vais te sauver. N'aie pas peur !

Aucune réponse ne vint de la charrette où il avait déposé Isabeau, quelques minutes plus tôt, avec d'infinies précautions. Enroulée dans une courtepointe, où elle grelottait, il l'avait installée, gémissante, sur de nombreuses couvertures, réunies la veille, ou plutôt volées, aurait-il dû reconnaître, à l'infirmerie.

– Adieu, La Chaise-Dieu ! dit-il encore, en fouettant avec ardeur ses deux chevaux.

Il avait veillé à les munir du meilleur équipement, acquis sans difficulté grâce aux florins d'Avignon. Les colliers d'épaule à armature rigide, rembourrée et recouverte de cuir pour ne pas blesser les animaux, devraient faire merveille, selon le bourrelier. Et les courroies, qu'il tenait dans ses mains, renforcées au niveau des flancs par de larges bandes de cuir, étaient de la meilleure qualité.

Satisfait et presque serein, il se retournait sans cesse pour voir si tout allait bien derrière lui. Près d'Isabeau, il avait calé la cruche d'élixir de gentiane et quelques provisions : deux miches de pain, des pommes et des fèves.

Si quelqu'un avait demandé à Barthélémy où il comptait se rendre, le moine eût été bien incapable de le dire – sa seule ambition était de partir loin et d'emmener Isabeau loin de ce nouveau foyer de contamination. Mais quiconque aurait pu objecter à juste titre : comment préjuger de la découverte d'un lieu exempt à jamais de la pestilence ?

Barthélémy n'en avait cure. Il avait saisi l'occasion. Sa princesse était à lui, il rêvait depuis si longtemps de cet enlèvement... Il l'aurait pour lui et rien que pour lui. Loin de ce Gilles qu'il haïssait, loin de ces peintres qui passaient la journée avec elle, une épreuve quotidienne pour le moine, loin de ce chantier, même s'il y avait pris un plaisir qu'il aurait dû confesser à l'abbé.

Lentement, le jour se levait. Le chemin était sec, il n'avait pas plu la semaine précédente et Barthélémy comprenait maintenant les allusions des charretiers qui vantaient les accès à La Chaise-Dieu, que les charrois avaient contribué à améliorer. Élargissement et meilleur empierrement offraient des facilités.

De temps en temps, le moine, qui avait troqué son froc contre une cotte de serge grise et des chausses de laine brune chez le fripier dont l'échoppe jouxtait l'apothicairerie de Maître Anselme, jetait un bref coup d'œil derrière lui pour voir si Isabeau n'avait pas bougé.

Rassuré, il fixait à nouveau sa route, encourageant les chevaux sans crier, les fouettant lorsqu'une côte se faisait plus raide, les retenant quand une descente arrivait, tout en prenant, de loin, la mesure d'une ornière à éviter afin de réduire les cahots préjudiciables à sa malade.

La campagne était belle sous les couleurs de l'automne. Les ramures déclinaient toutes les gammes de jaune et de roux, bien accordées à l'herbe des prés qu'une vive sécheresse avait depuis longtemps fait virer à la paille. Des murets de pierre délimitaient parfois le chemin, les arbres ponctuaient toujours le paysage, offrant une alternance d'ombres et de lumières lorsque le soleil arrivait à percer les nuages. Une maison avec une treille accrochait un instant le regard de Barthélémy, puis une étable d'où jaillissaient un meuglement et une odeur de bouse, ou une pauvre chaumière qui semblait parfois abandonnée.

Là, un paysan labourait en lignes concentriques, avec des rigoles profondes. Ailleurs, un jeune garçon maniait une charrue comme Barthélémy en avait vue sur le marché de La Chaise-Dieu – dite « tourne-oreille », elle permettait au laboureur de changer de côté sans perte de temps chaque fois qu'il arrivait au bout du champ. Arc-bouté sur le manchon, le paysan suivait attentivement le cheval dont les sabots s'enfonçaient dans la terre. Une terre plus fertile que celle de La Chaise-Dieu.

Ces travailleurs levaient rarement la tête pour saluer les rares voyageurs. Parfois, des semeurs suivaient les laboureurs, souvent des femmes lançant à la volée les grains serrés dans un grand rectangle de toile passé en bandoulière et noué sur l'épaule. Un paysan recouvrait aussitôt de terre fine et régulière le semis avec une herse afin de le protéger des oiseaux, même si çà et là se dressait un épouvantail. Barthélémy avait toujours entendu le frère Guilhem dénoncer leur inefficacité quand il retrouvait un carré de son jardin dévoré par des prédateurs ailés.

Plus avenants étaient les cueilleurs de fruits, des enfants qui couraient derrière la charrette, et même s'y accrochaient pour parcourir quelques toises en chantant à tue-tête, avant de sauter dans le fossé et de se répandre gaiement, comme des moineaux, dans le champ voisin.

Barthélémy aurait voulu les prévenir des risques de contagion, mais il n'en avait pas le temps et n'aurait pas voulu, par un comportement agressif, exciter leur curiosité, voire leur animosité. Il savait combien le mal semait la terreur. Son entreprise ne devait, en aucun cas, être mise en péril !

– Où suis-je ?

C'est au détour d'un chemin, au quatrième jour, alors qu'ils traversaient un village, qu'Isabeau parut enfin émerger. Assise les bras ballants, elle regardait, incrédule, le paysage autour d'elle.

– Où suis-je ? répéta-t-elle, en se frottant les yeux pour mieux fixer un arbre, une cabane ou une pierre à la croisée de chemins.

Puis, tapant dans le dos massif du charretier, elle ajouta :

– Qui êtes-vous ?

– Oh, oh, cria Barthélémy, en lui faisant face.

– Mais qu'est-ce que je fais là ? hurla Isabeau, en mettant la main à ses tempes. Elle avait tellement mal !

– Princesse, je t'emmène pour te guérir.

Barthélémy était soulagé. Isabeau ne le rejetait pas. Imaginait-il seulement qu'elle avait la tête vide ?

– Me guérir, mais où ? Qui êtes-vous ?

– Bois, ma princesse !

Prestement, il avait versé un peu du précieux élixir dans un gobelet et l'approchait des lèvres de la jeune femme, comme il l'avait fait régulièrement depuis leur départ.

– Bois, ma princesse ! reprit Barthélémy, en la tenant par les épaules avec une brutalité trahissant la tendresse qui le submergeait.

– C'est amer !

Autour de la charrette, s'étaient agglutinés quelques villageois. Les distractions n'étaient pas si fréquentes, et Barthélémy avait arrêté sa carriole sur la petite place entre l'église et la boulangerie.

– Elle est malade la petite dame, dit une femme en se penchant sur Isabeau.

– Oui, reconnut Barthélémy, elle a un peu de fièvre et notre voyage l'a beaucoup fatiguée.

– Fatiguée, fatiguée, elle a plutôt l'air moribond, observa une autre femme, qui serrait sous son bras un gros pâton de pain tout chaud qu'elle venait d'acheter.

– Oui, renchérit une autre, elle va passer. Va plutôt voir l'apothicaire, il la soignera.

– Non, je vais juste acheter de ce pain qui sent si bon et nous allons repartir, nous sommes bientôt arrivés et chez nous, tout ira mieux.

Barthélémy s'était déjà rué dans l'échoppe qui regorgeait de boules à pâte brune saupoudrées de farine posées sur de larges planches. Marquées d'une croix, d'un croissant ou d'une couronne, elles attendaient le client.

Quand il ressortit avec deux miches sous les bras, l'attroupement avait augmenté et un homme se planta devant lui.

– Va-t'en ! Tu nous apportes la peste, va-t'en !

– Oui, ta femme, elle a la peste, décanille vite, sinon…

Un autre homme s'était approché. Dans sa main, il avait une pierre dont il menaçait déjà Barthélémy encerclé de villageois rouges de colère et éructant des insultes :

– Putainier, coquinaille, bâtard, larron…

Gagnant le petit banc qui lui servait de siège, Barthélémy cria :

– Hue, huc, vitc…

– Fouette-les tes carnes ! Qu'elles t'emportent en enfer, hurla un homme en lançant un caillou qui frôla l'épaule du moine et vint toucher la croupe du cheval de droite.

L'animal rua, tout en hennissant avec une rare vigueur, et se mit à galoper, entraînant son congénère dans une embardée que Barthélémy peina à maîtriser. Affolé, il jeta un regard par-dessus son épaule. Isabeau était de nouveau couchée. Des pierres étaient répandues partout autour d'elle.

– Princesse, ils ne t'ont pas fait de mal ? cria le moine.

Les chevaux crurent à un encouragement et s'emballèrent dans la petite descente. Cramponné aux rênes, Barthélémy les retenait, ballotté sur son siège car la charrette cahotait dangereusement et menaçait de verser. Les villageois ne couraient plus, heureusement. Soulagé, il sentit enfin ses bêtes s'apaiser. Ils arrivaient dans un vallon qu'il espéra enfin accueillant quand il découvrit les rives d'une large rivière.

– La rivière, murmura-t-il, pétrifié.

– Où suis-je ?

– Voilà la rivière ! répondit Barthélémy en se retournant. Elle doit aller à la mer…

Pris d'une inspiration subite, il sauta de la charrette et courut au bord de l'eau.

Matteo Giovannetti avait piqué une colère quand il avait appris la disparition d'Isabeau. Lui-même était obligé de repartir pour Avignon où l'appelaient les décors du palais, loin d'être achevés. Paolo et Benedetto avaient encore beaucoup de travail devant eux dans la nouvelle église et l'aide d'Isabeau était nécessaire. Elle aurait dû respecter ses engagements !

Mais depuis le premier cas de peste, confirmé par les guetteurs qui avaient été emportés aussi rapidement que Cyprien, rien n'allait plus sur le chantier. Chaque jour des ouvriers étaient atteints, et le pauvre Guilhem courait de l'un à l'autre. Son infirmerie était devenue, très vite, trop petite, et si les frères lais continuaient à travailler avec ardeur les racines de gentiane, le moine apothicaire avait perdu de sa foi dans la fée jaune.

Pourtant l'abbé, les architectes, le procurateur qu'il avait traités préventivement semblaient résister. Matteo Giovannetti avait presque fini sa fiole qu'il avait partagée avec Paolo et Benedetto. Et tous les trois ne donnaient aucun signe du trousse-galant. Guilhem avait adopté cette appellation qu'il trouvait moins déplaisante, même si l'abbé trouvait que le mot n'avait rien à faire dans la bouche d'un moine.

Après les difficultés vécues sur le chantier au cours des années précédentes, l'abbé voyait, dans l'arrivée de la pestilence, une nouvelle épreuve. Et si l'incertitude avait semblé régner sur l'abbaye, avec les aléas de la construction et les multiples problèmes qu'elle engendrait, il devait admettre que la maladie remettait en perspective ses anciennes préoccupations.

Pas un jour désormais sans qu'un ou plusieurs cas ne se fussent déclarés. Un charretier manquait à l'appel un matin, on pouvait être sûr qu'il était frappé. Le maître carrier le plus proche avait fait partie des premières victimes et ses ouvriers avaient été décimés en quelques jours. Ce n'était pas si grave ; les tailleurs de pierre n'étaient guère plus vaillants, ni les maçons. Leurs rangs s'étaient aussi clairsemés, au grand désespoir d'Hugues Morel, qui admettait pourtant son impuissance contre ce coup du sort.

Comme l'abbé, il découvrait chaque matin avec angoisse le désastre et lorsque le forgeron, une force de la nature, dut à son tour abandonner l'enclume, l'entretien des outils fut lui aussi suspendu.

Et il n'y avait pas que sur le chantier que la maladie faisait ses ravages. Les alentours avaient leur lot de malheurs. Villages, hameaux, châteaux, tous étaient touchés.

Aussi, quand Étienne Malet vit descendre de sa colline Gilles de Haumont, voûté et claudiquant, presque un vieillard, il comprit tout de suite.

– Mon fils, mon seul héritier mâle, est mort avant-hier. Je suis venu vous demander de prier pour lui et pour moi, qui n'ai pas su lui pardonner à temps ! Peste soit de cette fille qui nous aura apporté le malheur !

– « Peste soit… » ne me semblent pas les bons mots aujourd'hui, répondit l'abbé qui ne manquait pas d'humour. Et n'accusez pas sans savoir. Cette fille n'est pour rien dans l'affaire… Ce n'est pas elle qui a apporté la maladie ici, que je sache !

– Peut-être, admit le vieux seigneur, dont le chagrin le disputait à la colère. Je l'ai tout de même arraché à ses bras deux jours avant qu'il ne tombe malade.

– Qu'avez-vous fait d'elle ? interrogea aussitôt l'abbé. Nous ne l'avons pas revue, la fille, comme vous dites.

– Mais rien, que voulez-vous que je lui fasse ! Demandez à votre gros moine qui m'a aidé…

– Vous voulez dire Barthélémy ? Lui aussi s'est volatilisé !

Et ce mystère inquiétait l'abbé. Il n'osait faire le lien entre les deux disparitions.

– Je viens voir ma fille, dit alors, dans son dos, une voix qu'il aurait reconnue entre cent. Forte, éraillée, gouailleuse, elle ajoutait déjà :

– Il faut qu'elle sache ce qui se passe chez nous…

Dépenaillé, comme d'habitude, les chausses bouchonnées au-dessus de houseaux crottés, sa cotte de laine écrue ceinturée de chanvre, Gaspard de Montagnou ne cilla pas lorsqu'il rencontra son ennemi. Celui-ci, élégant en dépit de l'adversité, ne bougea pas davantage, se contentant de mettre dans la main de l'abbé une aumônière rebondie en prononçant à voix suffisamment haute pour que l'autre en profitât :

– Vous en ferez meilleur usage que moi. Je suis venu dire à messire Hugues Morel que je ne ferai pas les travaux. À quoi bon ? Pour qui ?

Las, jetant un regard désabusé autour de lui, le vieux seigneur se retourna alors vers Gaspard. Étienne Malet redouta le pire, mais l'homme était d'un calme surprenant – pensait-il encore à se venger des Montagnou ?

– Te voilà content, mon fils est mort, tu le diras à ta fille quand tu la retrouveras..., lança finalement Gilles le Vieux, avec un soupir qui trahissait une profonde lassitude.

– Laisse ma fille ! répliqua Gaspard.

– Dis-lui quand même !

– J'y vais de ce pas..., répondit Gaspard, que l'abbé retint par la manche.

– Votre fille n'est plus à La Chaise-Dieu. Nous ne l'avons pas vue depuis plusieurs jours...

– Mais que dites-vous ? murmura Gaspard. Alors je ne pourrai pas lui dire que ses petites sœurs sont mortes ?

L'abbé vit deux grosses larmes jaillir des yeux sombres, injectés de sang.

Curieusement, Gaspard semblait plus affecté de ne pouvoir annoncer la triste nouvelle que de la disparition d'Isabeau.

– Ne me dites pas qu'elle est morte, elle aussi ? reprit-il pourtant.

– Elle a disparu, nous n'en savons pas davantage, dit l'abbé, pris de pitié.

Devant eux venait de s'arrêter un convoi de lauzes. Le charretier sautait de son véhicule lourdement chargé et tiré par deux bœufs solides. Massifs et placides, à mille lieues des préoccupations des hommes, les animaux les observaient de leurs yeux sans expression.

Derrière, un autre charroi arrivait déjà, encore plus impressionnant. L'abbé reconnut le char à timon que Pierre de Cébazat avait fait fabriquer pour transporter les pierres venant de la carrière près de Clermont, dont l'abbé n'appréciait toujours pas la couleur noire.

Justement, Pierre de Cébazat accourait depuis la façade qui prenait forme, suivi d'Hugues Morel.

En dépit de ses réticences pour ces pierres, Étienne Malet les observa avec un certain bonheur.

– Tout s'est bien passé ? interrogeait déjà Pierre de Cébazat, qui avait dû batailler avec le procurateur pour obtenir cette livraison en dépit du coût du transport, quarante-deux livres, qui s'ajoutait à celui déjà dispendieux des matériaux, sans compter les frais pour le char.

« Comme la vie peut reprendre le dessus », pensait l'abbé en regardant ces pierres destinées aux huit autels de la nouvelle abbatiale. Et nécessité faisant loi, il se ferait à cette noirceur. Pierre de Cébazat ne cessait de vanter leurs qualités par rapport au granit local.

À le voir maintenant caresser la pierre, pour en apprécier le grain, comme il l'aurait fait peut-être de la peau d'une femme, Étienne Malet ressentait, il devait l'avouer, une certaine émotion. Oui, ce chantier, source de soucis infinis, lui procurait aussi de grandes joies.

– J'ai une surprise pour vous, dit celui que l'abbé appelait souvent le Maître de Clermont.

Celui-ci avait été recommandé par l'évêque de cette ville où il avait conçu un grand portail pour la cathédrale. Pierre de Cébazat était un maître aux talents multiples qui savait aussi bien se substituer à l'architecte en titre, Hugues Morel, que tailler et même sculpter une pierre.

Pierre de Cébazat avait déjà fait signe à son valet qui le suivait partout. Le jeune homme, prénommé Alyre, tel l'illustre saint clermontois, s'avança. Il tenait dans ses bras une sculpture.

– Voici le premier ange musicien de notre grand portail ! annonça fièrement l'artiste. Voyez ce qu'on peut faire avec cette pierre… la finesse du visage, le traitement du drapé et les doigts sur la viole…

Gaspard et Gilles s'étaient approchés d'un même mouvement.

– C'est beau ! dirent-ils tous les deux à l'unisson.

L'abbé se détourna de l'ange pour les observer.

– Tes filles sont mortes, et moi mon fils, dit alors Gilles en se retournant vers Gaspard. Nous voilà presque à égalité…

L'abbé aurait-il jamais pu imaginer, qu'un jour, Gaspard de Montagnou et Gilles de Haumont se parleraient sans s'invectiver pour partager leurs malheurs. La grâce de la maladie…

– J'ai eu tort, j'aurais dû laisser mon fils épouser ta fille, comme il le voulait !

– Que dis-tu là ?

– La vérité ! Nous sommes deux vieux fous… Tu sais quand même que mon fils et ta fille couchaient ensemble !

– Et comment veux-tu que je le sache ?

– Et que ton fils, Avit, ce bandit de grands chemins, a enlevé ma belle-fille ?

Abasourdi, Gaspard regardait autour de lui. Il avait du mal à respirer. C'en était trop ! Que disait Haumont ? Tout surpris de ne pas l'appeler, pour une fois, Basmont dans sa tête, il ne voulait pas, cependant, céder à la crédulité. L'autre était un malin. Fallait-il croire ses sornettes ?

Compatissant, l'abbé ne s'était-il pas réjoui trop vite ? Leur vieille querelle n'allait-elle pas se rallumer ? Il les gardait à l'œil, prêt à intervenir. Pierre de Cébazat était reparti vaquer à ses occupations, escorté de son fidèle Alyre. Des maçons poussaient devant eux des civières où étaient posées des auges de mortier. Un bouvier apportait, sur l'épaule, des peaux pour les soufflets de la forge d'où un ouvrier revenait avec des pics plein les bras.

– La vie..., murmura l'abbé, qui ne voulait pas admettre que les ouvriers étaient beaucoup moins nombreux que l'été précédent.

– La vie, répéta-t-il résolument. Occupez-vous aussi des vivants !

Ces mots adressés aux deux seigneurs, qui étaient toujours là, dénouèrent leur face-à-face.

Soudain décidé, Gaspard lança, avant de marcher à grands pas vers la petite maison où la vigne vierge perdait chaque jour un peu plus de ses feuilles :

– Je vais chercher ma fille !

– Cherche mon vieux ! murmura Gilles de Haumont, en s'appuyant sur le bâton qui avait assuré sa descente par le petit raidillon servant de raccourci entre l'abbaye et son donjon.

Au même instant arrivaient quatre charrettes de foin tirées, chacune, par un bœuf. L'abbé se souvint des paroles du procurateur à propos de la cherté de ce foin indispensable aux bêtes assurant les transports de matériaux. Guillaume Duriane se plaisait à crier misère – à cause de la maladie, il avait dû retarder son voyage en Avignon pour obtenir les lettres pontificales autorisant le versement des sommes par Pierre Gervais, le chanoine du Puy, fonctionnaire de la Curie. Le ralentissement du chantier et les nombreux décès d'ouvriers réduisaient ses coûts, certes, mais les deux quintaux de verre rouge arrivés la veille ne seraient pas payés de sitôt !

25

Mathilde plissa les yeux. Elle apercevait au loin une silhouette qui lui semblait vaguement familière, mais sa vue avait tellement baissé, depuis qu'elle avait tant pleuré. Pleurer, avait-elle fait autre chose que pleurer tout au long de cette année, la pire qu'elle n'ait jamais vécue ? Dans cette solitude stérile quand le froid et la neige affluent pour vous glacer les sangs et que la vie paraît vous avoir quitté.

– Maudite pestilence !

Pleurer et lancer ces mots avec une résignation sans hargne l'apaisaient. Mais la soulager de quoi ? Elle qui n'avait plus personne à qui parler, sinon la ventrière, la fameuse Aumode qui l'avait réconfortée lors de chaque naissance, et qui était venue spontanément s'installer, au printemps, avec elle dans cette tour déserte dont la grosse lézarde devenait encore plus menaçante. « Il ne manquerait plus que le mur s'effondre », se disait parfois Mathilde, en l'observant avec crainte.

Mathilde n'avait plus de famille ou presque. Aumode, elle, n'avait plus une femme à soulager. Qui aurait pu être assez fou pour faire un enfant en ces temps terribles où les cimetières débordaient ? Donner la vie lorsqu'on ne parlait que de mort ?

Mais qu'étaient-ils devenus tous ? Oh pour certains, Mathilde savait, Mathilde savait l'horreur. Mon Dieu, pourquoi avoir frappé d'abord les petites, si belles, si joyeuses, mortes, l'une après l'autre, Arsende, puis Berthilde en quelques heures ? Et ensuite, Gaspard, revenu un soir de la chasse, fiévreux, les tempes bleues, l'aine pleine de ce pus qu'Aumode avait tenté de faire sortir.

– Du poison, qui va courir dans le sang et pourrir le corps ! Il faudrait cet élixir, mais les moines se sont fait voler leurs réserves avant même le début de l'épidémie, et les ouvriers tombent comme des mouches sur le chantier. Le pauvre frère apothicaire court de l'un à l'autre… Il en sauve un par-ci, un par-là… parce qu'elle guérit, la fée jaune !

Si elle y croyait, Aumode, à cette plante miraculeuse, encore fallait-il en avoir suffisamment. Les moines étaient eux aussi touchés, et certains villageois n'osaient plus sortir, piètre précaution quand la maladie franchissait les murs et s'abattait sans distinction. Courroux du ciel, anéantissement des pécheurs…

Aumode ressassait ses histoires qui berçaient Mathilde, sans lui faire oublier ses morts : les petites, comme elle les appellerait toujours, Gaspard, miné par la disparition d'Isabeau qu'il avait constatée un matin… S'il n'avait jamais voulu ajouter foi aux dires de Gilles de Haumont au sujet de leurs enfants, ce dernier les avait ruminés, ne décolérant pas qu'ils l'aient trahi. Ses sentiments contradictoires en avaient fait une proie facile pour la maladie. Puis Héloïse et Amphélis étaient tombées à leur tour. Mathilde avait espéré la guérison de la première après que les pustules noires et rouges qui parsemaient son corps se furent subitement résorbées, mais le mal n'avait semblé reculer que pour mieux revenir. Aux bubons et aux ardentes brûlures qui faisaient hurler les deux pauvres filles, avaient succédé ces humeurs venimeuses aux aisselles et aux aines.

Tentant une dernière chance, Mathilde avait même accueilli un charlatan venu offrir ses onguents et ses poudres, contre une poule et un mouton. Elle n'avait pas exigé, comme le conseillait Aumode, qu'il utilisât, sur lui, un peu de ses produits miracles, afin de vérifier s'il ne s'agissait pas de poison.

– Ah quoi bon, avait dit Mathilde avec lassitude. Perdu pour perdu.

L'homme avait administré, avec grand soin, son traitement. Les douleurs s'étaient immédiatement calmées, et la fièvre avait paru régresser. Mais fausse joie, deux jours plus tard, Héloïse mourait, suivie d'Amphélis. Découragé, l'homme avait quitté le donjon sans bruit en n'emmenant ni la poule ni le mouton ; une semaine plus tard, Aumode avait retrouvé son corps dévoré par les corbeaux.

Les corbeaux, ces oiseaux de malheur, se nourrissaient du malheur des hommes ! Il fallait faire vite pour inhumer les défunts, sinon le plus noir des charognards, comme disait Aumode, s'y attaquait avec voracité.

Puis cela avait été le tour de la petite Roberte : fiévreuse un soir, Mathilde la retrouva inerte le matin. Sans demander l'aide de quiconque, les deux femmes avaient creusé la tombe minuscule et y avaient placé le corps enveloppé dans un drap blanc. Quelle douleur, quand il avait fallu jeter la terre sur ce pauvre visage qui n'avait pas eu le temps de se former !

Voilà pour les morts qu'elle avait vus de ses yeux. Mais les autres ? Morts ou vivants ? Isabeau, ses filles du monastère de Comps où la maladie faisait aussi des ravages ? Avit ?

Aubert, le seul rescapé à sa connaissance, avait rejoint le couvent de La Chaise-Dieu dont l'abbé acceptait, avec générosité, qu'il vint régulièrement voir sa mère. Le seul !

– Rattrape-le, cria Mathilde, soudain sortie de ses sombres pensées et revenue sur terre.

Le mouton avait échappé à ses mains expertes. Aumode bondit, mais trop tard, la bête avait filé, laissant les deux femmes ébahies.

– Il ne manquait plus que cela ! murmura Mathilde d'un ton las.

Aumode l'avait pourtant maintenu sur le dos d'une poigne ferme.

– Tu aurais dû lui attacher les pattes ! lança Mathilde sans animosité.

Comment aurait-elle pu se fâcher pour un incident aussi mineur ?

– Oui, répliqua Aumode, la mine contrite.

Mathilde n'aurait pas eu la force ni l'envie de lui faire des reproches, même si la fuite de l'animal remettait en cause une partie de l'économie de la maison. Les forces dans la main, ces gros ciseaux qu'elle avait aiguisés soigneusement, Mathilde songeait à la peau qu'elle ne pourrait vendre pour en tirer du parchemin, au suif et à la graisse qui ne fabriqueraient ni onguent ni chandelles, aux boyaux dont elle ne ferait pas de corde, sans oublier la laine ! Et elle n'aurait pas les moyens avant longtemps de se procurer une nouvelle bête. Mais était-ce si grave maintenant ? Avec un peu de chance, ce serait bientôt son tour…

– Je l'ai arrêté ! dit une voix dans son dos.

Une voix qu'elle aurait reconnue entre toutes, la même que la sienne, un peu rauque, capable de prononcer autant de jolis mots que de vilenies.

– Isabeau !

– Maman !

Enlacées, les deux femmes constituaient une belle image, qui rappela à Aumode une sculpture d'un chapiteau de l'ancienne abbatiale de La Chaise-Dieu représentant Marie venue visiter sa cousine Élisabeth.

– Tu es vivante ? Laisse-moi te toucher !

Mathilde tenait maintenant sa fille à bout de bras, palpait ses épaules, faisait courir ses doigts sur le cou, puis sur le visage de la jeune femme. Elle retrouvait lentement les traits de la jeune fille qui avait quitté la maison, quelques années plus tôt, et revenait aujourd'hui transformée. C'était elle et plus tout à fait elle.

– Où étais-tu ? Tu avais disparu…

Autour d'elles gambadait le mouton, joyeux d'être revenu au bercail après une courte évasion ou conscient de la joie qui illuminait enfin cette maison de désolation.

– Viens nous raconter ! Aumode, sers-nous un pichet de vin et cours au jardin chercher quelques féverolles, un chou et des carottes… Il doit rester du panais d'hier ! Attache quand même ce maudit mouton, nous le tondrons demain, aujourd'hui nous avons mieux à faire. Mais où étais-tu ?

Mathilde répétait sa question. Elle ne quittait pas des yeux sa fille, comme si elle avait craint de rêver.

– Loin, très loin… c'est ce moine qui m'a emmenée et qui m'a sauvée. J'ai eu cette maudite maladie…

– Tu as eu plus de chance que ton père, tes sœurs et le bébé que tu n'auras jamais vu !

– Tous morts ? interrogea Isabeau, en se tordant les doigts devenus d'une maigreur terrifiante.

Cela n'échappa pas à sa mère qui murmura :

– Tu n'as que la peau sur les os !

– Et Avit et Aubert ?

– Avit, je ne sais pas. Aubert est novice à La Chaise-Dieu ! Si ton père pouvait voir ça ! soupira Mathilde avec un sourire énigmatique.

– Je prépare le potage ! cria Aumode, qui était rentrée vivement dans le donjon pour attiser les braises languissantes de la cheminée.

– Oui, et j'allais oublier le lièvre ! répondit Mathilde, en faisant signe à Isabeau de s'asseoir sur la pierre où elle avait passé tant de temps au cours de sa vie. À attendre, à pleurer, à travailler...

– Nous avons pris un lièvre hier ! ajouta-t-elle. Aumode avait mis un piège pendant que nous nettoyions les blés des chardons avant qu'ils ne dégrainent. Il faut bien continuer à vivre... Nous avons besoin de grains pour nos poules qui ne sont guère plus vaillantes que nous ! Tu vois, l'échardonnoir traîne encore là.

Isabeau chercha dans l'herbe la lame de fer courbe qui ressemblait à une faucille, fixée à un long manche de bois qu'elle trouva posée près d'une fourche à deux dents. Elle se revit enfant, manier les deux maladroitement, la fourche servant à immobiliser le chardon qui piquait affreusement. Elle y avait souvent laissé des lambeaux de peau et fuyait quand son père ordonnait ce travail, car ses doigts abîmés ne pouvaient plus tenir la plume et pour elle, c'était grand dommage.

– Raconte, souffla près d'elle Mathilde, en glissant sa main sous le bras si frêle d'Isabeau.

– Je ne sais pas par quoi commencer, répondit Isabeau avec un sourire qui anima enfin son visage émacié. J'ai faim...

Mathilde comprit qu'elle ne devait pas brusquer Isabeau. Elle l'observa du coin de l'œil. Elle ne reconnaissait pas vraiment la jeune fille aux joues bien en chair qui avait quitté Le Montagnou en colère, dans cette presque femme aux traits affûtés, dont les pommettes saillaient étonnamment sous la peau mate. Sa bouche délicatement dessinée retenait désormais les mots qui jaillissaient autrefois avec tant d'ardeur. Mathilde lui ressemblait-elle ? Comment le savoir quand le seul miroir de la maison avait été fracassé, il y avait bien longtemps, par un Gaspard en rage ?

– Viens ! murmura-t-elle, en lui prenant la main. Les doigts étaient si maigres.

Elle l'entraînait déjà sur le passage en bois qui donnait accès à la grande salle où elle alluma une torche et jeta une grosse bûche sur les braises.

Il faisait presque nuit noire. Isabeau avait mangé avec appétit, puis traîné, reprenant son souffle dans cette maison qu'elle avait quittée toute à sa désobéissance, poursuivie par la colère de son père. Et il n'était plus là – elle ne l'aurait jamais revu. Tout à coup, cela lui pesait, peut-être encore davantage que de se retrouver dans le donjon de son enfance, celui de ses joies et de ses peines.

– Sais-tu si Gilles de Haumont est toujours vivant ? demanda-t-elle une fois installée sur le banc qui faisait face à la cheminée, où Aumode avait veillé à entretenir le feu, en sacrifiant le bois pourtant précieusement conservé pour les grands froids.

Le retour d'Isabeau en valait bien la peine et d'ici à l'hiver, des mains bienveillantes viendraient peut-être aider à reconstituer les réserves de bois.

– Alors c'était vrai…

La réponse de Mathilde étonna Isabeau, qui la fixa avec une lueur étrange dans le regard. L'unique flambeau faisait naître des jeux d'ombres et de lumière, des reflets s'accrochaient dans les cheveux blancs, autrefois blond roux, de sa mère qui soutint son regard.

– Qu'est-ce qui est vrai ?

– Tu aimais ce Gilles ?

– Oui, mais quelle affaire avec cette haine d'un autre âge entre nos familles ! s'anima aussitôt Isabeau, que sa mère retrouva enfin, avec son caractère entier.

– Il est mort, au début de l'épidémie. C'est ton père qui l'a appris du vieux Gilles. Ils s'étaient presque réconciliés…

– Réconciliés ? C'était bien le moment ! observa Isabeau, qui s'était tassée sur le banc, encore plus menue dans sa cotte de laine écrue, sur laquelle elle avait passé un paletot à manches courtes rouge.

Gilles mort, voilà la nouvelle qu'elle redoutait. Mais elle ne donnerait pas à voir le chagrin qui la submergeait. Elle en avait la certitude, c'était elle qui lui avait transmis le mal, le dernier soir. Elle avait si souvent pensé et repensé à cet ultime baiser, qui fut bien celui de la mort, comme elle l'en avait averti.

– Et le vieux, il est encore en vie ? interrogea-t-elle, après un long silence.

– Le vieux Gilles, oui il l'était, il n'y a pas si longtemps. Il nous a envoyé l'un des derniers serviteurs qui lui restent. À Haumont, ce n'est plus l'opulence.

Isabeau fixa sa mère. Que savait-elle de Haumont ? Toutes trois reportèrent leurs regards sur le feu, où Aumode venait de poser une nouvelle bûche. Elle pressentait que la soirée pouvait s'éterniser. Les flammes s'y attaquaient joyeusement et l'eau du grand pot placé près du montant droit de la cheminée se mit à ronronner. Isabeau hésitait. À quoi bon raconter les péripéties qu'elle avait vécues et qu'elle espérait oublier ?

Puis, soudain décidée, elle se lança :

– Quand je peignais dans la chapelle de la nouvelle église, nous avions souvent la visite d'un moine qui vivait le plus souvent hors de la clôture. Il était si costaud qu'il était plus utile sur le chantier qu'à l'abbaye. C'est lui qui m'a enlevée, une nuit, alors que j'étais déjà malade et qui m'a soignée et sauvée. Je ne me rendais compte de rien avec cette fièvre qui vous ferme les yeux, vous tape sur les tempes, et ces pustules qui me brûlaient, avant que mes aisselles se gonflent d'humeurs terribles.

Isabeau soupira.

– Ah quoi bon raconter tout cela…

– Où t'a-t-il emmenée ?

Mathilde n'entendait pas étouffer sa curiosité.

Docile, sa fille reprit :

– Je me suis réveillée après plusieurs jours, dans un bateau qui dérivait sur une rivière, plus large que la Senouire. Barthélémy me faisait boire le contenu d'une cruche qu'il avait volée à l'apothicaire. C'était amer, mais il me versait régulièrement quelques gouttes sur les lèvres… Ce moine, qui paraissait encore plus grand, habillé comme tout le monde, avec des chausses et une cotte au lieu de son froc sombre, ramait avec ardeur, passant les péages, où les tenanciers regardaient avec méfiance cette forme allongée au fond de la barque. Il prétendait, avec aplomb, que j'étais sa femme et que j'attendais un enfant. Cela a duré des jours et des jours. Moi, je délirais, je grelottais, je hurlais parfois tellement j'avais mal… Lui se penchait vers moi et m'apaisait : « Ma princesse, nous arriverons bientôt… patience », avec une infinie douceur.

Toute à ses souvenirs, Isabeau fit une pause que Mathilde n'osa pas perturber, laissant sa fille libre de continuer. Et tout naturellement, la suite vint :

– Et puis un jour, il a dit : « Princesse, nous sommes arrivés. » Il m'a installée dans une petite maison au toit de chaume et ne m'a pas quittée jusqu'au jour où enfin, je me suis réveillée, sans fièvre. Mes aisselles avaient dégonflé et les pustules avaient disparu. « Tu es guérie ! s'est-il écrié avec un sourire extraordinaire. Je ne te donnerai plus cette gentiane amère… », a-t-il ajouté. Quelques jours après, quand je pus enfin me tenir sur mes jambes ou presque, je découvris le lieu magique où nous étions. Nous n'étions plus près de la rivière, mais il y avait de l'eau partout devant nous. C'était la mer. La mer, comme je l'avais vue peinte dans une image de Jonas et de la baleine. Mais la réalité était tout autre. Je me pinçais pour être sûre d'être encore en vie et pas dans cette mer céleste dont parle l'Apocalypse. Fou de joie, Barthélémy courait partout sur ce sable qui nous séparait de l'eau, avant de me soulever comme une plume, dans ses bras si forts, jusqu'à l'endroit où les vagues viennent mourir. C'est difficile à imaginer quand on n'a pas vu… Il me la fit goûter, elle était salée.

– Salée ? interrogea Aumode, qui n'avait pas perdu une miette du récit et ouvrait les yeux étonnés d'une femme qui n'avait jamais connu autre chose que La Chaise-Dieu et ses très proches alentours.

– Salée…, chuchota Mathilde songeuse.

Isabeau regarda un long moment les bûches dans la cheminée. L'image d'une autre flambée s'y substituait, celle qui, chaque jour, grillait les poissons que Barthélémy pêchait et qu'elle dévorait. Dans le petit baluchon qu'elle ramenait sur son dos, il y avait des coquillages et surtout des coquilles d'huîtres dont elle avait adoré se gaver. Barthélémy savait, avec patience, les aligner sur le gril au-dessus des braises. Il lui avait appris à écouter le petit bruit de suintement ou de vapeur qui s'en échappait, quelques instants plus tard, quand la partie supérieure se soulevait légèrement. Barthélémy lui avait montré comment détacher complètement ce couvercle à la pointe du couteau, et les déguster.

Isabeau se leva, attrapa l'étoffe rouge dans laquelle elle avait réuni quelques trésors, et en tira ces coquilles nacrées qui brillaient. Elle en tendit une à sa mère, une autre à Aumode.

– C'est beau, dit la ventrière, béate, comme si l'aventure pénétrait entre les murs du donjon aux murs tristes.

– C'est beau, répéta Mathilde. Mais ensuite ?

L'impatience de sa mère agaça Isabeau, qui regrettait maintenant de s'être lancée dans ce récit, mais poursuivit quand même bravement :

– Ensuite, quand enfin j'ai recouvré mes forces, j'ai recommencé à écrire et à dessiner.

Joignant le geste à la parole, elle sortit de son balluchon quelques feuillets de parchemin qu'elle étala sur les pierres irrégulières du sol.

– Voilà la mer ! dit-elle, en se saisissant de l'un d'eux où des ondulations tracées en bleu portaient une petite barque.

– Ah, c'est beau ! répéta encore Mathilde.

– C'est là que Barthélémy est tombé malade. La pestilence nous avait rattrapés. C'était à mon tour de lui faire boire l'élixir du frère Guilhem dont il restait quelques gouttes, mais la maladie s'est acharnée sur ce grand corps soudain réduit à néant, sans force. Il a déliré, déliré… et puis en criant une dernière fois « princesse », il a passé…

Isabeau avait éclaté en sanglots. Mathilde la prit par les épaules et la berça tendrement jusqu'à ce que la jeune femme épuisée murmure :

– J'ai tellement sommeil !

Aumode était montée à l'étage et devait dormir depuis longtemps. La bûche s'était presque consumée, laissant seulement subsister quelques braises incandescentes que Mathilde réunit avec le tisonnier.

Puis elle aida Isabeau à gravir les marches de bois qui avaient toujours grincé et grinceraient toujours dans un gémissement familier inscrit à jamais dans les oreilles de toute la famille. Enfin dans la salle qui lui avait servi de chambre depuis son mariage, elle s'allongea près d'elle sur cette couche où elle avait donné naissance à tous ses bébés, où elle avait subi les assauts de Gaspard et où elle recueillait, enfin, cette enfant prodigue.

La lune indiscrète traversait la petite fenêtre et éclairait la courtepointe de laine écrue. Mathilde n'arrivait pas à dormir. Elle n'en finissait pas d'écouter la respiration régulière d'Isabeau dont les cheveux sombres répandus sur le traversin encadraient le visage.

– Merci, mon Dieu ! chuchota Mathilde, au petit matin.

Il lui sembla entendre prime sonner. Lorsque le vent était favorable, on pouvait percevoir, depuis le donjon, les cloches qui appelaient les moines à la prière. Et Mathilde aimait cette cloche qui tintait, légère, apportant la vie. Rassurée enfin, elle s'endormit. Isabeau n'avait pas bougé.

26

Au bout de trois jours, Isabeau n'y tenait plus. Elle avait accompagné sa mère et Aumode dans leurs banales activités quotidiennes. Le mouton avait été tondu, des carottes sauvages avaient été cueillies, Aumode était même partie en vendre au marché de La Chaise-Dieu, et le jardin avait été travaillé pour lutter contre les mauvaises herbes prêtes à tout envahir.

– Je vais monter à La Chaise-Dieu, dit, le matin du quatrième jour, Isabeau à sa mère.

– Pour quoi faire ? interrogea Mathilde.

Elle cacha, cependant, sa déception, quand elle vit sa fille se saisir de son baluchon de toile rouge. Allait-elle s'installer de nouveau dans la petite maison du village ? Pour Mathilde, c'était déjà l'aventure... Isabeau n'en avait-elle pas assez vécu ?

La jeune femme regarda sa mère qui n'osait lui avouer son désarroi. Elle savait que la quitter si vite était cruel. Comment lui dire que sa vie était ailleurs, et pas dans ce donjon qui, un jour, s'écroulerait ? Elle avait une furieuse envie d'autre chose !

D'un pas décidé, elle descendit la rampe de bois, traversa la pelouse dont Aumode avait coupé l'herbe la veille avec la faux à manche court que son père avait autrefois fabriquée pour sa mère. Une manière plus ou moins élégante de lui laisser accomplir cette tâche. La faux et le râteau, qui avait servi à ramasser l'herbe, étaient entreposés dans le petit appentis adossé au mur. Isabeau y jeta à peine un regard. Elle longea le jardin. La porte ouverte laissait voir les carrés bien alignés et soigneusement cultivés par les deux femmes dont elle sentait les regards pesants dans son dos.

Elle se retourna, fit un signe de la main. Elle ne pouvait plus entendre les mots d'Aumode :

– Allez, elle ne va pas si loin ! Nous la reverrons bientôt... Ce n'est pas comme du temps de votre mari qui avait tout fait pour ne pas lui donner envie de revenir...

Émue, Mathilde hochait la tête, sans quitter des yeux la silhouette d'Isabeau, déjà engagée sur le raidillon qui conduisait au village.

Habituée à parcourir de longues distances durant sa randonnée de retour, elle eut vite parcouru la demi-lieue qui séparait Le Montagnou du village. Le rempart franchi, elle s'arrêta un instant pour mieux regarder la nouvelle abbatiale, ou plutôt les progrès du chantier qu'elle redécouvrait soudain avec plaisir.

Son œil exercé scrutait chaque détail, comme pour se les approprier. Elle fut, cependant, déçue dans un premier temps car elle n'avait pas le sentiment que le bâtiment eût fortement progressé depuis son départ. Puis en s'y attardant davantage, elle dut convenir que la façade avait avancé. Les piédroits du portail avaient été installés entre deux énormes contreforts qui la divisaient en trois parties. Un dispositif impressionnant qui trahissait des soucis de stabilité. Isabeau se rappelait avoir entendu l'architecte parler de ses inquiétudes concernant cette façade qui se trouvait presque dans le vide. Il avait fallu remblayer avec des tombereaux et des tombereaux de terre dont seul Hugues Morel devait connaître le nombre impressionnant ! Et ce n'était pas fini car le terrain, en forte déclivité, poserait des problèmes à la réalisation du nouveau cloître.

Elle avança de quelques pas. Elle apercevait déjà sa petite maison, mais elle préférait d'abord s'imprégner de l'atmosphère du chantier.

Un cheval arrivait à la forge d'où ressortait un ouvrier avec des truelles plein les bras. Un boulin, suspendu entre ciel et terre au bout d'une corde enroulée sur une poulie, était habilement dirigé par un ouvrier vers un échafaudage. Un maçon, à la cotte maculée, passa devant elle, sans la voir, trop occupé à manœuvrer l'auge dans laquelle un autre versa soigneusement du mortier, geste banal auquel Isabeau prêtait soudain une attention inédite.

Elle se réhabituait doucement aux bruits, aux cris des hommes, aux grincements des machines, aux allées et venues des uns et des autres. Elle passa entre deux chariots, imagina soudain voir surgir la silhouette massive de Barthélémy, hissant une pierre sur son épaule, presque comme s'il s'agissait d'une plume, et cheminer tranquillement entre les échafaudages.

Un voile passa devant ses yeux qui se brouillèrent un instant de larmes, qu'elle essuya d'un brusque revers de manche. Puis décidée soudain, elle pénétra dans l'église. Le décor avait changé, car les baies des travées droites du chœur avaient été munies de vitraux. Le rouge et le bleu dominaient, rehaussant les quelques touches de jaune qui tirait parfois sur l'orange. Et les murs étaient maintenant livrés aux enduiseurs qui y appliquaient une couche claire, unifiant l'ensemble.

– La lettre du pape est formelle, dit une voix derrière Isabeau, qui s'était immobilisée pour avoir une vue d'ensemble. Au milieu de l'église, ce sera l'autel de la Sainte-Trinité…

– Oui et à droite nous aurons la Vierge, les anges et les saints Jean-Baptiste, Benoît et Robert.

– Et à gauche ?

– Pierre et Paul, Clément, Martial et Martin… En tout, nous aurons huit autels qui seront desservis par huit religieux. Et quand ce sera le moment, ces religieux prieront pour le repos de l'âme du pontife. Qu'il plaise à Dieu que ce soit le plus tard possible !

Isabeau reconnut la voix onctueuse de l'abbé, qui détachait ses mots avec application. Elle se retourna : il était accompagné des trois maîtres, Hugues Morel, Pierre Salciat et Pierre de Cébazat. Discrètement, elle s'avança vers la chapelle où elle comptait bien retrouver Benedetto et Paolo, quand elle entendit :

– La peintresse est revenue !

– Êtes-vous sûr ?

Étienne Malet et Hugues Morel étaient déjà à sa hauteur.

– Il n'y a plus aucun doute ! dit l'architecte, en s'adressant à ses deux collègues restés en arrière.

– Une revenante…, murmura l'abbé, en levant les yeux au ciel.

Isabeau lui faisait face. Elle avait changé et en même temps, sa présence suscitait chez l'abbé un sentiment qu'il n'analysait pas vraiment. Était-ce parce que sa disparition coïncidait avec le début de cette période où le chantier avait été parcouru par un vent de folie qui s'était presque estompé aujourd'hui ? Il y avait eu, en effet, la pestilence qui avait emporté tant d'ouvriers et tant de moines que le chantier et la vie du monastère avaient été totalement perturbés ; il y avait eu la disparition du frère Barthélémy qu'il ne s'était jamais expliquée, ou le vol des cruches de frère Guilhem par ces médecins avignonnais qu'il avait maudits…

La peintresse, comme il l'appelait non sans mépris, faisait resurgir tous ces mauvais souvenirs à peine enfouis. Il savait que le cauchemar pouvait recommencer à tout moment. Il soupira. Après tout, le chrétien qu'il était ne devait-il pas se réjouir de son retour, alors qu'elle eût pu succomber à la maladie ? Il était capable de mansuétude, peut-être davantage qu'un autre après avoir vécu toutes ces épreuves. Aussi quand Isabeau, balançant dans son dos son baluchon rouge, qui tranchait avec sa longue cotte brune, lui dit, d'une voix douce :

– Messire l'abbé, je dois vous parler, mais pas devant les autres.

Il demanda simplement :

– Me parler à moi ?

– Oui, je porte un secret que je ne peux dire qu'à vous seul !

– Soit, dit l'abbé, en congédiant les maîtres, qui se hâtèrent de retourner à leurs occupations respectives. Venez !

Il l'entraîna à l'écart dans une des chapelles carrées qui ouvraient sur le chœur, et où il avait déjà fait installer des stalles pour y tenir des réunions. Vaguement inquiet, mais intrigué, il jeta un coup d'œil alentour, et fit signe à Isabeau de prendre place en face de lui.

– De quoi s'agit-il ?

– De frère Barthélémy…

Jugeant de l'effet produit par son annonce, Isabeau attendit quelques instants pour poursuivre :

– C'est lui qui m'a enlevée et sauvée…

– Un moine vous aurait enlevée ? Que dites-vous ?

L'abbé avait le sens des convenances, et nul ne pouvait raconter n'importe quoi sur un religieux et risquer d'entacher la renommée du monastère dont il avait la charge.

Isabeau raconta son histoire comme elle l'avait déjà fait à Montagnou. Abasourdi, l'abbé l'écoutait avec une attention aussi soutenue que celle de sa mère trois jours plus tôt. Mais Isabeau n'avait pas tout dit à Mathilde, réservant à l'abbé ce que Barthélémy lui avait confié le jour de sa mort.

– Voilà exactement les mots qu'il a dits... Je les ai transcrits le soir même sur ce parchemin, c'est la vérité, toute la vérité.

Devant l'abbé médusé, elle avait déjà déroulé le feuillet qu'un petit lien de chanvre serrait et lut d'une voix à peine voilée :

– Jamais je n'ai été aussi heureux qu'à La Chaise-Dieu, sur ce chantier qui était toute ma vie, dis merci à l'abbé, mais à l'abbé ne plaise, Dieu a mis sur mon chemin une créature qui m'a rendu fou, du nom d'Isabeau. J'ai beaucoup lutté, mais quand j'ai su qu'elle était en danger, je n'ai pu résister à la tentation de la sauver, en l'emmenant loin. J'ai aidé les médecins d'Avignon à voler l'élixir du frère Guilhem, j'en ai gardé une cruche pour elle. Ils m'ont donné des florins qui m'ont permis de préparer ma fuite et de vivre depuis. Et j'ai volé une charrette. Mais ce n'est pas tout, c'est moi qui ai provoqué les incendies en espérant que le chantier dure plus longtemps. J'aurais voulu qu'il ne finisse jamais.

– Pauvre Barthélémy ! murmura Étienne Malet qui réalisait effectivement que plus jamais, depuis la disparition de Barthélémy, il n'y avait eu d'alerte au feu la nuit.

– Il ne faut pas le condamner ! plaida aussitôt Isabeau avec véhémence.

– Dieu le jugera !

– Certes, mais je suis sûre qu'il lui pardonnera.

– Hum, laissez le ciel traiter ses affaires en paix. Et cessez aussi de régenter les hommes. Si vous croyez que vous n'êtes pas coupable avec vos chausses rouges à damner les hommes…

Isabeau éclata de rire. Fallait-il que ce pauvre abbé connût bien peu les affaires humaines ! Il allait se lever quand Isabeau ajouta :

– Et c'est aussi Barthélémy qui a renversé la charrette de vitraux devant ma maison.

– Pour se venger de Gilles de Haumont ? répliqua l'abbé, tout heureux de marquer enfin un point.

À son tour, surprise, Isabeau hésita et interrogea :

– Vous saviez ?

– Le chanoine Pierre Gervais vous attend, dit une voix près d'eux.

– J'arrive ! répondit Étienne Malet.

– Vous saviez ? répéta Isabeau, qui avait pâli.

– Gilles de Haumont, le père, en a informé Gaspard, peu après la mort de son fils et j'en ai été témoin.

Isabeau ne cilla pas, mais dit en ramassant son baluchon rouge :

– Priez pour Barthélémy, il a été si bon pour moi. Voici ce qui reste des florins.

– Donnez-les plutôt à votre mère qui en a grand besoin !

Isabeau souleva la tenture sans bruit. Tous les tableaux avaient été peints. Benedetto, seul, travaillait au dernier. Les dix images centrées sur saint Robert racontaient son histoire. L'ultime panneau, encore à l'état d'esquisse au charbon de bois, représentait les funérailles. Matteo Giovannetti avait imaginé une longue théorie de personnages, portant croix ou crosses, réunis autour d'un cercueil où reposait le saint. Au-dessus, deux anges recueillaient dans un linceul son âme qui accédait ainsi directement au ciel.

– C'est beau !

Isabeau n'avait guère levé la voix, mais Benedetto avait entendu et criait déjà du haut de son échafaudage :

– Isabeau !

En un tournemain, il dévala l'échelle et fut près d'elle.

– Où étais-tu ? On t'a cherchée partout !

Non, elle n'allait pas recommencer son récit. Elle se contenta de ces quelques mots :

– J'ai été malade, mais je suis guérie. Tu es seul ?

– Matteo est revenu une fois cet hiver, mais est vite reparti quand il a vu que nous avions bien avancé.

– Et Paolo ?

– Il a été enlevé par les religieuses de Comps. Leur prieure veut absolument un grand décor peint, pour remercier Dieu d'avoir réchappé avec quelques sœurs à la peste. L'abbé est furieux parce qu'elle va vendre des vases sacrés pour acheter les couleurs.

– Paolo est à Comps..., dit Isabeau, qui ne cachait pas sa déception.

– Ce n'est pas loin, répondit Benedetto en souriant. Paolo ne veut plus rentrer en Avignon. Moi, j'irai retrouver le Maître dès que j'aurai fini. Tu m'aideras ?

– Peut-être ! répondit la jeune femme désappointée.

– Alors où en est-on ?

À peine descendu de sa haquenée, abandonnant notaires et serviteurs, le chanoine collecteur avait exigé une visite complète du chantier, où il n'était pas revenu depuis plus d'un an à cause de la maladie. Pierre Gervais entraînait l'abbé dans la nouvelle abbatiale où les derniers vestiges de l'ancienne église avaient été démolis la semaine précédente, provoquant un ultime nuage de poussière qui avait empoisonné l'atmosphère.

– Poussière, tu redeviendras poussière, avait murmuré l'abbé, en regardant le mur céder sous la pression de cordes attachées à trois attelages de quatre bœufs. Il en est des objets comme des hommes !

Cette ultime étape lui avait serré le cœur plus qu'il ne l'aurait imaginé. Et parmi les villageois, accourus pour assister à la destruction, certains avaient les larmes aux yeux. La nouvelle abbatiale ne remplacerait jamais l'antique église et tous les souvenirs que chacun y attachait...

Vif, Pierre Gervais déambulait dans la nef. Il restait encore à bâtir les travées ouest qui relieraient enfin le corps de l'église à la façade impressionnante.

– Nous ne sommes pas encore au bout de nos peines, remarqua Étienne Malet.

Pierre Gervais hocha la tête.

– Savez-vous que les Anglais arrivent dans notre pays ?

Hugues Morel lui avait fait cette révélation, la veille. Abasourdi, l'abbé découvrait, après la peste, dont on ne savait si elle avait reflué définitivement, un nouveau motif de préoccupation. L'architecte avait été formel : il faudrait bâtir des remparts neufs autour du bourg et il avait déjà esquissé un dessin prévoyant des tours rondes qui viendraient s'ajouter à celle du chevet que l'on nommait Clémentine en hommage au pape.

– On en finira donc jamais, avait soupiré Étienne Malet, qui avait déjà décidé d'inspecter les prieurés alentour pour en vérifier l'état.

Heureusement, beaucoup étaient installés dans des maisons fortes où l'on escomptait volontiers que ces dangereux ennemis du royaume de France ne viendraient pas les empêcher de vaquer à leurs oraisons.

– Oui les Anglais, répéta, près de lui, Pierre Gervais qui tentait de se rassurer en considérant le chemin parcouru.

Le chantier avait été bien planifié et, si ce n'avait été la pestilence qui l'avait retardé pendant une année, la rigoureuse organisation, mise en place depuis Avignon, avait bien fonctionné. Ce qui avait été défini au début avait été respecté et lui, Pierre Gervais, chanoine du Puy, au titre ronflant de collecteur de la province de Bourges et fonctionnaire de la Curie, pouvait être satisfait de ses rapports sur place avec le procurateur Guillaume Duriane. Si ses comptes étaient exacts, il aurait bientôt livré quarante mille florins, une somme considérable pour une entreprise exceptionnelle à laquelle il était fier d'avoir contribué.

Justement, le moine procurateur arrivait.

– Alors ces livres de comptes sont-ils prêts ? l'interpella le chanoine avec la jovialité dont il était capable lorsqu'il était de bonne humeur.

Celui-ci était arrivé à La Chaise-Dieu, heureux d'y revenir sans encombre. Comment oublier l'année précédente et sa mésaventure ? Mais les choses avaient changé !

– Avit, donne-moi mes affaires, dit le chanoine, quand il quitta l'église.

Guillaume Duriane, qui le suivait, eut un temps d'arrêt. Le garçon qui se précipitait n'était-il pas le fils de Gaspard de Montagnou, dont la réputation n'était pas si bonne ?

– Voilà, nous allons mettre tout cela en lieu sûr, messire le procurateur, assura Pierre Gervais, en désignant les gros sacs de cuir qu'Avit et les autres serviteurs maniaient avec précaution.

Les florins, attendus et espérés, tintèrent. Ce bruit sembla doux aux oreilles du procurateur qui en avait grand besoin.

– Vous avez un nouveau secrétaire ? interrogea discrètement Guillaume Duriane.

– Oui, je vous raconterai ! Un secrétaire et un protecteur, par les temps qui courent, ce n'est pas négligeable.

Pierre Gervais parlait la bouche pleine. Il s'était emparé d'un morceau de pain au froment qu'il avait attaqué avec appétit.

Le procurateur s'était enquis, le matin même, des réserves de l'abbaye. Elles étaient basses et il était temps que les prieurés qui dépendaient de l'abbaye livrent leurs productions : des centaines de setiers de seigle, de froment ou d'avoine, ainsi que des fèves destinées aux celliers et à la nourriture des ouvriers du chantier.

27

– Ces bâtards de moines, ces fils de pute assis sur leurs tas d'or !

Avit dissimula le petit sourire qui lui venait aux lèvres. Comment oublier la formule de Justin le Défroqué ? Alors qu'il déversait avec application les florins dans les coffres de l'abbaye, Avit ne pouvait s'empêcher d'y penser. Il jeta un dernier coup d'œil aux deux hommes installés dans la petite salle qui servait de cabinet à Guillaume Duriane, où les registres de comptes s'entassaient en piles instables le long des murs. Puis, le cœur léger, il traversa, à son tour, la nouvelle église. Regardant à peine les murs ou les piliers aux allures aériennes, il avança d'un pas déterminé jusqu'à la chapelle où il espérait retrouver sa sœur. Il souleva la tenture et la vit en effet. À ses pieds, un baluchon rouge faisait une tache de couleur sur le pavement de pierre. Face à elle, se tenait un grand garçon avec un pinceau à la main.

Prenant conscience d'une présence, tous deux arrêtèrent leur discussion, qui paraissait animée, et se tournèrent vers le nouvel arrivant.

– Avit ! cria Isabeau, en se précipitant vers lui. Tu es en vie, quel bonheur !

Blottie contre lui, elle éprouvait une joie indicible. Après sa mère, elle retrouvait un nouveau membre de sa famille.

– Mais d'où viens-tu ? demanda-t-elle soudain, en reculant d'un pas pour observer le garçon qu'elle trouvait changé. Différent de celui qui l'avait défiée en narrant fièrement ses exploits, de celui dont Gilles avait compté les méfaits.

– J'arrive du Puy où j'habite maintenant. Je suis le secrétaire du collecteur.

– Du collecteur !

Isabeau laissa échapper ce sifflement admiratif que lui avait appris son père et qu'elle utilisait autrefois dans les bois. Il résonna curieusement sous les voûtes par lesquelles l'architecte semblait avoir parfaitement réussi à apprivoiser la sonorité. Les chants des moines s'envoleraient vers les voûtains qui les renverraient en écho dans toute l'église et peut-être au-delà.

– Messire le collecteur s'offre les services d'un brigand ! ajouta-t-elle.

– Je te raconterai, donne-moi plutôt des nouvelles de notre famille !

– Notre père et nos sœurs sont morts, Aubert est entré au monastère, je ne sais rien sur nos sœurs religieuses à Comps…

– Et notre mère ? s'enquit Avit, d'une voix tremblante.

– Vivante, seule dans ce donjon de malheur !

– Et toi, tu as été épargnée par la pestilence ?

– Non, mais Dieu m'a donné de guérir.

Dehors, quelques clameurs couvraient les bruits habituels du chantier. Avit découvrit un attroupement : charpentiers, bouviers, forgerons, maçons, enduiseurs et autres ouvriers attendaient de pied ferme le collecteur dont la nouvelle de l'arrivée avait été vite répandue. Beaucoup entendaient obtenir quelque augmentation et en monnaie forte, car ils en avaient assez des fables de Guillaume Duriane sur la monnaie faible. Une vieille affaire qui empoisonnait le chantier[1] !

Avit les observa un instant, songea que le chanoine aurait peut-être besoin de lui, mais se dirigea résolument vers le jardin de l'abbaye pour parler au frère Guilhem. Il dissimula le poignard fiché dans le gros ceinturon de cuir qui enserrait sa cotte bleue. Il n'en avait pas l'utilité.

Le lendemain, Isabeau et Avit arrivaient ensemble au donjon du Montagnou où Mathilde laissa éclater sa joie. Après Isabeau, la vie lui rendait un autre enfant. Béni était ce jeudi, veille de la Saint-Jean-Baptiste… Encore une fois, Aumode se précipita sur leurs maigres réserves. Elle avait cueilli le matin même les cerises, qu'elle lorgnait depuis plusieurs jours et qui mettaient une certaine mauvaise volonté à rougir. Les nuits étaient fraîches et la chaleur bien timide pour un mois de juin.

Isabeau avait retrouvé sa maison, la veille. Rien n'avait changé, les feuillets de parchemin attendaient sagement d'être noircis par sa main nerveuse et appliquée. L'encre avait séché dans les godets où les plumes d'oie reposaient sans vie. Accrochées à une poutre, les fameuses chausses rouges patientaient. Inutiles ou prêtes pour de nouvelles aventures ?

La jeune femme s'était remémoré sa dernière soirée quand, fiévreuse, elle avait tenté de résister à Gilles, puis quand son père le lui avait arraché, la laissant à bout de force. Elle pleura longuement, puis lorsqu'elle eut l'impression qu'elle n'avait plus de larmes, elle se coucha, tout à coup apaisée, avec une pensée pour Barthélémy. Elle avait accompli ses volontés, tout était dit, et elle était sûre que

1. Les manipulations monétaires fréquentes amputaient le pouvoir d'achat.

l'abbé mettrait ce moine un peu singulier dans les prières particulières de la communauté.

– Paix à son âme, murmura-t-elle, avant de sombrer dans un sommeil profond. Elle aussi connaissait une forme de sérénité.

– Des cerises, une porée, si on avait su, on aurait tué une poule, dit Aumode, en dressant aussitôt, dans la grande salle délabrée, deux planches de bois blanc sur des tréteaux.

– N'oublie pas les anguilles… On peut en faire des brochettes.

– Des anguilles ? Vous pêchez des anguilles ? s'étonna Isabeau.

– C'est un cadeau ! répondit Mathilde.

– Un cadeau ?

Décidément, Isabeau ennuyait sa mère qui ne répondit pas et s'assit près d'Avit sur la fameuse pierre utilisée comme banc au pied du donjon, dont le mur offrait un fruit de plus en plus inquiétant.

– Tu me raconteras tes aventures ? demanda-t-elle en regardant son fils, comme si elle le voyait pour la première fois.

– Oui, quand nous aurons mangé, j'ai faim !

Mathilde sourit. Ses fils avaient toujours faim et elle n'avait pas toujours eu de quoi les satisfaire. Mais chacun savait dénicher un oiseau, pêcher un poisson, ou même ramener un sanglier. Il y avait bien longtemps, pourtant, que le cellier n'avait été à pareille fête.

Une odeur forte leur parvint au bout de quelques minutes. Aumode avait dû monter les anguilles en brochettes et les déposer sur le gril. Toujours bavarde, la ventrière vint d'ailleurs donner des explications :

– J'y ai juste mis du sel, du vinaigre, une goutte d'huile et un peu de laurier... Évidemment, ce serait meilleur avec des épices ! Le rameau de romarin fera l'affaire...

Mathilde soupira à la vue d'Aumode qui brandissait le petit brin verdâtre au bout de ses doigts. Il y avait beau temps qu'elle n'avait rendu visite à Maître Anselme, apothicaire et épicier. Aurait-elle un jour les moyens de se procurer des clous de girofle, de la cannelle, du poivre ou du gingembre ?

– Je vais faire une petite sauce à ma façon, avec un peu de mie de pain, des amandes pilées et du jaune d'œuf...

Aumode repartait à l'assaut de la rampe de bois et disparaissait déjà à l'intérieur.

Ce fut une réussite. Les anguilles furent un triomphe, dont les quatre convives se délectèrent. Comme quelques jours plus tôt, rassasiés, tous s'installèrent devant la cheminée. Dehors, la nuit tombait lentement et apportait la fraîcheur.

– Mère, je n'ai pas que du bon à vous raconter, mais je me suis repenti et je ne vous cacherai pas la vérité, commença Avit, vaguement embarrassé, mais bien déterminé.

– Parle ! commanda Mathilde, impatiente.

– Parle, répéta Isabeau, qui imaginait pourtant les affres du garçon. Elle avait connu les mêmes !

– Je me suis laissé entraîner par un ancien moine, du nom de Justin le Défroqué, à la tête d'une troupe de bandits dépenaillés. Il y avait aussi une femme, une certaine Gilette, qui ne pensait qu'à l'or et aux bijoux. Ces gueux avaient un camp, quelque part dans la forêt, et guettaient les voyageurs ou même les convois. Ceux qui livraient des marchandises à La Chaise-Dieu rentraient souvent avec des florins dans leur aumônière. Nous avons même attaqué le collecteur... C'était moi qui en avais eu l'idée, mais à cause de ce satané Gilles de Haumont…

– Je t'en prie !

Isabeau s'était dressée, les yeux brillants. C'était plus qu'elle ne pouvait supporter.

– Pardon ! dit aussitôt Avit, en lui prenant les mains. Je n'ai pas voulu te faire de la peine…

Isabeau reprit place sur le banc face à Avit, assis près de sa mère.

– De l'or, des bijoux, nous en amassions pour Justin qui rêvait d'aller à Paris, de construire un château pour sa Gilette. C'était sans compter avec cette maudite maladie. C'est mon ami Blaise qui est mort le premier, semant l'effroi dans le camp. Gilette tomba malade ensuite. Justin était fou ! Il nous ordonna de ramener de force l'apothicaire de La Chaise-Dieu, mais ce matin-là, nous avons croisé un étrange convoi conduit par un frère de l'abbaye, suivi de deux cavaliers, de belle mine et de belle mise. Nous les avons arrêtés… L'un des cavaliers a aussitôt fait valoir qu'il était un envoyé du pape, croyant nous impressionner, il en fallait davantage…

– Tu n'as pas honte ? murmura Mathilde.

– Mais quand il expliqua que tous deux étaient des médecins d'Avignon, poursuivit Avit qui n'entendait pas se laisser interrompre, nous avons su que nous tenions les oiseaux rares. Nul besoin d'aller quérir par la force Maître Anselme. Nous les avons ramenés jusqu'au camp où notre malade allait mal. C'était bien la peste… Ils nous ont alors proposé d'échanger leur liberté contre une des cruches, convoyées dans la charrette par le moine et remplies d'un élixir miraculeux.

Avit arrêta quelques instants son récit. Il avait rencontré frère Guilhem et lui avait conté les péripéties des fameuses cruches. Qu'elles aient été finalement utilisées avait ravi le moine. Après tout, n'était-ce pas le but ?

– La belle idée ! reprit le garçon, après avoir fixé la petite torche qui vacillait près du banc.

Celle-ci éclairait l'arc d'Aubert, l'arc pris aux Anglois, qu'il avait rapporté de Crécy et qui était maintenant accroché sans utilité à un vieux clou rouillé. Lui si adroit n'aurait appris à s'en servir à personne. Pourtant ce n'était pas à l'abbaye qu'il en aurait l'usage !

– Nous leur avons répondu oui pour leur liberté une fois qu'ils auraient vidé leurs aumônières, continuait déjà Avit, mais nous avons exigé de garder les fameuses cruches qui valaient sans doute de l'or ! Ils ont tempêté, hurlé au sacrilège en nous accusant de voler le pape, mais Justin ne voulait rien savoir et ne voulait surtout les laisser partir que lorsqu'ils auraient guéri Gilette. Or la pauvre dame aux bijoux mourut au grand dam de son amoureux qui erra comme un fou, menaçant les deux médecins de son poignard, les obligeant même à lui rendre hommage. Un fou… Et à son tour, il tomba malade. Nous libérâmes enfin les médecins, et malgré toutes ces réserves d'élixir miraculeux, Justin passa à son tour. Nous l'enterrâmes, près de Gilette, avec le crucifix qu'il arborait sur la poitrine par dérision, tête en bas – nous l'avons remis à l'endroit, en espérant que Dieu lui pardonnerait sa mécréance. Nous étions libres. Le butin fut partagé, même les lévriers de Gilette avec leurs laisses de cuir rouge assorties à ses estivaux, les cruches aussi, et chacun partit de son côté, c'était la fin d'une étrange aventure…

– Et puis ? interrogea Mathilde, dont les yeux brillaient.

– Tu ne nous parles pas d'Antonia ? renchérit Isabeau avec une pointe d'impatience. Paradoxalement, Antonia la rattachait involontairement à Gilles.

– Oui, Antonia, répéta Mathilde d'un air entendu.

Gaspard ne lui avait-il pas raconté l'étrange échange qui s'était produit entre les familles ennemies ? Son fils enlevant la belle-fille de Gilles de Haumont, le fils de celui-ci devenu l'amant de leur fille. Un curieux coup du sort et encore, Mathilde n'avait pas osé lui en révéler un autre... À qui le dirait-elle ? Se déciderait-elle jamais à parler ou emporterait-elle dans la tombe ce secret ?

– Vous savez donc..., dit près d'elle Avit, la sortant de sa rêverie. Elle, elle est guérie !

– Mais où est-elle ? demanda Isabeau.

– Au Puy, en sécurité !

Avit soupira. Il devait raconter la suite, sinon cela n'avait pas de sens. Il devait la vérité à sa sœur et à sa mère. Elles apprirent comment il avait eu l'idée de s'établir au Puy où il comptait tirer profit du fameux manuscrit qu'il détenait toujours. Antonia était tombée malade quelques jours après leur arrivée. Avit ne saurait jamais si elle avait été sauvée grâce à ses prières, ou à l'élixir dont il avait précieusement conservé une cruche, les autres lui ayant rapporté moult monnaie. Ils avaient habité une maison de la rue des Tables dans la côte menant à la cathédrale, à deux pas de l'hôtel-Dieu. À l'étage en encorbellement du petit bâtiment à pans de bois, au-dessus de l'étalage d'un fripier qui débordait complaisamment sur la rue, ils avaient enfin trouvé un havre. Un lit, deux coffres et une crédence achetés, quelques ustensiles reconstituèrent un véritable logis... Mais à peine installés, Antonia avait eu la fièvre, et Avit avait reconnu, aux taches bleues sur ses tempes, la terrible maladie avant même que les bubons ne se développent à l'aine.

Le médecin, enlevé presque de force aux pèlerins accueillis à l'hôtel-Dieu, avait été formel – Avit avait encore, dans les oreilles, le rire tonitruant de l'homme sans humanité quand il lui avait parlé de l'élixir du frère Guilhem. Il avait vécu des jours terribles, qu'il ne voulait pas se remémorer, allant d'Antonia moribonde à la Vierge Mère, qu'il priait avec une ardeur dont il se serait cru bien incapable. Répandant généreusement le fruit de ses exactions passées, il espérait acheter sa guérison. Tous les bijoux de Gilette furent distribués, à l'exception d'une fine chaîne et d'une petite croix qu'Antonia portait à son cou.

– Mais ce n'est pas aussi simple, jeune homme, lui avait dit le chanoine Pierre Gervais, à qui il était allé conter ses misères, tout en cherchant à monnayer le manuscrit dont il n'avait que faire, puisqu'un copiste en avait retranscrit les informations.

Cette entrevue avait été, pour Avit, une grosse déception, assortie cependant d'une leçon de morale qu'il n'oublierait pas :

– Promettez donc à la Vierge Mère de renoncer à votre vie de brigand, engagez-vous à mener une vie de bon chrétien attentif aux autres !

Avit avait couru à la cathédrale, avait vidé son aumônière pour acheter des chandelles en grand nombre qu'il avait allumées avec la foi d'un converti et il avait promis. Quelques jours plus tard, l'état d'Antonia s'améliorait lentement et bientôt, elle fut sauvée. Retourné chez le chanoine, celui-ci l'avait accueilli en disant :

– Que puis-je encore faire pour vous ?

Avit avait répondu :

– Accepter de me prendre à votre service. Je saurai déjouer les pièges des chemins en vous accompagnant ! Après tout, j'ai échappé aux Anglois !

– Soit ! avait accepté le collecteur, tout heureux.

Depuis, Avit l'avait suivi partout. Il avait ainsi découvert récemment Avignon et le faste de la ville papale, où les méfaits de la peste s'estompaient lentement.

– Et Antonia ? demanda encore Mathilde, lorsqu'il se tut enfin.

Il trempa ses lèvres dans le godet d'eau fraîche qu'Aumode venait de lui servir, et reprit son souffle.

– Elle est au Puy, elle attend un enfant.

– Un enfant ! répéta Mathilde. Aumode, tu vas pouvoir reprendre du service. Et moi, je vais devenir grand-mère… grand-mère. Voilà une nouvelle histoire qui commence pour cette tour dont vos ancêtres ont certainement espéré voir perpétuer l'usage dans votre famille. L'avenir est assuré.

Mathilde ne dormit pas, en dépit de la présence de ses enfants sous son toit, qui aurait dû l'apaiser. Mais elle tournait et retournait dans sa tête ce vieux secret, qu'elle n'avait jamais partagé avec personne. N'était-ce pas le moment de le révéler ? Aussi quand elle aperçut, après le départ d'Isabeau et d'Avit qui avaient repris le chemin de La Chaise-Dieu, le cheval de Gilles de Haumont fut-elle prise de vertige.

Appuyée sur sa bêche, abritée sous son grand chapeau de paille, elle reprenait son souffle. Son cœur battait fort dans sa poitrine. Il faisait presque chaud, ce matin-là, et les roses qui poussaient le long du mur sud du jardin exhalaient un parfum entêtant. Elle avait travaillé avec ardeur ces légumineuses indispensables pour survivre l'hiver : pois, fèves et lentilles, et allait s'attaquer aux carrés de légumes. Choux, oignons, carottes et panais devaient être débarrassés des mauvaises herbes qui s'étaient déchaînées, à cause des effets propices de la pluie alternant volontiers avec le soleil. Elle était seule car Aumode était partie à l'aventure, dans l'espoir de cueillir quelques fraises ou même quelques champignons. Elle devait s'arrêter pour enlever les chardons du petit champ de froment, qui servait à la fabrication du pain et aussi aux bouillies de farine. Une production médiocre, dont il fallait prendre grand soin, sur cette terre maigre et peu fertile où il pouvait faire si froid.

Quand elle vit la silhouette voûtée de Gilles de Haumont s'encadrer dans la porte du jardin aux vieux battants vermoulus largement ouverts, elle hésita. Mais, tout en s'appuyant sur sa canne, le vieux seigneur marchait vite et en quelques enjambées, il fut près d'elle.

– Vos anguilles étaient très bonnes, remercia Mathilde, pour gagner du temps.

– Ce n'est pas de cela que je viens vous parler, répliqua le nouveau venu, de ce ton autoritaire qu'elle n'aimait pas.

Elle se sentait tellement inférieure avec sa cotte de chanvre froissée et trop courte, ses estivaux éculés et ses mains sales et calleuses. Lui avait toujours cette superbe qu'elle avait aimée autrefois. Élégamment vêtu, il portait beau dans son pourpoint de belle brunette auquel étaient attachées des chausses du meilleur drap. Les chaussures de cuir fin, qu'il ne craignait pourtant pas de maculer dans la terre du potager, complétaient la tenue, et aussi un chapeau de feutre qu'il avait enlevé pour la saluer.

– Votre fils est revenu, m'a-t-on dit au village.

– Oui.

– Permettez que je remette mon chapeau, il fait très chaud dans votre jardin, je comprends que tout y pousse avec ardeur, mais j'imagine qu'il faut aussi y manier souvent le chante-pleure, pour éviter une trop grande sécheresse…

– Oui…, répondit timidement Mathilde.

Ce « oui » concernait-il une autre question que celle de l'arrosage en effet nécessaire du jardin dès la belle saison ? Le puits y pourvoyait.

Dans l'incertitude, il répéta :

– Votre fils est revenu, Antonia est-elle encore en vie ?

– Oui, répondit Mathilde. Et elle…

Enhardie, elle avait soudain peur de lui annoncer la nouvelle qui l'avait ravie la veille.

– Et elle ?

– Elle aura bientôt un enfant.

– D'Avit, je suppose. Vous allez donc devenir grand-mère. Cet enfant, je l'ai tant espéré !

Il passa sa main sur son visage, une manière de chasser les vieux démons qui le tracassaient.

– Depuis le décès de mon fils, plus rien n'a d'importance, dit-il enfin.

– Mais si, le soleil qui se lève, l'eau fraîche, l'oiseau qui chante… Et puis vous avez d'autres enfants.

– Ce sont des filles ! Nul ne pourra jamais remplacer mes deux fils, l'un mort lors de cette maudite bataille avec les Anglois, l'autre bêtement de cette tout aussi maudite maladie.

– Vos filles ont des enfants…

– Vous ne savez donc pas que le sang doit passer par les hommes pour se perpétuer dans de bonnes conditions.

– Billevesées que tout cela. Pourquoi les fils de vos filles n'auraient pas les mêmes droits ?

– C'est ainsi…

L'homme s'était redressé et la regardait avec cet œil clair qui scrutait si intensément. Elle se sentit rougir et essuya vivement la suée qui perlait entre ses sourcils.

– Vous êtes encore belle, déclara-t-il soudain, en la considérant encore plus intensément.

– Belle ! ricana Mathilde.

– Oui, je vous le dis, belle comme autrefois.

Elle le regarda marcher à pas lents jusqu'à la porte du jardin, puis l'entendit parler à son cheval, un animal à la robe sombre. Il avait toujours eu des chevaux à robe sombre.

28

L'enfant était souffreteux. Placé dans un grand panier, au milieu des victuailles vendues par sa mère, il ouvrait des yeux ébahis sur un monde dont il n'avait pas encore mesuré la noirceur. Amusée, Mathilde l'observait. Il devait avoir à peu près l'âge de sa petite Roberte qui semblait beaucoup plus vigoureuse, ce qui ne l'avait pas empêchée de mourir. Un garçonnet chétif parlait doucement au bébé, puis mû d'une inspiration subite couratait d'un panier à l'autre ; une poule s'était échappée, faisant sa joie, mais pas celle de sa mère qui ronchonnait pour qu'il se tînt tranquille, tout en guettant le chaland.

Petite scène de la vie quotidienne que Mathilde vivait pour la première fois. C'était Aumode qui l'avait convaincue de venir au marché vendre ces belles cerises dont les arbres regorgeaient. Elles en avaient rempli des paniers et des paniers depuis deux jours, ne laissant aux oiseaux aucune chance de les grignoter. Mais que faire de tous ces fruits ? Ce n'était pas comme au temps où la maison était pleine d'enfants, qui en mangeaient jusqu'à avoir des indigestions.

Alors, elles avaient attelé la petite charrette et le mulet. Le dernier cheval du Montagnou, le dernier que Gaspard ait monté, était parti avec Aubert qui en avait fait cadeau à l'abbé. Sans doute était-il utilisé sur le chantier ? Une digne fin pour une rosse sans valeur.

Mathilde regardait autour d'elle, découvrant un monde qu'elle ne soupçonnait pas. D'abord ce chantier dont elle n'aurait jamais pu imaginer l'importance. Tous ces ouvriers, ces engins, ces poutres, ces pierres, ce sable, ce bruit… En le traversant pour rejoindre la petite place où se tenait le marché autour d'une grande croix de granit, elle en avait eu le tournis. Et puis maintenant, ces marchands qui lançaient leurs boniments pour attirer le client. Et voilà qu'Aumode s'y mettait avec sa voix forte qui rabrouait les pères quand leurs femmes accouchaient, et trouvait une utilité dans le brouhaha du marché.

– Des cerises, des belles, des rouges comme vous n'en avez jamais vues ! Et toutes fraîchement cueillies…

Mathilde n'arrivait pas à se concentrer sur la vente des jolis fruits rouges. Elle revoyait ses petites, Arsende et Berthilde, s'en faire des boucles d'oreilles. Depuis plusieurs jours, elle ressassait son secret, qui venait troubler son sommeil, qui la distrayait lorsqu'elle ramassait des légumes ou triait la laine.

Que faire ? Elle voyait cette église immense, dressant fièrement sur cette butte ses murailles toutes neuves avec ces fenêtres miroitant au soleil. Orgueil de ces moines noirs qu'Aubert rejoindrait bientôt ? Orgueil de ce pape ? Mais que représentait Clément VI pour elle, pauvre veuve d'un seigneur décavé ? Si peu…

Lentement, elle prenait conscience que ses trois enfants étaient là tout près. Aubert, novice, qui apprenait les secrets de son nouvel état dans cette grande abbaye, dont l'ombre aurait dû protéger tout le voisinage, Avit qui devait rester encore quelques jours, tant que le chanoine n'aurait pas achevé ses vérifications de comptes, et enfin Isabeau.

Mue par une inspiration subite, Mathilde quitta Aumode, capable de faire face à une clientèle qui se laissait désirer.

Cette dernière était surtout moins nombreuse depuis l'épidémie, mais heureusement, Aumode connaissait beaucoup de monde. Elle en avait fait naître tellement !

Mathilde revint vers le chantier et se fraya doucement un chemin entre les charpentiers, affairés à dresser des poutres pour l'énorme charpente dont on voyait les premières fermes, et les maçons qui scellaient avec application les pierres taillées que des tâcherons leur passaient en cadence.

– Oh là ! Où allez-vous ? lui cria un moine, qui inspectait la base d'un mur avec un homme armé d'un fil à plomb.

– Je vais voir ma fille, Isabeau, qui peint, je crois, dans le chœur, répondit timidement Mathilde.

– Ah, vous êtes la veuve du Montagnou. Je suis l'abbé, et peut-être voulez-vous aussi voir votre fils Aubert, un bien gentil novice qui fera un bon moine.

Une heure plus tard, Mathilde était assise au bord de la Senouire face à ses trois enfants. Un vrai bonheur ! Ces deux garçons se ressemblaient tant avec leurs tignasses blondes et leurs yeux noisette mêlé de vert. Après avoir revu Gilles de Haumont, elle ne pouvait douter de son intuition. « Courage », se dit-elle avant de parler, puis elle commença lentement :

– J'ai un secret que je dois vous dire…

– Un secret ? répétèrent-ils ensemble.

– Ne m'interrompez pas ! C'est si difficile, mais imaginez que je sois morte de cette maudite peste, vous n'auriez jamais su.

– Quoi ?

Isabeau s'impatientait. Elle avait abandonné à regret Benedetto pour cette dernière journée de travail avec lui.

– Votre père est parti, il n'en saura rien ! Aubert et Avit, vous êtes les fils de Gilles de Haumont.

– Quoi ?

C'était cette fois les deux garçons qui avaient fait un bond. Leur mère était folle !

– Non je ne suis pas folle, reprit Mathilde, qui devinait leurs pensées. Je vous dis la vérité. Gilles de Haumont m'a poursuivie un jour dans la forêt, une façon de se venger de son vieil ennemi, et m'a prise sur un lit de mousse dans une clairière où je suis souvent retournée. Rude, impitoyable, l'homme m'impressionnait, je subissais, mais je réalisai bien vite qu'il m'avait aussi pris l'esprit. Avit, tu es né neuf mois jour pour jour après cette rencontre, la veille de la Saint-Jean, différent de tes aînés. Mais nul n'y prêta attention, sauf moi. Puis je revis Gilles, enfin je m'arrangeai pour être sur son chemin et cette fois, nous partageâmes un peu de passion – lui, sans doute, toujours à sa haine pour votre père et sa famille, et à sa vengeance, moi parce que j'en étais amoureuse. Aubert arriva alors, lui aussi blond, rompant avec la fratrie de bruns comme Isabeau et vos sœurs. Et lui savait faire des garçons ! Après cinq filles !

– La belle affaire ! dit Aubert en se levant soudain.

Sa mince silhouette était étoffée par le froc de novice, mais il avait l'air si jeune.

– La belle affaire ! répéta Avit, dont le visage accusait une maturité bien différente.

– Et tu l'as revu après ? interrogeait déjà Isabeau, que l'histoire de sa mère laissait rêveuse.

Sa mère avait aimé le père de Gilles, était-ce un signe du destin ?

– Alors, voilà… J'ai pensé que nous pourrions, si vous le voulez bien, révéler ce secret à Gilles de Haumont, qui se désole de ne pas avoir de descendance mâle, maintenant que son dernier fils est mort.

Mathilde n'avait pas osé regarder Isabeau en prononçant ces derniers mots.

– Et ainsi lui offrir en quelque sorte le titre de grand-père quand Antonia aurait accouché..., observa Avit perplexe.

– Faites comme vous voulez, dit aussitôt Aubert, qui ne se sentait plus concerné par les affaires du siècle.

Il avait trouvé un havre de sérénité et n'entendait pas se laisser envahir par des soucis venus de l'extérieur.

– Que va dire Antonia ? demanda Avit, exprimant simplement des sentiments contradictoires.

– Et qui lui annoncerait la bonne nouvelle ? ironisa Isabeau, tout autant bouleversée par la confession de sa mère que par ce possible rapprochement avec l'homme qui avait interdit à son amant de l'épouser.

Elle ne se sentait pas vraiment disposée à l'indulgence.

Mathilde s'était levée. Isabeau remarqua combien les traits de sa mère avaient changé, la peau du visage était flétrie et les yeux abrités sous des paupières fripées, qui en cachaient presque les prunelles si noires. Avait-elle l'image de ce qu'elle serait un jour devant elle ? Elle frissonna...

– Quoi que vous pensiez, je crois que je dois le dire à Gilles de Haumont et je le lui dirai, dit Mathilde en s'éloignant.

Elle avait pris sa décision. Et personne, pas même ses enfants, ne l'en dissuaderait.

Elle avait mieux dormi. Aumode avait vendu toutes les cerises et elles étaient rentrées au donjon avec un petit pécule qui leur permettrait d'acheter deux moutons et quelques poules. Mathilde regarda dehors. Il faisait beau, très beau ; ce serait une de ces journées comme il y en avait peu en été. Elle ouvrit le grand coffre qui était posé depuis si longtemps près du lit ; le couvercle exhala une poussière qui joua avec les rayons du soleil passant sous le meneau de la petite baie.

Mathilde fit rapidement l'inventaire. Des cottes mitées, des paletots usés… mais elle finit par jeter son dévolu sur une robe bleu clair qui avait dû appartenir à sa belle-mère. Elle la passa sur sa chemise de chanvre et la serra avec une fine ceinture de corde. Elle tourna sur elle-même comme elle faisait quand, heureuse, arborant sa moins mauvaise cotte, elle attendait Gaspard. Elle choisit la paire d'estivaux la moins usée, et descendit rapidement, presque légère, les marches de bois. Aumode, qui grattait des panais, la regarda.

– Je dois aller voir le seigneur de Haumont pour une affaire importante…, annonça-t-elle, déjà sur le pas de la porte.

Une heure plus tard, elle arrivait, un peu essoufflée, au pied du gros donjon carré. Il était assez semblable à celui du Montagnou, mais il avait été régulièrement entretenu et réparé. Les ancêtres de Gilles le Vieux n'avaient pas osé, comme d'autres l'avaient fait, le remplacer par une tour ronde, devenue à la mode, après que le roi Philippe Auguste eut annexé la Terre d'Auvergne.

Armée de courage, elle toqua à la porte qu'un serviteur ouvrit à la hâte.

– Qui est-ce ? demandait déjà, derrière lui, Gilles de Haumont. Vous ?

– Oui moi ! répliqua Mathilde.

La marche avait rosi ses joues. Ses yeux brillaient dans la pénombre de la grande salle dont les murs avaient été reblanchis à la chaux.

D'un geste sobre, le vieux seigneur invita Mathilde à s'asseoir dans une haute cathèdre de bois sombre. Il prit place en face d'elle, près d'une baie d'où il observait volontiers les alentours, profitant de la position dominante du donjon.

– Voilà, commença aussitôt Mathilde, décidée à aller droit au but. Mes fils, Avit et Aubert, sont aussi les vôtres…

Très droit sur son siège, Gilles de Haumont ne cilla pas, mais attendit un moment, qui parut une éternité à Mathilde, avant de répondre un seul mot :

– Mensonges !

Il résonna sous la voûte, où le décor au pochoir avait perdu de sa fraîcheur mais était encore bien lisible – un faux appareil dessiné en rouge et jaune, complété par de fins bandeaux de même couleur le long des arêtes.

– C'est la vérité, une femme sent ces choses !

– Une femme sent ces choses… Que me chantez-vous là ?

Méprisant, Gilles de Haumont lui faisait horreur, mais elle ne céda pas :

– Ne me croyez pas, je suis seulement venue vous dire que l'enfant d'Antonia pourrait être aussi votre petit-fils !

– Quelle idée monstrueuse, qui me hérisse le poil et le sang ! Un bâtard… ou une bâtarde…

Mathilde l'observa. Ses cheveux étaient clairsemés autour d'un crâne luisant et le blanc y était plus apparent que la blondeur d'origine.

– Votre pire ennemi a servi de père à deux de vos bâtards, comme vous dites.

Le vieux seigneur la regarda, l'œil froid, de ce bleu qui vous glace, comme le bleu des ciels d'hiver, limpide, beau, mais glacial.

– Comme il vous plaira, dit Mathilde en se levant, si vous préférez mourir seul dans cette bâtisse, à votre gré.

Resté assis, Gilles de Haumont dit alors :

– Si encore votre fille avait conçu un enfant avec mon fils, peut-être…

– Peut-être ?

– J'aurais pu le reconnaître comme étant de ma lignée, mais elle n'en a même pas été capable, avec ses chausses rouges pour exciter les hommes ! Sans doute a-t-elle tout fait pour l'éviter !

– Sachez, messire de Haumont, que toutes les femmes ne sont pas bonnes pour enfanter, ni les hommes d'ailleurs. Est-ce que votre fils a fait un enfant à cette Antonia que je ne connais pas ?

L'homme baissa les yeux et murmura devant l'évidence :

– Certes.

– La sœur de Gaspard, qui a eu trois maris, n'a jamais eu d'enfant, ajouta Mathilde. Et qu'en savez-vous de tout cela ? Ah si les hommes devaient enfanter, nous ne serions pas si nombreux. À eux le plaisir, à nous la douleur qu'ils ne pourraient supporter !

Elle était déjà sur le pas de la porte où le soleil la surprit. Elle n'avait plus qu'à redescendre vers le village. Elle remâcha sa déception. Quel diable d'homme ! Mais quand elle déboucha sur la place où le chantier de l'abbaye atteignait son apogée, au milieu de la journée, alors que none sonnait, elle avait presque oublié, heureuse seulement d'avoir accompli un geste qu'elle ne regretterait pas.

C'est là qu'elle trouva Isabeau avec son baluchon rouge sur le dos.

– J'allais au Montagnou..., dit la jeune femme, en embrassant sa mère. Je pars pour Comps !

– Qu'est-ce qu'on fait ? On la suit ?

Mino et Mina étaient terrés entre deux pierres de la nouvelle muraille de l'abbatiale.

– Je croyais que tu voulais rester ici... Laisse-la donc vivre sa vie ! Nous avons fait notre travail, tu as vu comme les hommes en ont pâti, tout ce tohu-bohu à cause de nous. Regarde donc ceux-là, ils attendent des proies.

Mino attirait l'attention de Mina sur des corbeaux qui volaient au-dessus du chantier. L'un d'eux se posa près de l'écureuil dans lequel un ouvrier marchait à grands pas. Il picora le sol et regarda autour de lui. Un autre vint le rejoindre.

– Je déteste ces animaux, chuchota Mina en grignotant un morceau de carotte qu'elle avait caché.

– Ils sont comme nous, ils aiment la mort ! répondit Mino.

Le soleil déclinait quand, après presque deux jours de voyage, Isabeau aperçut le clocher de Comps, une belle tour octogonale dominant une église qui lui parut bien modeste à côté de l'abbatiale en construction. Elle avait marché vite, sans prendre le temps d'observer un oiseau, une chenille ou même les jeux du soleil dans les sombres sapins, les chênes ou les hêtres.

Autour du prieuré, installé sur une petite falaise, au-dessus de la Senouire dont elle avait suivi en partie le cours depuis La Chaise-Dieu, était campé un village à l'intérieur de remparts. Elle y entra par le portail bas et avança dans la ruelle de la Chavalade jusqu'à l'église. Un chien aboya, une femme, qui cavalait derrière une vache qu'elle encourageait avec un bâton, lui jeta un regard furtif, une autre, tenant par la main deux enfants, rentra prestement dans une petite maison à encorbellement et pans de bois. Isabeau avait une pensée pour ses sœurs qui avaient dû emprunter le même chemin quand elles étaient arrivées avec leur père.

Son baluchon rouge sur le dos, elle avait le cœur qui battait un peu plus vite. Ce n'était pas la côte légère, permettant d'accéder à la petite plate-forme du prieuré, qui en était la cause. Elle s'inquiétait soudain de sa décision, peut-être prise hâtivement. Elle craignait aussi d'apprendre une mauvaise nouvelle. Marguerite et Madeleine, ses deux sœurs moniales à Comps, étaient-elles encore en vie ? Elle avait passé la nuit chez une brave femme près de Vals, qui ne lui avait laissé que peu d'illusions. Beaucoup de religieuses avaient péri pendant l'épidémie, et le couvent allait mal, faute de nonnes.

Elle était maintenant devant la façade de l'église, toute simple, avec un large portail en plein cintre. Fallait-il rendre d'abord visite à la prieure, qui, selon les dires de cette paysanne, n'était pas morte et était une maîtresse femme ? Après avoir hésité, elle poussa la porte de l'église, et resta, quelques instants, figée sur les marches qui descendaient dans la nef. Elle examina l'édifice. Un grand vaisseau sur lequel donnait, par des arcades trapues, une nef latérale à sa gauche. Une voûte lisse qui n'avait rien à voir avec celles en construction de La Chaise-Dieu. Au fond, une abside dont le cul-de-four présentait un christ en majesté sur fond bleuté. Une tribune de bois qui courait tout le long des murs, assez haut placée. Une échelle y était accolée. Tout près, elle vit Paolo, de dos, un pinceau à la main.

Elle descendit promptement les marches et s'avança, sans bruit, pour se poster à l'abri d'une arcade et l'observer. Il travaillait une grande image, presque carrée, encadrée de rouge et de jaune ; il traçait avec soin des fleurettes rouges sur un triangle de rocher verdâtre.

Peut-être à cause d'un courant d'air, la porte claqua. Le peintre se retourna vivement et ses yeux parcoururent la nef, pour découvrir les raisons de ce petit désordre qui était venu troubler la tranquillité du lieu. Il vit alors Isabeau, tête levée vers lui.

– Je t'attendais, monte ! cria-t-il, avec un grand sourire.

Abandonnant son baluchon au pied d'un banc, Isabeau se précipita vers l'échelle. Certes, elle n'avait pas ses chausses rouges qu'elle avait pris soin, pourtant, d'emporter, et sa cotte allait l'encombrer, mais peu importait. Elle gravit les échelons lentement, comme si elle profitait de cet instant où tout pouvait arriver. Quand elle parvint enfin à la hauteur de la tribune, Paolo lui tendit la main pour l'aider à franchir, sans encombre, le petit parapet de bois. Elle sauta lestement sur le plancher.

– Je t'attendais, répéta Paolo, regarde ! Voici la représentation du ravissement de Madeleine au ciel. Sais-tu que chaque jour, deux anges venaient l'enlever pour qu'elle participe au chœur céleste ? Et là à côté, cette image… te souviens-tu de ce petit morceau de parchemin que Matteo t'avait montré, après notre retour d'Avignon ? Voici la peste. J'ai voulu peindre cette femme qui marche, un faisceau de flèches dans chaque main, les yeux voilés de noir. Elle jette des flèches sur tous. Voici le pape, il ressemble un peu à Clément VI, et des cardinaux, et un roi, et des moniales, et aussi des gens comme toi et moi. Personne n'est épargné ! Dame prieure est très satisfaite, elle a perdu tant de religieuses. Le peintre qui avait commencé le grand décor du mur, autour de la Crucifixion, est mort. Et puis tu vois partout, nous allons peindre…

Il s'arrêta tout à coup, en la regardant, comme pris d'un doute.

– Car tu vas m'aider, n'est-ce pas ?

– Oui, répondit Isabeau simplement, avec sérénité. Comme une évidence.

– Je savais que tu viendrais… Alors tu vois, au début de chaque mur, nous ferons un évangéliste, là-bas au-dessus de la porte, nous peindrons une grande Annonciation, et, en face, la Passion, comme le veut Madeleine de Anciaco.

Les yeux brillants avaient quitté à regret la femme aux flèches. Au-dessus de sa tête, Paolo avait écrit soigneusement : *mors*, pour que nul n'ait un doute sur sa signification. Isabeau laissait vagabonder son imagination.

– Madeleine de Anciaco, c'est la prieure, précisa Paolo.

Il la regarda avec ses yeux turquoise dont aucun peintre ne trouverait le secret de la couleur.

Reprenant ses esprits, Isabeau murmura :

– Il faut que je la voie... Qu'elle me dise si mes sœurs sont encore en vie et que je lui demande si je peux rester ici pour t'aider.

Animée d'une sincère volonté de soumission, elle passa le parapet, descendit l'échelle, récupéra son baluchon, ressortit de l'église et alla toquer à la porte du prieuré. La sœur tourière accepta de laisser entrer la jeune femme pour qu'elle rencontrât la prieure.

Madeleine de Anciaco sortit précipitamment du cloître dont Isabeau apercevait les arcades soutenues par de fines colonnettes.

– Si ce sont des nouvelles de vos sœurs que vous venez chercher, sachez qu'elles ont été emportées parmi les premières.

Isabeau reçut la nouvelle avec une certaine indifférence. Elle y était préparée.

– Si vous venez pour devenir novice, la porte vous est ouverte. J'ai trop peu de recrues, depuis cette maudite peste, pour faire la fine bouche, et je vous accueillerai sans dot.

– Non, balbutia Isabeau. Je suis peintresse et je suis venue pour aider Paolo, avec qui j'ai déjà travaillé à La Chaise-Dieu.

Sans attendre la réponse, elle fit demi-tour, plantant là la prieure et la sœur tourière, stupéfaites.

– Attendez, cria Madeleine de Anciaco dans son dos. Je ne crois pas que ce soit une bonne idée.

– Peu m'importe ! cria Isabeau.

Quelques minutes plus tard, elle entrait de nouveau dans l'église. Elle avait enfilé ses chausses rouges. En un instant, elle fut sur la tribune où Paolo, qui avait guetté son retour, lui tendait déjà un pinceau.

– Qu'est-ce qu'elle t'a dit ?

– Peu importe...

Clermont-Ferrand,
le 11 février 2010.

Collection

« FRANCE DE TOUJOURS ET D'AUJOURD'HUI »

Jean-François BAZIN, *Les Raisins bleus*
Jean-Baptiste BESTER, *L'Homme de la Clarée*
Anne COURTILLÉ, *La Tentation d'Isabeau*
Hélène LEGRAIS, *L'Ermitage du soleil*
Éric LE NABOUR, *Retour à Tinténiac*
Jean-Paul MALAVAL, *L'Or des Borderies*
Jean SICCARDI, *La Source de saint Germain*

Collection

« ROMAN D'AILLEURS »

Jean BERTOLINO, *Pour qu'il ne meure jamais*
Michel PEYRAMAURE, *Les Villes du silence*

DOCUMENTS

Jérôme DELIRY, *Sept Enfants autour du monde*

Photocomposition PCA

Cet ouvrage a été imprimé en France
par CPI Bussière
à Saint-Amand-Montrond (Cher)
en août 2010

N° d'édition : 14944/01.
N° d'impression : 102135/4.
Dépôt légal : août 2010.